眠狂四郎無情控　上

柴田錬三郎

集英社文庫

目次

眠狂四郎無情控

上巻

伊豆《いず》の燈台守

一

伊豆の山に、早春の暮色があった。

中天には、昼からかかっている上弦の月があり、下方に棚引いた積雲の光冠を、鮮やかに白く彩っていた。

樹影を濃いものにした岬の彼方《かなた》にひろがった凪《なぎ》の海に、二つ三つ漁火《いさりび》が、あかりを増していた。

無想正宗を落し差《ざし》した、ふところ手の眠狂四郎の辿《たど》って行く坂道は、伊豆半島最南端石室崎《いろうざき》（現在の石廊《いろう》崎）へ向って、あるいは千仞《せんじん》の断崖に沿い、あるいは、松と橅《ぶな》の密林を抜けて、一上一下していた。

狂四郎は、韮山《にらやま》代官江川太郎左衛門英竜《えがわたろうざえもんひでたつ》（坦庵《たんあん》）の役宅に数日逗留《とうりゅう》して、一昨日そこを辞し、天城《あまぎ》六里の山越えをして、下田《しもだ》に出、そこの古刹に一泊して、昼すぎ、南へ向って、道をひろったのである。

べつに、為《な》さねばならぬことがあったわけではない。

伊豆半島最南端の石室崎には、燈明台が設けられていた。

その燈明台の守が、狂四郎の知己だったのである。

三年ばかり前まで、江戸神田お玉ヶ池で岡っ引をつとめていた佐兵衛《さへえ》という老人で、隠居してから、自ら願い出て、石室崎の燈明台の守になったのである。

十手をあずかって四十年、ただの一度も世間にも自身にも慙《は》じる行為をしなかった老人と、かぞえきれぬほど人命を奪った無頼の浪人者と、本来ならば敵同士であるべきものが、どこでどうう
まが合ったか、互いに、ごく限られた親しい知己の一人にかぞえていたのである。

いま——。

昏《く》れかかった伊豆の山と海を、べつに愛《め》でるでもない暗い眼眸《まなざし》を宙に置いて、坂道を踏んで行く狂四郎は、いつぞや、佐兵衛と交わした問答を、思い出していた。

狂四郎は、佐兵衛に年齢《とし》を訊《たず》ね、丁度六十になった、という返辞に、

「当人も他人も、あまりいい仕事とは思っていない稼業でも、四十年もつとめあげると、お前さんのように、滋味あふれた顔や態度になるのか」

と、云《い》い、次いで、この男としては珍しい述懐を、口にしたものであった。

「……迷えば煩悩、悟れば菩提《ぼだい》——というが、わたしのような悪業の徒は、どう悩んで

みたところで、風を繋《つな》ぎ、影を捕えるというやつだ。……尤《もっと》も、凡夫盛りに神祟《とが》めなしで、当分は図迂《ずう》々《ずう》しく、生きて行きそうだが……」

この言葉に対する佐兵衛の返辞は、次のようなものであった。

「悟ろうと思うも迷い、と申すではございませんか。あっしは、無学文盲で、むつかしいことはよくわかりませんが、だんだん年をくらうにつれて、苦しいことや悲しいことは、なるべくその日のうちに忘れてしまうようになりました。どうせ、てめえのようなごみ屑《くず》にひとしい野郎が、じたばたしたところではじまらねえ。起きて半畳、寝て一畳、天下取っても二合半、公方《くぼう》さまも、てめえも、食って寝ることにちがいはありやしねえ――とまあ考えて、仰せつけられた御用を、なんとかつとめ終えて、せめて畳の上で往生させて頂けりゃ、これで思いのこすこたアない、と自分に云いきかせて居《お》ります」

女房も子供もいない孤独な老人が、十手を返上しておいて、えらんだのが、伊豆半島の末端にある岬の燈明台であったとは、いかにも終《つい》の栖《すみか》にふさわしい、と狂四郎には思われた。

――佐兵衛は、四十年の岡っ引稼業で、おそらく多くの人間を、流人として、伊豆七島へ送ったに相違ない。その流人船が航行した海を、照らす役目を、余生の仕事としたのは、罪ほろぼしの料簡《りょうけん》であろうか。

この虚無の男が、自ら進んで足をはこんで人に会いに行くのは、曽《かつ》てないことであった。

下田の湊《みなと》を発《た》って、およそ二里を歩いたか、と思われる。

坂道は、勾配の急な下りになった。

地下の者らしい影が、行手に現われた。

十歩あまりの距離にせばまって、男は、足を停《と》めた。

狂四郎も、立ちどまった。

総髪で筒袖に軽衫《カルサン》をはいた無腰の男の双眼が、鋭く光るのを、狂四郎は、みとめた。

――郷士か。

狂四郎は、すぐに歩き出した。

男も、登りはじめた。

二歩にせばまると、男は、再び足を停めた。

「卒爾《そつじ》乍《なが》ら――」

「…………」

「どちらへ、お行きなされる？」

「燈明台へ参る」

「燈明台へ――？」

狂四郎は、対手《あいて》の不審の視線を受け乍ら、すれちがった。

三歩ばかり下った瞬間、背中に殺気が来た。

「お主──」

狂四郎は、背を向けたなりで、呼んだ。

「わたしを、何者かに思いちがいをしているらしいが、ただ燈明台の老人に逢《あ》いに行く者だと信じてもらってよい」

「………」

返辞は、なかった。

次の瞬間──。

宙を截《き》る異常な唸《うな》りが生じ、狂四郎は、それに合わせて、身を沈めざま、左手で脇差を抜いて、飛来したものを払った。

無想正宗《むそうまさむね》を抜かなかったのは、とっさに、対手に意外の飛道具と迅業《はやわざ》があると測って、第二撃に備えるためであった。

脇差に手ごたえはあった。

しかし、襲って来た黒い武器は、鳥の速影にも似て、宙高くはねあがるや、放った者の方へ、翔《か》けもどって行った。

それきり、第二撃は来なかった。

脇差は、鎺元《はばきもと》から三寸あまりのところを、両断されていた。

二

狂四郎が、石室崎の突端に建つ燈明台に到着したのは、それから四半刻《しはんとき》のちであった。

ここの燈明台は、江川坦庵が蘭学の知識によって工夫したもので、灯こそ菜種油で点火していたが、雨風を防ぐのは、油障子ではなく、玻璃《はり》で、これが反射鏡として、廻転するしかけになっていた。

もとより、後代の洋式燈台に比べれば、燈器も簡単で、燭光《しょっこう》は弱かったが、江戸へ向う船、また江戸から去る船にとって、煌《きら》めくこの明りは、浬程《りてい》をはかる標識として、この上もなく有難い存在となっていた。

燈明台にならんで、ごく粗末な小屋が建ち、佐兵衛は、そこに、江戸から連れて来た白犬とともに、住んでいた。

狂四郎が、小屋の前に立つと、犬は激しく吠《ほ》えたてた。

「これ、しろ……、なにに気を立てて居るのだ」

板戸を開けた佐兵衛は、燈明台と月の光を受けて、うっそりと佇《たたず》む痩軀《そうく》を見出《みいだ》し、

「これは！」

と、おどろきの声をあげた。

囲炉裏端に招じて、濁酒《どぶろく》をすすめ乍ら、佐兵衛は、あらためて、嚙《か》みしめるように、

「あっしに逢いに、わざわざ、ここまで、足をおはこび下さいましたとは――」

と、云った。

「気まぐれだ」

「なんの――、気まぐれにしても、小田原《おだわら》のご城下からだけでも、箱根《はこね》、天城の両山越えで三十余里はございます。うれしゅう存じます」

「韮山代官に、前から、招かれていて、約束をはたしたついでなのだ」

蘭書《らんしょ》を読める狂四郎を、坦庵江川太郎左衛門は、市井の無頼の徒としてうちすてておくのを、惜しんでいたのである。

二年前、太郎左衛門は、代官職を継いだが、その時、出府して来て、狂四郎に逢い、是非とも韮山に来てくれるように、とたのんでいた。

太郎左衛門は、かなり以前から、大砲鋳造のために、鉄を溶かす反射炉を建設する意《い》嚮《こう》を抱き、幕府に対して建議していたのであった。

その反射炉の蘭書を、幾冊か手に入れていたが、太郎左衛門にはまだ読みこなす語学力が乏しく、そのためにも、狂四郎を呼びたかったのである。

「お代官は、さぞかし、およろこびでございましたろう」

佐兵衛は、太郎左衛門を、いくたびか、ここへ迎えていた。

「おれに蘭書を読ませようとしたが、どうやら、役立たずであったらしい」

狂四郎は、濁酒を飲み干してから、

「ところで、この近くの浜辺に、他所者《よそもの》を近づけぬ村でもあるのか？　岡っ引を四十年もつとめあげたお前さんに、何やらくさい、と思わせるような村がだ」

と、訊ねた。

「どうなさいました？　途中で、何事かございましたので――？」

「わたしを、公儀隠密《おんみつ》とでも思いちがいをしたらしい」

狂四郎は、両断された脇差を抜いて、示した。

宙をとばして、白刃をま二つに斫《き》っておいて、また手元へとびもどらせる異様な武器を使った者がある、ときいて、佐兵衛は、

「はて――？」

と、首をひねった。

思いあたるところはなかったのである。

「四五日うちには、それが何者かつきとめられると存じます。お待ち下さいまし」

「いや、明日の午《ひる》には、おいとまする。韮山代官に、ひとつたのまれごとをして、鎌倉《かまくら》へ行かねばならぬ」

江川太郎左衛門は、狂四郎が訪れた日、江戸から、早飛脚がもたらした書状を受けとっていた。

差出人は、江戸城本丸同朋《どうぼう》・沼津千阿弥《ぬまづせんあみ》であった。

江戸城には、御数寄屋坊主はじめ、奥御小道具役坊主、御用部屋坊主など、さまざまの役廻りの坊主が、数百人いた。同朋は、その坊主衆の監督役であった。

同朋は、御用部屋にあって、老中、若年寄の諸用を足し、幕閣より諸大名、諸役人へ伝達する公文、また諸役人、諸大名から幕閣へ上申する書類を、その手で経由させる務めをはたした。

閑職とみえたが、実は、政治の裏面をのぞく職種であったので、かなりの羽振りであった。

沼津千阿弥は、寛永時代からひきつづいた同朋の家に生れ、幼少から天才のほまれが高く、いずれは同朋頭となって、老中はもとより、将軍家に対しても、意見を述べる威勢を得るのではないか、と噂《うわさ》されたものであった。

それが、二年前、何を考えるところがあったか、沼津千阿弥は、病気と称して出仕をやめ、青山に書塾を設けて、坊主衆のうちから、血気の若者をえらんで、門下とし、陽明学を講義しはじめたのであった。

千阿弥は、少青年期には、蘭学に熱中し、二十歳頃には、天文暦数では一流と目されるようになっていた。江川太郎左衛門と胸襟をひらく仲になったのは、その頃からであった。

千阿弥は、太郎左衛門の知らぬうちに、蘭学を放棄して、陽明学に凝るようになっていた。

三

江川太郎左衛門は、千阿弥が書塾をひらいてからは、なんとなく疎遠になり、ほとんど文通もしていなかった。

千阿弥が韮山へ便りを寄越したのは、まことに久しぶりのことであった。

文面は、無音にうちすぎたことを謝罪してから、いきなり用件に入っていた。

来る二十七日正午、鎌倉鶴岡八幡宮《つるがおかはちまんぐう》境内の入口にある赤橋まで、何卒《なにとぞ》御来駕《ごらいが》下されたく、伏してお願い申上げ候。

当日そこにて、何事が起るか、いまはお打ち明け申すことは、はばかり申し候えども、拙者が意図するところは、ひとえに憂国の至情より出《い》でたることにて、たとえ、傍目《はため》には狂気の沙汰とみなされ候とも、決して決して、その場に至るまで、一瞬たりとも正気を喪《うしな》うものには御座候わず。拙者が、衣《い》を千仞の岡に振《ふる》ったことは、すでにご明察の通りと存じ候えば、死生は命なりと知りて、正々の旗の下、義に就かんとする志を、お見とどけ下されたく、伏して願い上げ奉り候。もとより、生《い》きの身なれば、生も我が欲するところ、義もまた我が欲するところ、ただ、二者を兼ぬるを得べからざれば、いさぎよく生を舍《す》てても、義を取るのみ。紫が朱《あけ》を奪う邪曲の時世に、一匹夫が必死の覚悟にて、知行合一、良知を致さんとするものなれば、何卒当日正午、御来駕の程を――。

こうした内容の文面を、太郎左衛門は、狂四郎に読ませて、

「それがしは、この日、出府して、評定所に於《おい》て、海防の儀に就いて、閣老へ述べることに相成って居る。ついては、貴公が、鎌倉におもむいて、千阿弥が、いったい、何を為そうとしているのか、見とどけてくれまいか」

と、たのんだ。

狂四郎は、沼津千阿弥と、一面識があった。

ある時、ある場所で、千阿弥は、狂四郎に云ったものであった。

「御辺は、城にいる坊主の沿革をご存じか？」

と、訊ねた。

狂四郎が、知らぬ、とこたえると、千阿弥は笑い乍ら、

「坊主を城内に住まわせているのは、茶をたてさせたり、雑用をつとめさせたりするのが目的ではなく、合戦となった時、いざ出陣にあたって、この坊主どもの首を刎《は》ねて、軍神を勇めるためでござるよ。いわば、生贄《いけにえ》として、飼いごろしている次第。われわれは、そういう惨めな身分でござる」

と、教えたものであった。

その言葉を思い出して、狂四郎は、江川太郎左衛門に代って、沼津千阿弥が何を為そうとするのか、見とどけることにしたのである。

その二十七日とは、明後日であった。

「明日の午までに、貴方《あなた》様を襲った下手人をさがしあてるのは、これア無理でございますな」

佐兵衛は、云った。

「べつに、さがしてくれとは、たのんで居らぬ。忘れてくれてよい」

「これでまだ、岡っ引根性は抜けて居りませんので、そのようなお話をうかがうと、急に、老いの骨が鳴って参ります。明朝でも、はやく、近くの浜辺へ行って、嗅いで参りましょう」

佐兵衛は、腰を上げると、燈明台へ、菜種油をつぎ足しに、小屋を出て行った。

ほどなく、戻って来た佐兵衛は、

「妙なことになりました」

「………?」

「何気なく、遠目鏡で、沖を眺めて居りましたら、江戸行きらしい菱垣廻船《ひがきかいせん》から、小舟が一艘《そう》おろされて、こっちへ、漕《こ》いで来るのが、見わけられました」

「………」

「ただの小舟ではなく、ひどく早いやつでございます。……それ、三国志の講釈などに出て来る——なんと申しましたかな」

「軽舸《けいか》か」

「それでございます。ああいうはやぶねは、あっしなど、まだお目にかかったことがありません。……近づいて来たのを、遠目鏡で、見下ろすと、人間が二人、乗って居りましたが、夜になって、こっそり、上って来ようとするのは、どうもこれア、貴方様が襲われなすったことと、何か、目に見えぬ糸でつながっているのじゃございますまいか。あっしのカンでございますがね」

「うむ——」

狂四郎も、うなずいた。

「もうそろそろ、このさきの入江へ、着く頃でございます。あっしが、降りて行ってみることにいたします」

「要心したがいい。……わたしが、行ってもよいのだが——」

「なアに、旦那にご足労をわずらわすまでもありませんや。腰に十手がねえだけで、嗅ぎかたを忘れているわけじゃございません。失礼ですが、尾行にかけちゃ、旦那よりもあっしの方が、一枚上手でさ」

佐兵衛は、出て行った。

狂四郎は、炉端に横になった。

「良知を致す、か」

沼津千阿弥の書状の中にあった言葉を、ふっと、呟《つぶや》いてみた。

——この言葉を、以前、しばしば、口にしていた者がある。おれの旧知の中にいた……？

しきりに思い出そうと努めているうちに、不意に、ひとつの貌《かお》が目蓋の裏に泛《うか》んだ。

——そうだ。あの人物が、よく口にしていた。

それは、大坂天満《てんま》与力・大塩平八郎《おおしおへいはちろう》であった。（作者註。この時は、まだ天保《てんぽう》のはじめで、大塩平八郎は、ただの良吏でしかなかった）

——知行合一、良知を致す、とは？

狂四郎にも、これは、朱子の格物致知を排撃する王陽明《おうようめい》の主張であることは、判《わか》ったが、王陽明については、その門下の徐愛《じよあい》が筆録した『伝習録』を、ひろい読んだ程度の知識しかなかった。

——たしか、王陽明は、老荘の講究に力を尽し乍らも、その煩悶《はんもん》を釈《と》き得ず、室を陽明洞に築いて、長生の術を練った人物と、きいたことがあるが？

不意に、狂四郎は、身を起した。

不吉な予感が、脳裡《のうり》を掠《かす》めたのである。

遠くで、犬の激しく吠える声が、つたわって来たような気がしたからであった。

狂四郎は、いそいで、小屋を出た。

どこに浜辺へ降りる小径《こみち》があるのか、判らぬままに、道をいそいだ。

ようやく、浜辺に降り立った狂四郎は、月光に照らされた静寂の夜景へ、鋭く視線をまわしてみた。

——あれだ！

近づいてみると、渚《なぎさ》に斃《たお》れているのは、佐兵衛の飼い犬であった。

「佐兵衛っ！」

狂四郎は、大声で呼んでみた。

「佐兵衛っ！　どこだ？」

「……ここでさ」

かなり遠くから、返辞があった。

そこは、岩と岩が凭《よ》りかかりあって、洞窟のかたちをつくっている場所であった。

佐兵衛は、その中に、身を横たえていた。

狂四郎が、扶《たす》け出そうとすると、佐兵衛は、

「このまま、寝かせておいて、おくんなさい。右腕を、肱《ひじ》から、すっぱり、やられて居ります。手当をして居りますから、動かぬぶんには、血が止って居ります」

と、云った。

「なんで、やられた？」

「それが、さっぱり……、なんで、やられたんだか——。つまり、旦那を襲ったしろものと、同じじゃござんすまいか。……びゅん、と飛んで来やがったら、もう、その時は、六十三年も使い馴《な》れた腕が、ふっとんじまやがった」

「お主を、来させるのではなかったな」

「旦那、あっしが、岡っ引だったことを、お忘れなすっちゃ、困りますぜ。……くたばった、と思い込ませておいて、ちゃんと、行先は、つきとめておいたんでさ」

佐兵衛は、云った。

これが、眠狂四郎をまき込んだ異常な騒動の発端であった。

異邦の娘

一

「夜明けまでには、ここへ、ひきかえして来れるだろう」

眠狂四郎は、洞窟に身を横たえた佐兵衛に、云いおいて、出て行こうとした。

「なんの、その頃までには、あっしは、燈明台へ戻って居りますよ」

佐兵衛は、並の老爺《ろうや》ではないところを、激痛にくじけぬ明るい声音に、示した。

「あっしのことよりも、ご自身のことを、充分にお気をつけなさいまし」

狂四郎は、美しい弧線を描いた渚に沿うて、東へ向って、歩み出した。

この長津呂《ながつろ》海岸は、小さな岬が、ひとつ乃至《ないし》ふたつの小さな湾を抱き込んでいる地形になっていた。そして、それらの湾は、のこらず、削られたように立った断崖絶壁の下にかくれていた。

砂地のある湾には、数軒ずつ漁師の小屋があったが、隣りの湾内に住む者とのつきあいもない、孤絶したくらしぶりであった。

沖あいから、夜蔭《よかげ》にまぎれて、こっそり上陸するには、絶好の場所といえた。

佐兵衛は、上陸して来た怪しい人影ふたつが、巨岩をへだてた隣りの湾へ、消えて行くのを、見とどけていた。

「砂浜は、この湾だけで、むこうは、崖の下は岩だらけで、舟の着けようがないので、ここへ上って来たのでございましょう……。むこうに、人の住める場所が、あったかどうか——？」

怪しい人影のひとつは、どうも女のようであった、と佐兵衛は、告げて、

「むこうへ移って、どうしたか、こっちに岩を越える力がなくなっていたので、見とどけられなかったのは、くやしゅうございます」

と、云ったものだった。

狂四郎は、その巨岩の蔭に、乗りすてられた小舟を、発見した。

——佐兵衛が、軽舸と看《み》てとったのは、鋭かったな。

月明にすかし視《み》た狂四郎は、はじめて接するその異様なかたちに興味をそそられた。

鷺《さぎ》が頭をまわしたような舳先《へさき》を、一瞥《いちべつ》しただけでも、これは、日本にはない舟であった。

その巨岩を越えてみると、大小の岩の集塊が、大きく口を開いた巨大な怪物に似た暗い渓谷から、いま吐き出されたように、湾内をうめつくしていた。

じっと、眸子《ひとみ》をこらしてみたが、渓谷の樹林は、闇に溶け込んでいて、視力を働かせるすべもなかった。

その暗黒の世界へ、身をはこび入れるよりほかはなかった。

跳び移って行く岩の集塊は、ところどころ、月の光をうつして、白い輝きを放っていた。

——あの奥にいる者には、こっちの影が、はっきりとみとめられることだな。

そう思いつつ、狂四郎は、しだいに、渓谷の口へ、近づいて行った。

はたして——。

あとふたつの岩を渡れば、そこに達するところまで近づいた時、暗黒の夜気を截って、えたいの知れぬ兇器《きょうき》が、襲って来た。

それは、まぎれもなく、燈明台へ至る途中の坂道で、こちらの脇差を両断した飛道具であった。

狂四郎は、岩と岩の間へ、身を伏せた。

兇器は、頭上を越えたが、飛燕《ひえん》が身をひるがえすように、再び、樹林の奥へ、翔けもどって行った。

と——その時は、狂四郎もまた、身を躍らせて、そこへ突進していた。

闇の中に、小屋をみとめた。

瞬間――樹蔭から、猛然と、槍《やり》がくり出された。

身をひねって、螻蛄《けらくび》首から両断した狂四郎は、

「こちらは、公儀の隠密ではない。但し、そちらの出様で、敵にまわる者だ」

と、云って、白刃を鞘《さや》に納めた。

対手は、しかし、押し黙ったまま、腰から一刀を抜くや、上段にふりかぶった。

その折、小屋の板戸が開かれて、灯かげが流れ出た。

板戸を開けたのは、女であった。若く、しかも、彫のふかい異邦の貌を有《も》っていた。

衣裳《いしょう》は、日本の小袖をまとうていた。

狂四郎がその貌へ一瞥をくれた刹那、それを隙と看てとった対手は、地を蹴って斬りつけて来た。

狂四郎の方には、対手を、坂道で出会った男とは別人であるのを見分ける余裕があった。

斜横にとび躱《かわ》して、

「おちつけ！　殺しかかって来なければ、こちらからは、斬らぬ」

と、云った。

対手は、肯《き》こうとはしなかった。まだ、二十代に入ったばかりの血気とみえた。これは、面貌も骨格も、日本人にまぎれもなかった。

但し、槍の使いかたも刀の使いかたも、流儀に則《のつと》ったものではなく、実戦で会得した戦場武者というものは、こうであろうか、と思わせる凄《すさ》まじい我流ぶりであった。業を知らぬ腕前が、横溢《おういつ》した心気の奔騰するままに、おのれ自身にも測られぬ一瞬一刹那の業を生んでいる——そんな獰猛《どうもう》をきわめた攻撃であった。

狂四郎は、その攻撃を躱しつづけているうちに、

——やむを得ぬ。

と、自身に云いきかせた。

二

無想正宗が、腰から鞘走った時、もう対手の片腕は、肱から斬り落されていた。

呻《うめ》いてころがる者の上を、跨《また》ぎ越した狂四郎は、小屋へ向って、歩み寄った。

戸口に立っていた異邦の女は、狂四郎が前に立った刹那、背中にかくしていた短剣を、突きかけた。

狂四郎が、手刀で、手くびをひと搏《う》ちにして、短剣をとり落させると、女は、鋭くひと声叫んで、小屋の中へ、駆け込んだ。

狂四郎が、土間に踏み込むと、荒壁ぎわにしりぞいた女の手には、短銃《たんづつ》がにぎられていた。

「いけない！」

女は、狂四郎が板敷きに上ると、叫んだ。

「近づくと、撃つ！」

はっきりと、日本語を口にした。

狂四郎は、薄ら笑って、一歩進んだ。

「ほんとに、撃つ！」

女は、必死の表情で、叫んだ。

「撃ってよい」

狂四郎は、云った。

「しかし、撃ち損じたら、そなたのからだを奪《と》るぞ。よいな？」

「…………」

「それとも、銃をすてるか。すてれば、手もふれぬ」

「…………」

狂四郎が、さらに一歩進むと、女は、銃口を胸もとに狙いつけた。

距離は、わずか五歩しかなかった。

「どうする？」

狂四郎が、問うた。

「………」

女のゆたかな胸が、喘《あえ》いだ。

数秒間の息詰る沈黙の対峙《たいじ》があった。

一瞬――。

狂四郎の左手がおどった。同時に、女が、引金を引いた。

轟然《ごうぜん》と、銃声が、小屋をふるわせたが、狂四郎は、依然として同じところに、立っていた。

短銃は、女の前に、落ちていた。そして、その銃身は、飴《あめ》のように曲っていた。

狂四郎が放った小柄《こづか》が、銃口を刺した刹那、女は引金を引いたのである。

狂四郎は、迫ると、

「約束だ」

冷然と云いはなっておいて、双手《もろて》を摑《つか》み、それを背中へまわして抱いた。

女は、上半身を弓なりに反らして、熱い息を吐いた。

――まだ二十歳前であろうか？

灯に映えた肌の白磁さながらのなめらかな白さは、狂四郎の目を奪うに足りた。

額も双眸《そうぼう》も鼻梁《びりょう》も唇も、すべてが、名工が精魂こめて彫りあげたような整ったかたちであった。頭髪と瞳の黒いのが、本邦の女に似ているだけで、優美の造形に、みじんの狂いもない彫のふかさは、曽《かつ》て、狂四郎が長崎へおもむいて、オランダ商館の壁にかけられていたその国の王女の像を仰いだ時の感動を、よみがえらせた。

犯すには、あまりにも美しすぎた。

――伴天連《ばてれん》は、おのれらの身近にこうした容姿があるゆえに、その美の粋を集めて、聖母の貌をつくりあげたのか？

異端者に与えられたこれは生贄のような気がした。

――おれには、この美しさの前から、ひきさがるなんの理由もない。

胸に云いきかせておいて、狂四郎は、女を、その場へ倒した。

抵抗はなかった。

女は、日本の女とちがい、なめらかな肌ざわりの下穿《したばき》で、腰を掩《おお》うていた。

狂四郎の手が、それにかけられると、女は、ひくく、意味は判らぬが神にすがる言葉を口にした。

その祈禱《きとう》が、かえって、狂四郎の指の動きを、残忍なものにした。

女は、狂四郎のからだがふれるすべての皮膚で、羞恥に満ちた拒絶の反応を示し乍らも、何故《なぜ》か抵抗しようとしなかった。

下穿を脱がされた腿《もも》と腿が、ひしと合わされて、残忍な圧力を必死に拒否している肉のたしかさは、彼女の純潔を示していた。

徐々にひらかされた下肢の間へ、男の下肢を容《い》れた時、女は、そむけていた顔から――灯のゆらぎで翳《かげ》を濃いものにしていた長い睫毛《まつげ》の蔭から、泪《なみだ》をわきあがらせた。

狂四郎は、容赦なく、白い豊かな下肢を、放恣なかたちに乱れさせておいて、上半身を起すと、襟に手をかけて、胸もとを寛《くつろ》げさせた。

濃霧が散り、なめらかに起伏する白雪の丘陵が浮きあがるように、ふたつの乳房があらわになった。

狂四郎は、それを双の掌の中に納め乍ら、無言で哭《な》く女の優美な貌を、凝視した。

その時、すでに、柔々とした襞《ひだ》は、破られて、奥深く、男の力を加えられていた。

三

狂四郎が、その上からはなれても、女は乱れた姿のまま、死んだように微動もしなかった。

狂四郎は、裾を合わせてやると、あらためて小屋の内部を見まわした。

ごく近頃建てられたものであった。妙なことに、荒壁ぎわに据えられている長櫃《ながびつ》とか、葛籠《つづら》などは、ひどく古びた品であった。

女に訊ねてみたところで、何ひとつ返辞がなされる筈《はず》もあるまい、と考えて、狂四郎は立ち上ろうとした。

その時、戸口を、人影がふさいだ。

狂四郎は、それが、坂道で出会って、こちらの脇差を両断した男にまぎれもないのを、みとめた。

「…………」

「…………」

鋭く瞶《みつ》め合う瞬間が過ぎて、狂四郎は、男が殺気を放棄するのを、いぶかった。

男は、口をひらいた。

「それがし、いま、燈明台へ参り、手負うて戻って来た老爺から、貴公が、公儀の隠密衆ではないことを、たしかめて参り申した」

「おそかったことだ」

「いや、おそうはござらぬ。……それがしの仲間が片腕を喪ったのは、やむを得ぬ仕儀、とあきらめ申す」

「そのことではない。わたしは、この娘を、犯した」

「存じて居り申す」

愕然《がくぜん》となるものと思っていたのに、対手は、いささかの動揺も示さぬのであった。

「どういうのだ？」

「すでに起ってしまったことは、悔いてもはじまらぬことでござる。ついては、禍《わざわ》いを転じて福にいたしとうござる」

「……？」

「この娘を、貴公に、江戸までお連れねがえまいか？」

男は、意外の申し出をした。

「江戸へ——？」

「おたのみ申す。すでに他人ではなくなったのでござれば、それぐらいのつぐないをして頂いてもよろしいか、と存ずる。……是非とも、このご依頼、おききとどけ下され」

男は、頭を下げた。

日本の言葉も自由に喋《しゃべ》れるように教えてあるし、着物の着こなしも不自然でないように習練させてあるから、顔を頭巾で包ませれば、道中疑いの目を向けられるおそれはない、という確信がある、と男は云った。

「江戸へともなって、どうしろ、というのだ？」

「若年寄小笠原相模守《おがさわらさがみのかみ》殿に、お引渡し下され。もとより、世間には絶対に知れぬよう、極秘裡に——」

「ひとつだけ、うかがっておこう」

狂四郎は、引き受ける前に、訊ねた。

「お主らの為そうとしていることは、庶民にとって迷惑なことかどうかだ」

「いや、庶民のくらしとはなんのかかわりもない、われら一統のみの願い事でござる。なお、この願い事は、公儀にはもとより、諸大名、旗本、町人、農民——誰人にも、もれてはならぬ儀にござれば、その旨ご承知置き下され」

「公儀にかくさねばならぬ事情であり乍ら、若年寄の一人には、大事を打ち明けて、この娘を送り込もうというわけか？」

「いや、小笠原相模守の人となりを看込んで、いまより、味方になって頂くべく工作いたす所存でござる」

異邦の美女を呈上して、いったい、何を企てようとするのか？

そのことは、狂四郎は、訊ねなかった。

こちらがどういう人間であるか、佐兵衛からきき出して、対手は、敢《あ》えて、仲間のつとめるべき任務を依頼したのである。

——泥でつくった舟に乗ることになるのかも知れぬが……？

狂四郎は、そう思いつつ、

「参ろう」

と、女をうながした。

四

砂浜の湾へ出るまで、狂四郎と女とのあいだには、会話はなかった。

渚に沿うて歩き出した時、狂四郎は、はじめて、うしろを跟《つ》いて来る女に、声をかけた。

「そなたは、何故わたしの暴力に、抗《あらが》わなかったのだ？」

「わたくしは、死んではいけない身です。だから……」

「わたしは、銃をすてれば、手もふれぬ、と云ったはずだ」

「貴方を、殺せると思いました」

「…………」

「貴方は、強いおひとです。いまは、わたくしは、貴方を信頼します」

「…………」

「貴方は、かならず、わたくしたちの味方になって下さるおひとです。わたくし、信じます」

「…………」

狂四郎は、それきり、燈明台に戻るまで、口をきこうとはしなかった。

佐兵衛は、炉端に仰臥《ぎようが》して、狂四郎を迎えた。

「先程、男が一人、たずねて参りました」

「うむ。逢《お》うた」

「どうなさいました？」

「あの娘を、江戸まで連れて行くことになった」

「なんですと!?」

佐兵衛は、首を擡《もた》げて、土間に立つ異邦の女を視《み》た。

「どうしたわけでございます？」

佐兵衛は、不審の視線を、狂四郎にかえした。

「お前さんが、わたしを信頼できる人間だと、あの男に教えたらしい」

「それア……、場合によっては、ご公儀をむこうにまわしても、一歩も退《ひ》かぬ御仁《おひと》だ、と申しておきましたが……、それにしても、妙なことになりましたな」

「お前さんに、教えてもらわねばならぬことが、ひとつ。江戸へともなったこの娘の身柄を、一時、安全な場所にかくしておきたいが、心あたりはないか？」

佐兵衛は、ちょっと考えていたが、その場所を、指定した。

「とんだ疫病神が舞い込んだために、お前さんを片端にしてしまった」

「ご自身を疫病神と思っておいでなさるのは、旦那のわるいくせでございますよ」

「いままでがそうであったし、これからも、そうだと思われる」

「旦那――」

佐兵衛は、天井を仰ぎ乍ら、一刻前に片腕を喪ったとは思えぬおちついた表情で、云った。

「あっしは、ここへ来てから、海でくらしている生きものを、眺めているうちに、面白いと思うことを、いくつか見つけました。……同じ海でくらし乍ら、海の底の岩などにくっついて、動かずに一生を送る奴《やつ》が居ります。うにとかあわびとかとこぶしとか、なまこ、ひとで、いそぎんちゃくなどのたぐいでございます。こいつらを、岩からひきはなして、水の中にうかべてやると、いかにも不安そうに、おちつかない様子をみせます。岩の上に置いてやると、すぐにそれに吸いついて、まずこれでひと安心、といった様子になります。……そうかと思うと、くらげのように、海面にふわふわと浮いて一生涯をすごし、浮いたままで死んで行く奴が居ります。くらげには、ひとでやなまこが岩にしがみついている時の安心した気持は、すこしも判りますまい。まして、岩からひきはなされた時の不安感など、全く想像もつかないに相違ありません。……あっしは、岩を毀《こわ》されて採られて来たとこぶしが、あい変らず岩に吸いついて安心しているさまを眺めると、地位身分や金銭の上に坐《すわ》って安心立命を得ている人間に似ているような気がするのでございます。……それに比べて、くらげという奴は、東風が吹けば西に流され、西風が吹けば東に流され、定まったすまいもなく、浪《なみ》の間《ま》に間に浮いて、平気で居ります。どこへただようて行こうが、なんの不安もなく生きている。これほど結構な生涯はないような気がして居ります。……そうではありますまいか、旦那――」

「風にも波浪にも、さからわずに、ただ浮いて、ただようてくらす一生か。成程《なるほど》、安心立命も知らずに生きている方が、生きやすいことは、たしかだな」

「旦那ならば、いまからでも、そのくらしがおできになります」

佐兵衛は、じっと、狂四郎を仰ぎ視た。

狂四郎がこれから為そうとしていることは、石を抱いて淵《ふち》に入るようなおそろしい危難を身に遭わせることになる不吉な予感をおぼえたに相違ない。

狂四郎は、佐兵衛に、微笑をかえした。

「あいにくだが、わたしが、くらげとちがっているのは、腰に兇器があることだ。これをすてられぬ宿運が、わたしを、危険な道へさそうようだ」

異邦の娘は、その言葉をきき乍ら、虚無の翳の濃い横顔を、まばたきもせず見まもっていた。

赤　橋

一

眠狂四郎が、千華《ちか》という日本名を持った異邦の娘をともなって、小田原へ着いたのは、翌々日の夜明けであった。

小田原から鎌倉《かまくら》までは、十二里余ある。

江戸城本丸同朋・沼津千阿弥が、何事かを為さんとして、韮山代官・江川太郎左衛門に、鎌倉の鶴岡八幡宮まで来て欲しい、と願った日時は、この日正午である。

膝栗毛《ひざくりげ》はもとより、駕籠《かご》をとばしても、正午までに、そこへ到着するのは、不可能であった。

馬を疾駆させるよりほかに、すべはなかった。

狂四郎は、千華にその旨を告げて、この小田原に、信頼できる比丘尼《びくに》寺（鎌倉・東慶《とうけい》寺《じ》別院）があるゆえ、二日ばかり、そこで待つように、命じた。

千華は、しかし、

「わたくしは、馬に乗れます」

と、こたえた。

お高祖頭巾《こそずきん》の蔭の双眸には、必死の光があった。

「……？」

じっと視かえす狂四郎に対して、千華は、言葉を継いだ。

「わたくし、遠乗、庭乗、下乗、輪乗――みんなできます。……十三の時、もう、乗尻《のりじり》ができました」

乗尻、というのは、手綱にたよらずに、巧みに馬に乗ることをいう。

「そなたは、千鳥も立鼓乗《りゅうご》もできる、というのか？」

狂四郎は、訊ねた。千鳥というのは、みの字を二つ続けたかたちに乗りまわし、立鼓というのは、鼓を立てたかたちに乗りまわす技であった。

「はい」

千華は、うなずいてみせた。

――面妖《おか》しい！

戦国時代ならばいざ知らず、徳川期に入っては、武家の息女であっても、馬術の修練は禁じられている。

高等馬術は、徳川期に入って大いに発達したとはいえ、千鳥とか立鼓乗は、元禄《げんろく》頃まで、その後の馬責めは、きわめて尋常の修練になっていた。

馬場というもののつくりかたがきまってしまい、細長いばかりになったので、馬は、地道、乗り、駆けという三品の足なみだけを、おぼえて、右へ左へ、さっと折りかえしたり、瞬時に足なみを替える技を知らなかった。

戦国時代の馬場は、相広（縦横同じ広さ）だったので、手綱をはなして、長槍や薙刀《なぎなた》をふりまわし乍ら、馬の足なみを自由自在に乗り替える修練を積むことができたのである。当然、曲乗の技も発達した。『大友《おおとも》興廃記』には、大学兵衛尉《ひようえのじよう》という武者が、馬の四肢を縮めさせて、碁盤の上に乗ってみせたり、五丈余の堀を悠々と躍り越えた、と記してある。

この時世に於ては、馬術に長じた武士といっても、千鳥や立鼓乗のできる者は、きわめてすくないであろう。

まして、婦人となれば、乗りかたを知る者すらもいない、といってよい。

この異邦の娘は、戦国時代をもって廃れた曲乗も習っている、という。

――海の彼方のどこかの土地に、戦国時代そのままの武芸修業を、いまなお、つづけている一団が存在するというのか？

狂四郎は、長津呂海岸へ、千華とともに上陸して来た若者の猛撃ぶりを、思いうかべた。その槍の使いかたも、刀の使いかたも、流儀に則ったものではなかった。実戦で会得した戦場武者というものは、こうであろうか、と思わせる凄まじい我流ぶりだったのである。

「そなたが、わたしから、どうしてもはなれぬ、というのであれば、やむを得ぬ」

狂四郎は、二頭の馬を用意した。

「おくれるな！」

云いおいて、狂四郎は、馬腹を蹴った。

千華は、おくれるどころか、狂四郎と、馬首を並《なら》べた。

横目で一瞥した狂四郎は、千華の言葉が嘘《うそ》ではなかったのをみとめた。

肩を落して、肱を脇へつけて力をこめ、顔を仰向《あおむ》けず俯向《うつむ》かず、左右へ傾けず、眼眸を山間《やまあい》（馬の耳と耳との間）から二三間むこうの宙へ据えている。馬術の書に教える「四面の鞍《くら》」そのままの見事な姿勢であった。

狂四郎と闘って、短剣を搏《う》ち落され、短銃《たんづつ》の狙撃にも失敗すると、生きのびるために、敢えて操を破られるにまかせたこの異邦の娘は、馬を疾駆させるその姿勢にも、なみなみならぬ覚悟のほどを示していた。

狂四郎の胸中に、ある種の感動がわいた。

二

この日――一月二十七日。

鎌倉・鶴岡八幡宮に於て、遠い昔――承久元年に、ひとつの悲劇が起っている。

将軍右大臣　源　実朝《みなもとのさねとも》は、新年拝賀の礼を行うために、参詣した。

牡丹《ぼたん》雪が霏々《ひひ》として舞う暮れがた、実朝は、北条義時を剣持ちにし、扈従《こじゆう》一千騎をうしろに行列させて、六十二級の石段をのぼって、楼門に至った。

その時、一匹の白狗《しろいぬ》が、影のごとく、実朝の前を横切った。

北条義時は、一瞬、心中に不吉な予感をおぼえて、捧《ささ》げていた剣を、文章博士の源仲章にゆずっておいて、後方へ退《さが》った。

神宮寺（薬師堂）で休憩ののち、実朝が石段を降りようとしたところを、雪中に身をひそめていた者が、突如として、躍り出て、一閃裡《いつせんり》に、その首を刎ねた。実朝は、行年二十八歳の若さであった。

下手人は、当宮の別当阿闍梨《あじやり》公暁《くぎよう》であった。

実朝の首をひっかかえた公暁は、おのが名を高らかに名乗り、

「父の敵を討ち取ったり！」

と、叫んでおいて、姿をくらました。

忽《たちま》ち、境内は騒然となり、扈従一千騎は、数手にわかれて、公暁を追ったが、ついに、発見することができなかった。

公暁が住む雪下の本坊へ、討手が押し寄せると、門弟の悪僧らは、内にたてこもって、頑強に抵抗した。

長尾新六定景《ながおしんろくさだかげ》の子息太郎景茂《たろうかげもち》・次郎胤景《じろうたねかげ》の兄弟が先登を争い、悪僧ら大半を討ち取ったが、公暁の姿は、ここにはなかった。

公暁は、雪下北谷のおのが後見人備中《びっちゅう》阿闍梨の家に、遁《に》げ込んでいた。

膳部をすすめられる間も、公暁は、実朝の首を、しっかとかかえ込んでいた。

公暁は、使者を、三浦義村《みうらよしむら》に趨《はし》らせて、将軍実朝の亡きいま、おのれこそそのあとを襲うべきである、と告げさせた。義村の子息駒若丸《こまわかまる》が、公暁の門弟に列していたので、公暁は、その好《よし》みを恃《たの》んだのである。

義村は、しかし、有為の資を抱き乍ら、わずか二十八歳で非業の最期をとげた実朝のために、落涙した。

義村は、公暁の使者に、わが蓬屋《ほうおく》に光臨ありたい、お迎えの兵士を献じましょう、という手紙を持たせておき、その直後、使者を趨らせて右のおもむきを、北条義時に告げた。

義時は、一族を召しあつめて、評議ののち、長尾新六定景を討手の将とし、膂力《りょりょく》二十人力の雑賀《さいか》次郎ほか五人の勇武の士を従わせた。

公暁は、備中阿闍梨の家を出て、義村邸へおもむくべく、鶴岡の後ろの峰を登りかかって、不運にも、討手六人と、出逢った。

雑賀次郎が、公暁に組みついたところを、定景が、その首を斬り落した。

公暁は、実朝の兄頼家《よりいえ》の子息であった。

建仁三年、頼家は、不行跡の咎《とが》を受けて、二十二歳で廃され、弟実朝が、十二歳の弱年で将軍職に就いた。

頼家は、父頼朝が在世中は、目立った悪業を行わなかったが、父親が逝くや、たちまち悪性を発揮した。たとえば、安達景盛《あだちかげもり》の妻が非常な美貌であるのを視て、これを奪いとり、景盛がこれを怨《うら》んでいるときくや、景盛を殺そうとした、など——。

実朝は、兄にひきかえて、秀《すぐ》れた人となりであった。将軍となった十二歳の頃には、すでに、寿福寺の荘厳房行勇《そうごんぼうぎようゆう》律師について法華経《ほけきよう》の読誦《どくしよう》を授けられて、寿福寺の禅室で、結跏趺坐《けつかふざ》の修行をしていた。

歌人としての実朝は、まさに天才であった。一代の歌仙で、めったに人に許さぬ藤《ふじ》原定家《わらのていか》をも敬服させたくらいである。

十四歳の時には、すでに新古今集をことごとくそらんじ、自らも歌を詠じていた。

その遺作『金槐集《きんかいしゆう》』から、二三を挙げてみれば——。

わが宿の八重の紅梅咲きにけり
しるもしらぬもなべてとはなむ

心うき風にもあるかな桜花
　さくほどもなく散りぬべらなり
深山には白雪ふれりしがら木の
　まきのそま人みちたどるらし
山風のさくらふきまく音すなり
　吉野の滝の岩もとどろに

古今集、新古今集を摸《も》した少年期を経て、やがて万葉集の影響を受け、その千古の詩美を達観し、その爛然《らんぜん》たる表現の光芒《こうぼう》を、四百年後の世に再び輝かした実朝であった。

のみならず――。

実朝は、文学に耽《ふけ》り、風雅の道のみを求めた文弱の徒ではなかった。政治上に於ても、確たる見識をそなえていた。

その一例を挙げれば――。

相模川の橋が朽ちて、落ちた時、大江広元《おおえのひろもと》や北条義時は、一種の御幣をかついで、この再建を拒んだ。先年、この橋が落成した際、これに臨んだ頼朝が、乗った馬があばれて、落馬し、それが原因で逝去したからである。また、この橋を修造した稲毛重成《いなげしげなり》も天寿を全うしなかった。

広元も義時も、橋には不吉がつきまとっているようであるから、再建せぬ方がよい、ときめたのである。

しかし、二十歳の実朝は、笑って、

「父上の逝去は、武家の権柄を執ること二十年、官位を極めてからのこと。また稲毛重成は、おのれの不義によって誅戮《ちゆうりく》を蒙《こうむ》るにいたったもの。橋とは、なんのかかわりもない不幸である」

と云い、再造を実行した。

父頼朝、母政子には、残忍冷酷な半面があったが、実朝は、その血をいささかもうけついではいなかった。

「このおとどは、大かた心ばへうるはしく、たけくも、やさしくも、よろづめやすければ、ことわりにもすぎて、もののふのなびきしたがふさまも、父にもこえたり」

『増鏡』にも、そう記されてある。

その英邁《えいまい》にして閑雅な貴公子が、惨殺されたこの日に、江戸城から、将軍家の代参として、その世子または猶子が、美々しい行列をつらねて、鶴岡八幡宮へ参詣するならわしがつくられていた。

三代家光《いえみつ》の時からであった。

三

源頼朝が、はじめて鎌倉に入った時、為したのは、鶴岡八幡宮を拝し、次いで、瑞籬《みずがき》を小林郷に遷《うつ》すことであった。

八幡大菩薩《ぼさつ》が、武神の権化であり、八幡太郎義家が八幡大菩薩の権化であるという考えは、当時しきりに行われていた。

源氏は、八幡大菩薩（すなわち応神《おうじん》天皇）を、その祖先と仰いでいた。源義家が八幡太郎というのは、八幡宮の祠前《しぜん》で、元服したことに由《よ》る。

徳川家は、鎌倉将軍にひきつづいて足利将軍も、八幡宮を尊信したのにならって、三代家光以来、社壇の造営修築をしばしば行い、実朝が最期の日に、将軍代参者を参詣させる行事を、毎年欠かさなかったのである。

この日を狙って、江戸城本丸同朋・沼津千阿弥は、いったい、何を為そうというのか？

狂四郎が、千華とともに、鎌倉に到着したのは、正午にまだ半刻近くあった。

狂四郎は、二階堂村の覚園寺《かくおんじ》境内にある、俗に謂《い》う火焼地蔵の地蔵堂の堂守をたずねて、その小屋に、一時、千華をあずけた。堂守は、佐兵衛の弟だったのである。

その頃すでに、八幡宮から由比ヶ浜に通じる松並木の若宮大路は、塵《ちり》ひとつとどめず、きれいに掃ききよめられ、一般庶民の通行は禁じられていた。

将軍家代参――西丸大納言家慶《だいなごんいえよし》の到着は、未刻《ひつじどき》（午後二時）ときめられていた。

西丸老中のほか、本丸老中では、水野越前守忠邦《えちぜんのかみただくに》が、家慶の補佐であるからには、剣役をつとめるに相違あるまい。とすれば、その側用人武部仙十郎《そばようにんたけべせんじゅうろう》も、供揃《ともぞろ》いに加わっているであろう。

狂四郎のその予想は、あたっていた。

武部老人がいなければ、一介の素浪人が、若宮大路《わかみやおおじ》の三つの鳥居をくぐって、境内に入ることは、絶対に許されぬことであった。

さいわいに、由比ヶ浜《ゆいがはま》の一の鳥居の周辺を守備しているのは、水野家の家中であった。

狂四郎とは顔見知りの者も二三いた。

武部仙十郎は、三の鳥居わきの社務所にいて、狂四郎を迎えた。

「お主の方から、出向いて来るとは、どうした風の吹きまわしだな？」

五尺足らずの、額と顴骨《かんこつ》が異常に突出した、およそ風采のあがらぬ古稀《こき》を越えた老人は、けげんな視線を、狂四郎に、あてた。

狂四郎は、黙って、韮山代官宛の沼津千阿弥の手紙を、渡した。

老人は、一読すると、

「わからんのう。何をしでかそうというのか？」

首をかしげていたが、藩士の一人を呼んで、

「同朋は、境内のどのあたりに控えるならわしか、見て来てくれぬか」

と、命じた。

すぐに、同朋が控えるところは、境内入口にある赤橋と、赤橋から石だたみをすこし進んだ二王門の正面にある、石段下の神楽殿《かぐらでん》である旨が、報告された。

沼津千阿弥は、江川太郎左衛門に、赤橋まで来て欲しい、と記している。

「あの同朋は、二年ばかり前から、病気と称して出仕をやめて居ったが、どういうつもりか、急に願い出て、わし達と一緒に、ここに参ったのを、ちょっとふしぎに思うて居ったが……、さて、いったい、どんなこんたんを抱いて居るのか？」

老人が、腕を拱《こまね》いた時、正午を告げる梵鐘《ぼんしよう》の音が、ひびいた。

狂四郎は、座を立った。

武部仙十郎は、見上げて、

「もし、血迷うた企てをひそめている、と看て取ったならば、その場で、斬りすててもらおう」

と、云った。

他の場所ではなかった。武神の権化をまつる八幡宮の境内であり、対手は、戦国時代

には出陣の血祭りにするために城内にやしなった、という沿革を持つ同朋であった。これを、斬りすてても、べつに、境内を血でけがすことにはならぬのであった。

足利義満《あしかがよしみつ》が十歳の時、父義詮《よしあきら》を喪うと、細川頼之《ほそかわよりゆき》が執事となって、その養育にあった。頼之のはからいで、法師六人をえらび出し、これに奇妙な衣服をつけさせ、佞坊《ねいぼう》、あるいは童坊と名づけて、さまざまのたわけ事を演じさせ、面白可笑《おか》しいたわ言をしゃべらせて、殿中を歩きまわらせ、諸ざむらいのなぶり者にした。

これは、義満に佞人を憎むように教える頼之のはからいであった。

諸ざむらいのうち、もし佞人があれば、これを侍童坊とあだ名をつけて、さげすむならわしができた。この童坊が、いつの頃からか、同朋と書きかえられたのである。

戦国時代に入ってから、どこかの武将が、同朋の首を刎ねて、軍神の血祭りとし、各国の武将が、それにならった、という事実がのこっている。

「ご老人――、あいにくだが、わたしは、刀を握ったこともない坊主頭の人間を斬る料簡は毛頭ない。ことわるまでもなく、これは、貴方の方が先刻ご承知のはずだ。……また、生きた人間の首を刎ねて、軍神の血祭りにする、などというばかげた振舞いが、いまの時世でも為されてもよい、という考えが、貴方の性根のどこかにあるならば、ただ今限り、こちらは貴方と無縁の徒になろう」

四

狂四郎は、赤橋上に立つ沼津千阿弥を見出した。

足のくるぶしまでとどく丈の短袴《たんこ》をはいた小素襖《すおう》姿で、烏帽子《えぼし》はいただかず、きれいに剃《そ》りあげた坊主頭を、正午の陽ざしにさらしていた。

太い眉の下で、まばたくことを拒否しているように、大きくみひらいた双眸が、異様なまでに光っていた。額は広く、鼻梁も高く盛られ、やや歪《ゆが》んではいるがひきしめられた厚い唇など、同朋衆には惜しい凜々《りり》しい風貌であったが、やや蒼《あお》い荒い肌理《きめ》に、蛇《くちなわ》を連想させる冷たい光沢があった。

いずれにしても、鋭利な頭脳を、じかに顔面にむき出して居り、看る人によっては不快感を催すに相違ない。

狂四郎が前に立つと、沼津千阿弥は、一瞬の凝視ののち、

「貴殿、江川殿の代りとして、拙者に逢いに参られたのか」

と、云いあてた。

「左様、本日、ここで、お手前が、知行合一、致良知とやらを実行されるのを、見とどけに——」

とたんに、千阿弥は、皓《しろ》い歯をみせて、笑った。

「かぞえきれぬほどの人命を奪った眠狂四郎殿に、この沼津千阿弥が、生を捨てて、義を取るさまを、見分して頂くとは、ははは……皮肉なことだ」

「こちらは、無学ゆえ、問答は苦手だが、お手前は、どうやら、死神にとりつかれている様子とお見受けする。その理由を、うかがおうか」

「心すなわち理！」

千阿弥は、即座に、声を張って云った。

「…………」

狂四郎は、対手の表情を瞶めた。

「その心に私欲の蔽《おお》いなければ、すなわちこれ天理。外面より一分だに添うるを須《もち》いず。天理に純なる心を以《もっ》て、これを発して、君に事《つか》えれば、これすなわち忠、これを発して友に交わり民を治むれば、すなわち信と仁。……その心、私欲を去り、天理に純なるをもって、知と行を合一す。知りて行わざるは、只《た》だ是《こ》れ未《いま》だ知らざるなり。知はこれ行の主意、行はこれ知の功夫、知はこれ行の始め、行はこれ知の成れるなり。……良知良能は愚夫も聖人と同じ。ただひとり聖人は能《よ》くその良知を致すも、愚夫は致す能《あた》わず。節目時変も、聖人それ豈《あ》に知らざらんや。ただ専らこれを以て学と為さず。而《しこう》して、そのいわゆる学なる者は、その良知を致し、以てこの心の天理を精察なるものにす。……それ良知の節目時変に於《お》けるは、なお規矩《きく》尺度の方円長短に於けるがごとし。節目時変のあらかじめ定むべからざるは、なお方円長短の勝《あ》げて窮む可《べ》からざるごとし。……故に、規矩まことに立てば、欺くに円を以てすべからず。而して天下の方円、勝げて用ゆべからず。……良知、まことに致せば、欺くに節目時変を以てす可からず。……毫釐《ごうりん》千里のあやまり、わが心、良知一念の微に於て之を察せずんば、また将《まさ》に何のところにか、その学を用いんとするか！」

滔々《とうとう》と述べる若い同朋の顔貌は、しだいに朱を帯び、眼光はさらに鋭くなり、狂四郎ほどの男に、微《かす》かな戦慄をおぼえさせた。

檄《げき》

一

沼津千阿弥が、いったん口を緘《と》じた時、眠狂四郎は、しずかに云った。

「この素浪人に、王陽明の哲理を説かれても、理解は不可能だ。……わたしの知っているのは、程朱《ていしゅ》の学に疑いを抱き、老荘の講究に智力《ちりょく》をしぼったのち、煩悶を釈き得ず、陽明洞にとじこもって、長生の術を練った人物、ということだけだ。お手前は、蘭学をすてて、その王陽明に傾倒した模様だが、長生の術を練って、事実、肺を患い乍らも五十七歳まで必死に生にしがみついた人物に惚《ほ》れ込み乍ら、どうして死神にとり憑《つ》かれたか――それが、判らぬ」

「はははは……」

沼津千阿弥は、不意に、金属的な哄笑《こうしょう》を噴かせた。

その笑いを消した瞬間、面貌には、無気味なまでに妖しい鬼気を刷《は》いた。

「眠殿、御辺も二刀をたばさむ身ならば、この時世が、武辺の面目を一片もあまさず、地からはらっていることを、知らぬはずはござるまい。われらは、江戸城内に在って、三千の礼儀、三百の威儀に屈した武士どもが、虚偽に満ちた法式にしばられて、魂というものを喪ったさまを、つぶさに見とどけて居り申す。貴殿も、およそは察して居られようが、四時の定礼——小笠原流の礼式にしばられた武士の行住坐臥の窮屈煩瑣《はんさ》さが、いかに、人間としての暢達《ちようたつ》の気、鷹揚《おうよう》の風を奪い去って居るか——。殿中足袋の紐《ひも》の長ささえ、二寸五分ときめられ、これを三寸にあらためるには、目付衆の許可を仰がねばならぬほど、一挙手一投足すべて、これ儀礼に縛られて居ることをご存じであろうか。……武人とは、豪壮勇武、恩義を推し、廉恥を守り、名節をもって心身をみがき、死を視ること帰するがごとく、法刑いまだ加えざるに、まず自ら刃に伏した源平の武辺の気概は、いずくにのこれるや！　想起されよ。保元《ほうげん》の乱に、源義朝が勅命によって、やむなく諸弟を失わんとした際、わずか十三歳の乙若は、九歳の弟鶴若《つるわか》が生命を惜しむ言葉を口にするや、笑って、あな心憂きの者どもの言いがいなさや、われらが家に生るる者は幼けれども、心は武《たけ》しとこそ申すに、かくも不覚なることを申すものぞ、と云って従容として死に就いたことを——。まず、武士は、名節を尚《たつと》ぶ——その面目を汚さぬためには、すすんで死をえらぶ——この心意気が、われらの先祖の五体には、脈々として流れて居ったではござらぬか。……方今、眺め渡すに、白も黒も色を別《わか》たぬ混濁の風潮がはびこり、三民の上に立つ武士は、一種の魔睡に罹《かか》って、夢かうつつか、酔醒の間にうろつき、ただひたすらに、押しつけられた故例旧慣の法式に身を縛られて、四六時中汲々《きゆうきゆう》として虚偽の振舞いを為して居るのみ。……この濁世《じよくせ》に一陣の清風を送らんと志した武士ならぬ同朋が、えらぶは、唯《ただ》一つ——死あるのみ！」

「正気による狂気の振舞いか」

「左様、まさに、それでござるよ」

沼津千阿弥は、頭をあげ、胸を張ってみせた。

狂四郎は、それを阻止すべき立場に、おのれがいないことを思った。

しかし——。

狂四郎は、あまりにも明晰《めいせき》な頭脳を具備した者が、敢えておのれ自身を、追い込んだ世界に、苛立《いらだ》たしさをおぼえずにはいられなかった。

「お手前は、いつの間にやら、仮面をかぶって居るうちに、それをはずせなくなった苦しさを、内心の片隅に蔵して居るのではあるまいか？」

と、云わずには、いられなかった。

すると、千阿弥は、あきらかに、侮蔑の色を、表情にした。

「眠殿、貴殿は、これまでに、何百人、人を斬ったか知らぬが、おのれ自身の腹を切ることはできまい。さかしら気に業を背負ったようなその暗さをたたえた顔もまた、素面《しらふ》とは申せぬ」

「ひとつ、うかがおう。お手前は、出仕を止《や》めてから、ひそかに、剣を習うたのか？」

「左様――」

千阿弥は、みとめた。

「しかし、一人も人を斬っては居るまい」

「いかにも、拙者は、一人も人を斬っては居り申さぬ。さればこそ、おのが腹をかっさばけるのだ！」

「剣は、おのれを守るためにあって、おのれを斬るためにつくられては居らぬと思うが……」

「ははは……、おのれを守る、か。この卑しさ！」

かぞえきれぬほど人命を断った男と、軍神を勇めるために生贄として江戸城内に飼われていた僧体の男との眼眸が、宙で、しばし、刺し合っていた。

やがて、狂四郎が、ひくくかわいた声音で、云った。

「お手前の死にざまを、見分いたそう」

「お見せいたそう」

千阿弥は、踵《きびす》をまわして、赤橋を降りかけたが、ふと思いかえして、

「眠殿に、ひとつだけ、お願いがござる」

「遺言なら、うかがっておこう」

「拙者は、出仕を止めてのち、書塾に、およそ百人の門弟をやしない申した。……拙者亡きのち、渠《かれ》らが、拙者の志を継ぐことに相成るが、その際、貴殿のお力をおかりする場合もあるやも知れ申さぬ。その儀、お心のうちに、とめておかれたい。お願い申す」

「……………」

狂四郎は、肯《うなず》きもしなかったが、拒絶もしなかった。

二

それから約半刻が過ぎて――。

鶴岡八幡宮境内は、騒然たるものになった。

将軍代参――西丸大納言家慶が到着する時刻をあと半刻後にひかえて、突然、異常な事態が、起ったのである。

運慶《うんけい》・湛慶《たんけい》の作と称せられる仁王を安置した二王門の正面に、朱塗りの円柱に支えられた神楽殿があり、そのむかし、源頼朝及び夫人政子《まさこ》の見まもる中で、義経《よしつね》の妾　静《しようしずか》が、ここで、「しづやしづ、しづのをだまき、くりかへし、昔を今に、なすよしもがな」と、舞ったという故事がのこっている。

この神楽殿に、突如として、切腹の座が設けられたのである。

切腹の座を設けたのは、江戸城内の坊主たちであった。

境内の警護にあたっていた役人たちは、坊主たちが、白革縁刺模様の敷皮とか、表裏も白張の屏風《びようぶ》とか、大根の香物《こうのもの》をのせた土器や、銚子《ちようし》や盃《さかずき》や膳部や三方を、神楽殿へはこぶのを、この日、拝賀をとりしきる奉行に命じられて、何か新しい行事でもするのだろう、と何気なく眺めていた。

神楽殿の中央に延べられた敷皮上に、同朋沼津千阿弥が端坐し、九寸の脇差をのせた三方を前に置いた時、はじめて、警護の役人たちは、愕然となって、そのまわりへ馳《は》せ寄った。

瞬間——。

正面左右の円柱へ、二流れの幅六尺あまりの布が、さっと垂らされた。

それは、檄文《げきぶん》であった。

馳せ集まった数百人の役人たちは、朱絹の鉢巻をした同朋が、切腹の座に就き、四本の円柱の間に、四人の坊主が、同じく朱絹の鉢巻をして、携えた刀を抜きはなって身構えたのを仰いで、色を変えた。

「同朋、乱心したか！」

「なんのための狂気の行状だっ！」

「止めろっ！」

「たわけ者っ！」

「狼藉《ろうぜき》は、許さんぞ！」

呶鳴《どな》りたて、喚《わめ》きたてた。

しかし、一人として、神楽殿へとびあがって、その行為を阻止しようとする者は、いなかった。

刀を持つことを許されぬ――おそらく、刀の使いかたも知らぬであろう――坊主わずか四人に、白刃を構えられて、公儀役人数百人が、これを討ち取ることが叶《かな》わぬさまは、人垣の後方に立つ狂四郎を、苦笑させた。

――成程、千阿弥があざけった通り、いまの武士は、腰が抜けている。

そう思い乍ら、じっと、千阿弥を、見まもった。

千阿弥は、昂然《こうぜん》として上半身を立て、

「さわぐなっ！　黙って、われらが、檄文を読め！」

と、叫んだ。

檄

我、柳営同朋の家に生れて、今日二十八歳。班固《はんこ》が志にならいて、八歳にして小学に入り、十五歳にして大学に入り、二十歳にして一芸に通じ、ようやく今日五経終れり。然《しか》れども、古人の学を識《し》る日きわめて短く、節義に暗し。而して、同朋衆なるいやしき家に生れし故に、士道に謂う「覚悟」を修むること能わず。

方今、天下を見るに、東照神君が御世《みよ》を治め給《たま》いしより茲《ここ》に二百有余年、太平の間に、士は士道をかえりみざること、弊履を棄《す》つるがごとし。

凡《およ》そ天地の間、陰陽二気の妙合を以て人間の生々を遂ぐ。あるいは耕して食を営み、あるいは工《たく》みて器物を作り、あるいは互いに交易利潤して天下の用を足せり。これら農工商の上に立つ者こそ、士なり。士は耕さずして食らい、造らずして用い、売買せずして利せり。しからば、士は、農工商の者どもと、何を以て区別するや。

三民の首となる士は、上は君に事え、下は民に臨むものなれば、その風正しかるべきなり。即《すなわ》ち礼儀廉恥を旨とし、驕奢《きょうしゃ》を抑え、懦弱《だじゃく》を排し、剛毅木訥《ごうきぼくとつ》の風を尚ばざるべからず。されば、士風を正すためには、士気を養わざるべからず。士気を養えば、おのずから士節満ち、士道を行うを得べし。

士道とは、なんぞや。

「大伴の、遠つ神祖《かみおや》の、その名をば大来目主《おおくめぬし》と、負い持ちて、仕えしつかさ、海ゆかば水《み》づく屍《かばね》。山往《ゆ》かばくさむす屍、大君の辺《へ》にこそ死なめ、かえりみはせじ、と言立《ことだ》て、ますらおの清きその名を、古《いにしえ》より、今の現《おつつ》に、流される、祖の子どもぞ、大伴と、佐伯の氏は、人の祖の、立つることだて、ひとの子は、祖の名断たず、大君に服《まつろ》うものと、いいつげることのつかさぞ、梓弓《あずさゆみ》、手にとり持ちて、つるぎ太刀、腰にとりはき、朝まもり、夕のまもりに、大君の、みかどのまもり、吾《わ》れを措《お》きて、また人はあらじと、いや立てておもいしまさる」——斯《か》かる道志を行うことこそ、武士にあらずや。

我、同朋の家に生れて、文を学ぶことのみを強いられ、武を学ぶことを禁じられたり。然るに、武家が士道を忘れたる今日、同朋たる身が、文武両道を明らかにせんと心に決したるは、濁世を清らかにせんとするためのものにして、みじんの私心を含むものに非《あら》ず。

そもそも、文武の道は、二にして一なり。世俗には、歌をよみ詩をつくり、文筆に達し、気立てもの柔らかに華奢《きやしや》なるを文といい、弓馬兵法軍法を習い知り気立てたけく荒きなるを武と、思うならわしなり。然らず。天地の造化一気にして、陰は陽の根となり、陽は陰の根となる如《ごと》く、武なき文は真実の文にあらず、文なき武は真実の武にあらず、天下を治めて五倫の道を正しゅうするを文といい、天命を恐れざる悪逆無道の徒ありて文道をさまたぐる時は決然起《た》ってこれを討つを武というなれば、文は武の根となり、武は文の根となるは、自明の理なり。

想《おも》いみよ。漢の高祖は、儒を好まざれども、陸賈《りくか》が言に折れ、叔孫の議に順《したが》いて、馬上にては天下を治めず。魏《ぎ》の武帝曹操《そうそう》は、千軍万馬の中に在りて、手より書をはなさず、赤壁の舟中、槊《さく》を横たえて詩を賦《ふ》したり。本邦にありては、正統の天子に事えて、精忠大節、万古に秀でし楠《くすのき》中将、備後《びんご》三郎らこそ、文武両道の人というべし。備後三郎は、戎馬《じゅうば》の間に生れ乍ら、好んで書を読み、大楠公《だいなんこう》は、死に臨んで一子正行《まさつら》に、いよいよ勤学すべきよし遺戒されたり。

東照神君のご定として、武家諸法度の第一に記されたるは文武両道を学ぶべし、とあるなり。

然るに、方今、士が士道を忘れるさま、目を掩わしむる惨状なり。信義道心なき者が、閨閥《けいばつ》によりて、公儀の高き地位にのぼり、諸役人は賄賂をむさぼり、大名は一家を肥すことのみに夢中になりて、閣老に阿諛《あゆ》し、富有の商人に詐術をめぐらし、その領分知行所の民百姓を困窮の底に苦しませ、旗本は、屋敷風を野暮とののしりて、町人風俗を猿真似《まね》し、腰の剣をただの装飾となし、文武のすすめを蚊のうなり声とうるさがる堕落のきわみ、学問も政治も人位の分を知らざること、今日よりははなはだしきはなし。されば、三民の怨気《おんき》、天にのぼりて、この一両年、暴風雨を呼び、地震を招き、山も崩れ、河も溢《あふ》れて、五穀飢饉《ききん》の上に、万人を仆《たお》す疫病の流行と相成れり。

まさに、方今の武士は、祖先の武勲を盗み、主君の禄《ろく》を貪りて、生涯ただ盗賊奴隷の生命を送るのみ。

武術は一種の花法に堕《お》ち、時世に阿《おもね》り、浮華に趨り、文弱に流れる有様、枚挙に堪えず、何を以て、三民の上に立つ士というべきや。

されば、今日只今《ただいま》、武家に非ざるいやしき同朋の我が、文武両道のなんたるかを、天下に知らしめるべく、虚偽を去り、死生を一にする知行合一の良知を致すものなり。
凡庸怯懦《きようだ》の輩《やから》は、双眼をみひらきて、とくと見とどけるべし。
　丈夫《ますらお》のふみ入る道に生《おい》しげる
　しこの醜草《しこぐさ》薙《な》ぐはこの太刀
天保壬辰孟春　　　　　　　　　　　沼津千阿弥

三

しかし——。

その檄文を、黙って、読み下す者は、ほとんどいなかった。

ただいたずらに、怒号し、罵詈《ばり》し、叫喚をあげるばかりであった。

千阿弥は、あるいは、役人たちが、檄文を読み、粛然として、水を打ったごとく、わが最期を見まもることを期待していたかも知れない。

千阿弥は、いくども、「檄文を読め！」と叫んだ。それは、金属をこすり合せるような響きを持ち、悲鳴に近かった。

ついに——。

眉も眦《まなじり》もひきつらせた千阿弥は、ぱっと小素襖を脱ぎすてて、上半身はだかになった。

ひそかにきたえたものであろう、遠目で眺める狂四郎の目にも、筋骨の逞《たくま》しさがみとめられた。

——すべて、古式に則った屠腹《とふく》を為そうというわけか。

近頃の切腹の法は、白縁の畳を二畳敷いて、その上を死衣という六尺四方の白布で掩い、着衣のまま、前を押しひらいて切るのを普通としている。

敷皮を敷いて、上半身はだかになるのは、足利期の作法であった。

武士ではなく、同朋であるからこそ、かえって、往昔の作法をえらんだものと推察された。

罵詈雑言のあらしの中で、千阿弥は、切先を五六分ばかり出して奉書紙を逆巻きした脇差を、三方から把《と》った。

二十歳ばかりの坊主が、介錯人《かいしやくにん》として、西面した千阿弥の左斜めの背後に、ぴたりとより添うて北面して立った。

——介錯は、古式にはないことだが……。

狂四郎は、冷やかな光の双眸を、ほそめた。

介錯人にえらばれた若い坊主は、おそらく、その目的を以て、ひそかに、白刃を振る

習練をしたに相違あるまいが、全身を石のようにこわばらせている様子がみえて、

——一太刀では、首を落せまい。

と、狂四郎に、看て取らせた。

千阿弥が、脇差を摑み締めて、何か叫んだが、包囲した役人たちの罵詈雑言の中に消された。

しかし、千阿弥が、左の掌で左脇腹をぐっと右へ引いて、切先をそこへ擬した瞬間、不意に、境内には、静寂が来た。

その白昼の静寂をつんざいて、

「やああっ！」

千阿弥は、凄まじい懸声をあげざま、左脇腹へ突き刺し、ぎりぎりと右へ切り裂いた。

すべての者が、固唾をのんで、その光景を見まもった。

千阿弥は、さらに、一文字に切り裂いた鮍《ちぬ》れた脇差をひき抜くや、胸の下鳩尾《みぞおち》へ、刃を下へ向けて突き刺し、柄を逆手に摑むや、文字通り死力をふりしぼって、下腹へ——臍《へそ》の下まで、縦に切り下げた。

それを待って、若い介錯人が、八双に構えていた刀を、千阿弥の頸《くび》めがけて、振りおろした。

狂四郎の予測は、あたった。

刀は、頸を断たず、千阿弥の肩へ食い込んだ。

千阿弥は、下腹へ脇差を、肩へ刀を食い込ませつつ、口腔《こうこう》を一杯にひらき、何か意味をなさぬ叫び声を発した。

坊主の一人が、奔《はし》って、千阿弥のからだを支えた。

介錯人は、白刃を千阿弥の肩から抜き取ると、

「南無っ！　八幡っ！」

と、絶叫して、再び振りかぶった。

多くの人々が、目蓋を閉じていた。

二の太刀は、無慚《むざん》にも、千阿弥の後頭部をなぐって、にぶい音をたてた。

千阿弥は、がくっと首をたれた。

からだを支えていた坊主が、その額へ片手を押しあてて、擡げさせると、千阿弥は異常な意志力で、苦痛に歪んだ顔をまっすぐに立てた。

三度、白刃は、千阿弥めがけて、振りおろされた。

千阿弥の首は、かんまんな重みを示しつつ、前へ落ちた。

どよめきが、潮騒《しおさい》のように、役人の群れにひろがった。

狂四郎は、しずかに踵をまわした。

数歩のむこうに、武部仙十郎が立っていた。

「…………」

二人は、黙って、視線を合わせた。言葉はなかった。

二王門をくぐり、赤橋を渡りかかって、老人が、はじめて、口をきいた。

「ののしることしか、しなかったの、役人どもは――」

「…………」

「ののしった役人どものうち、幾人が、あのように、十文字に腹を切る勇気を持って居るか？」

「…………」

「いや、たぶん、一人も、ああはやれまい。……あっぱれな最期であった、と云わざるを得ぬ」

「…………」

狂四郎は、老人の独語を、わずらわしいものにおぼえ、微かな嫌悪感にかられた。

「あの同朋、なぜ、お主という男が逢いに来たのに、介錯をたのまなんだのか。お主なら、のど皮一枚のこして、抱き首に介錯できたものを――」

「…………」

――千阿弥は、数知れぬほど人を斬ったこの無想正宗で、介錯しようと申し出られたならば、どんな軽侮の顔つきをしたことだろう？　人を斬ったことのない門下の坊主だからこそ、介錯させたのだ。

武部仙十郎に別れた狂四郎は、由比ヶ浜の渚へ出ていた。

薄紗《はくさ》に似た繊細な、まばゆいほど白い巻雲のちらばった青空の下に、穏やかな冬の海が、ひろがっていた。

濃い緑の平面から、幾段にも起って、打ち寄せる白い波は、淡い泡沫《ほうまつ》をのこして、黒い砂地をなめらかに撫《な》で乍ら、引き去り、そしてまた次の波を、送りつけて来る動作を、あくことなく、くりかえしていた。

——この波は、永遠に死ぬことはない。

ふところ手の、黒の着流し姿は、なおしばらく、砂地に立ちつくして、動かなかった。

刺客

一

——どの谷《やつ》を抜けて行くべきか？

眠狂四郎は、覚園寺境内にある火焼地蔵の堂守小屋から、千華を連れて出てから、迷った。

鎌倉から戸塚《とつか》宿へ出るには、由比ヶ浜から江ノ島《えのしま》を経て藤沢《ふじさわ》を通る海沿いの街道のほかは、すべて、坂を越えて切通《きりどおし》を通って行くことになる。

いわゆる鎌倉の七切通——七口をえらぶわけであった。

西からかぞえると、極楽寺《ごくらくじ》の切通、大仏の切通、仮粧《けわい》坂、亀ヶ谷《かめがやつ》坂、巨福呂《こぶくろ》坂、朝比奈《あさひな》の切通、名越《なごえ》の切通である。

極楽寺の切通は、腰越《こしごえ》・片瀬《かたせ》を経て、東海道に出る。大仏の切通、仮粧坂は藤沢に通じている。亀ヶ谷の坂は山ノ内《やまのうち》庄へ抜ける。巨福呂坂は、山ノ内より大船《おおふな》へ至る。朝比奈の切通は、金沢《かなざわ》へ出ることができ、名越の切通は、三浦《みうら》郡を過ぎることになる。

将軍家代参——西丸大納言家慶は、明日、江戸へ還《かえ》る。

鶴岡八幡宮境内にある神楽殿に於て、江戸城内同朋の沼津千阿弥が、檄をかかげて、割腹自決する異常の事変が、起ったいま、帰還道中の警戒は、厳重をきわめることは、目にみえていた。

狂四郎一人ならば、べつに、どうということもないが、連れている女子が、人目をはばかる異邦の娘なのであった。

狂四郎は、最も警戒が手薄であろうと思われる巨福呂坂から山ノ内庄へ至る旧道を、えらんだ。

七つの切通のうち、これが、最も道路が嶮難《けんなん》だったからである。

のみならず——。

新道と旧道と二筋があった。旧道は、八幡宮の裏門のすこし南から西へ登る。二筋は、建長寺の前で、出合うが、そこからまた、岐《わか》れる。

旧道はすでに、ほとんど人跡を断って、けものみちにひとしくなっていた。

建長寺の前を過ぎる頃、狂四郎は、尾行者がいるような予感がした。

はっきりと察知したわけでもなく、べつに振りかえりもしなかったが、これは、無数の死地をくぐり抜けて来たこの男独特の、異常なまでに磨《と》ぎすまされた神経につたわって来る、音もない秋波のようなものであった。

「そなた――」

二歩ばかりうしろを跟いて来る千華を、狂四郎は、呼んだ。

「はい」

「長津呂で、そなたの仲間たちが、わたしに放って来た飛道具は、なんという武器だったのか？」

「ぶうめらんと申します。……鳥やけものを殺すのと、合戦で使うのと、二種類があります」

「そなたも、いま、所持しているか？」

「はい」

「もしかすると、この切通で、使わねばならぬかも知れぬ。その心づもりでいてもらおう」

「誰か、襲って来るのですか？」

「まだ、わからぬ」

風もない、佳《よ》い日和《ひより》であった。

峰の彼方に、遠く淡く、海原がかすんでいた。

枯草と落葉に埋もれた山道に、静寂がこめて、雉子《きじ》が二羽はばたいたほか、二人は、音というものを耳にしなかった。

狂四郎の胸底には、沼津千阿弥の自決が、重いものになって、澱《よど》んでいた。

檄文の内容は、狂四郎にとっては、遠い無縁のものであった。しかし、正気による狂気沙汰として、その凄絶の行為を、彼方に押しやってしまうには、あまりにも、これは、この市井の無頼者の認識の外にあった。

——あれは、まさしく、諫死《かんし》であろうが、諫死というものには、怒りがともなっていなくてはなるまい。

檄文には、いかにも邪曲の時世を責めたてる激しい文章がつらねてあったが、その行間には、沼津千阿弥の肚《はら》の底からの憤りは血噴いてはいなかったように感じられる。経験によって形づくられたこちらの認識が、浅すぎるゆえであろうか。

——沼津千阿弥は、天才である、と評判が高かった。おのが天分に充分の自負を持っていた男に相違ない。おのれの主観を、正確な分析によって予見できた男ということになる。……巫女《みこ》の霊感のような、曖昧もこともしたものを、天分の裡《うち》からきっぱりと排除できた男なのだ。諫死などという行為が、いかに無駄であるか、知っていたに相違ない。にも拘《かかわ》らず、あの男は、死んだ。

——わからぬ！

二

狂四郎は、ふっと、なんの脈絡もなく、杜甫《とほ》の「狂夫」という詩を、思いうかべた。

万里橋西一草堂
百花潭水《たんすい》すなわち滄浪《そうろう》
風はふくむ翠篠娟娟《すいじょうけんけん》として浄《きよ》く
雨はつつむ紅蕖冉冉《こうきよせんせん》として香《かん》ばし
厚禄《こうろく》の故人は書を断絶し
恒飢《こうき》の稚子《おさなご》は色凄涼
溝壑《こうがく》にうずめんとするも唯疎放《そほう》
自ら笑う狂夫、老いて更に狂なるを

おのが草堂の景色を眺め、おのが知己、おのが家族のことを考え、そして、時勢に会わず世事にうといおのれ自身を顧みて、みずから狂夫と呼んだ詩人の心境が、この詩には、滲《にじ》み出ている。「溝壑に塡《うず》む」というのは、史記の〝范睢伝《はんしょ》〟にある「身死して収葬するものなきは、犬馬の斃るるがごとくにして、尸《し》を溝壑に棄つ」を指す。いわゆる野垂れ死である。

杜甫ほどの天才が、老いさらばえて、このようにうたうからこそ、この悲痛が、後世の者の心にも、そくそくとつたわって来るのではあるまいか。

源実朝が二十八歳で斃れた同じ日、同じ二十八歳で、同場所をえらんで、諫死のかたちで、割腹という行為をえらんだ——そのことは、どこやら、正義というものから、はずれているように思われる。

——あの男は、正しい魂——正義というものを、いかなる経験も排して、ただおのれの力のみでつくりあげた定義に則ったものだ、と思いきめたのではあるまいか？

——伝統とみせかけた儀式にしばられ、あらゆる秘密をたたえ、嫉妬を匿《かく》し、凡夫の将軍家が君臨して、世間から表裏をとざした江戸城内でくらしているうちに、あの男は、まことの孤独をあじわうようになった。その孤独が、おのれ流の正義をつくりあげた。その正義を、世間に示すために、割腹をえらんだのか？

嶮路のむこうに、洞門の昏《くら》い口がひらいている地点に来て、狂四郎は、おのれの予感が的中したのをさとった。

尾行者が、迫って来たのである。

狂四郎は、路傍に建つ鼻欠けの風化した地蔵尊を、何気なく一瞥した。

仁治《にんじ》元年、と背負うた石面に刻んである。洞門を掘りぬいた時の犠牲者のために、建てられた石仏に相違ない。

「そなたは、そのほとけの蔭にいるがよい」

狂四郎は、命じた。

足をはやめて、迫って来たのは、三人の武士であった。

踵をまわした狂四郎は、公儀庭番衆と看てとった。

距離が、七八歩に縮められると、対手がたは、立ち停《どま》った。

「この素浪人を、討ち取りに来た模様だが、その理由は？」

狂四郎は、問うた。

「貴公が、八幡宮赤橋上で、同朋沼津千阿弥と逢うて、何か相談するところがあった、と相判った。沼津千阿弥には、老中若年寄を暗殺し、御大城（江戸城）内を乗っ取る企計があった、と推測される。……貴公は、生き残った坊主どもを率いて、沼津千阿弥の遺志を継ぐことを約したものであろう」

狂四郎は、その口上を、滑稽なものにきき乍ら、

「そのようなばかげた妄想を、起したのは、お手前がたを手足にして動かせる人物――といえば、さしずめ、お目付ということになるが、ついでのことに、その名をうかがっておこう」

「問答無用っ！」

三人は、一斉に、白刃を鞘走らせた。

この眠狂四郎に対する討手として、さし向けられただけあって、いずれも、なみなみならぬ手練者《てだれ》であることを、その構えから看てとり乍ら、脳裡をちらと横切ったのは、沼津千阿弥がのこした若い門下百人が、一人のこらず斬られる悲惨な光景であった。

この瞬間——はじめて、狂四郎は、青山書塾の坊主衆を守ってやりたい気持が、湧いた。

一人が、正面から肉薄し、二人が左右へわかれて、草の中へ踏み込んだ。

地蔵尊側へ踏み込んだ者が、ものの一間も進まぬうちに、

「ああっ！」

叫びをほとばしらせて、のけぞった。

地蔵尊の蔭から飛来した黒い鳥の迅影に似た武器に、顔面を両断されたのである。

その時——ほとんど同時に。

狂四郎は、正面から猛然たる突きを放って来た敵を、袈裟《けさ》がけに、血煙りをあげさせていた。

次の刹那——。

最後に残った者が、横あいの叢中《そうちゅう》から、五体を路面へたたきつけるような意外な攻撃をしかけて来た。

五体を地面へたたきつけるようにして、狂四郎の腹部めがけて、電光の薙ぎあげをくれた。

狂四郎が、間一髪の差で、跳び退るや、その敵は一回転しざま、地蔵尊へ体あたりをくれた。

地蔵尊が、ひっくりかえった瞬間には、千華は、公儀庭番の猿臂《えんぴ》の下に在った。

「眠狂四郎、刀をすてろ！」

千華ののどもとへ、白刃を当てて、庭番は、叫んだ。

「………」

狂四郎は、敵の計算を看破れなかったおのれの不覚を自嘲した。

三

「刀をすてろっ！」

庭番は、再度叫んだ。

狂四郎は、やむなく、無想正宗を鞘に納めて、それを腰から抜くと、こじりをつかんで、さし出した。

「把れ！」

「その手には乗らぬ。地べたへ投げろ」

庭番は、要心深かった。

一瞬――。

狂四郎が、こじりをつかんだ右手を、目にもとまらぬ迅さで、宙を旋回させた。

無想正宗は、生きもののごとく、鞘から抜け出るや、つばめがえしに、矢のごとく、庭番めがけて、手裏剣となって飛んだ。

「おっ！」

庭番が、午後の薄ら陽をはねて襲って来た白刃を、ぱあんと払った瞬間、千華は、すばやく、その手から遁《のが》れていた。

狂四郎は、地を蹴るや、はねとばされた無想正宗が、落下して来る地点へ、奔駆していた。

そして、わが手にもどった愛刀を、地摺《じず》りに下げると、

「勝負は、みえたが、まだ、死にいそぎをするのか？」

と、冷たい眼眸を、対手に当てた。

「後日に――」

庭番は、意外なほどあっさり敗北をみとめて、後退した。

「参ろうか」

狂四郎は、ふところ手になると、千華をうながした。

千華は、感動を、表情にあふらせたが、それを言葉にして口に出すことができぬようであった。

洞門へ、歩み入ろうとして、狂四郎は、薄暗い中に立つ者がいるのを、みとめた。

中年の町人ていで、ごくありきたりの面貌の持主であった。

「眠狂四郎の旦那、水際立ったお腕前を、拝見させて頂きました」

そう云って、頭を下げた。

「……？」

男は、狂四郎から鋭い眼光を射込まれると、あわてて、首をすくめて、

「てまえは、そこのお庭番のように、べつに死にいそぎをしているわけじゃございません。……おねがいしたい筋があって、一足さきに、ここに参って、お待ち申して居りましたので――」

と、云った。

「わたしが、この切通をえらぶと、予想した、というのか？」

「へい。カンでございましてね、中《あた》りました」

「なんの用事だ？」

「てまえ、弥之助《やのすけ》と申す」

男は、名のってから、

「店者《たなもの》の恰好《かっこう》をして居りますが、旦那の目をごまかせるとは思えません。正直に申し上げます。夜働きを稼業にして居る者でございます」

「盗っ人《ぬすと》が、わたしに、たのみごとがあるのか」

「へえ。……是非おききとどけねがわしゅう存じます」

「…………」

「失礼でございますが、てまえ、さきに歩かせて頂き乍ら、お話し申し上げとう存じます。ちょいとばかり、急いで居りますもので――」

弥之助という盗賊は、二歩ばかり先に立って、洞門の中を進み乍ら、言葉を継いだ。

「昨年の秋のことでございました。青山のご同朋のお屋敷へ、忍び込みましてね、なにしろ、ご同朋ってえのは、ご城内で、お大名お旗本衆から、たんまりと頂戴ものがあるときいていたので、こちらにも、おすそわけをして頂こうと存じましてね。……ところが、忍び入ってみると、勝手がちがっていたのでございます。てまえが、匍《は》いつくばった天井裏の、その下では、沼津千阿弥と仰言《おつしや》るお若いご同朋が、ちょうど、お坊主衆を五六十人集めて、ご講義のまっ最中でございました。……大層むつかしいことを講義なされて居りまして、平仮名さえまんぞくに書けねえ夜働き風情には、はじめのうちは、ちんぷんかんぷんでございましたが……」

なんとなく耳を傾けているうちに、弥之助にも、沼津千阿弥の述べることが、おぼろげ乍ら、判って来た。

それよりも、沼津千阿弥の全身全霊をこめた熱情と、その講述に耳をかたむける血気の若者たちの必死な態度がつくる雰囲気が、無学文盲の盗賊の心を、ひきしめさせた。

「てまえにとっては、これァ、生れてはじめての感激でございました。……そこで、てまえは、次の日も、その次の日も――天井裏へ忍び込んで、沼津様のお話を、ぬすみぎきした次第でございます」

十日ばかりのち、弥之助は、思いきって、沼津家を、玄関から訪れて、千阿弥に会うと、ありのままを白状して、自分のような下賤《げせん》な人間にも、なにかお役に立つことがあれば、骨を粉にしても働きたい、と願い出たのであった。

千阿弥は、べつに、何をせよ、と命じはしなかったが、弥之助に自由に出入りすることを許した。

年の暮になってから、千阿弥が門下の中から数人をえらんで、わが道をあきらかにするためには、死をえらぶよりほかはない、と申し渡すのを、弥之助は、ぬすみぎいたのであった。

盗賊ずれが、その死を阻止することなど、できる筈もなかった。

四

「で――つまり、本日、ああいうことになってしまったのでございます」

「…………」

「沼津様のご切腹は、これはもう、ご門弟衆も、止めて止められることじゃございませんでした。てまえ自身も、あれが、あの先生の寿命だったような気がいたして居ります。

……ただ、てまえが、おそれて居りますのは、あとにのこされたご門弟衆のことでございます」

「…………」

「ご門弟衆のうち、二十人ばかりが、神奈川宿まで、参られて居るのを、てまえは、知って居ります。その御仁がたが、どんな肚づもりで居られるか、てまえには、およそ、見当がついて居るのでございます」

「…………」

「つまり、その、先生のあとを慕うて、ご一同うちそろって、切腹なさるのではあるまいかと……」

「将軍家代参の帰途をはばんで、街道上に列座して切腹する、というわけか」

「左様でございます」

弥之助は、その時、足を停めて、向きなおった。

「てまえは、貴方様が、八幡宮の赤橋の上で、沼津様と逢うておいでのところを、遠くから、拝見いたして居ります。……貴方様なら、お坊主衆の切腹を、お止め下さるのではあるまいか、と存じまして、ここで、お待ち申し上げていたのでございます」

「…………」

「お願いでございます。ご坊主衆のあと追い腹を、どうか、おひきとどめ下さいまし」

「……………」

「判って居ります。貴方様が、これ以上、このことに、かかわりあいたくはない、と考えておいでなのは、よく判って居ります。……けれども、貴方様も、あのお坊主衆の、若々しい、純な心に満ちた姿を、ごらんなされば、生かしてやろう、というお気持になりになるに相違ございませぬ」

「……………」

狂四郎は、しかし、返辞をせずに、弥之助のわきを、行き過ぎて、先に立った。

「眠様！」

弥之助は、必死の声で、呼んだ。

「お願いでございます！　何卒――」

狂四郎は、急勾配の坂路を、黙って降りた。

谷《やつ》と谷をつなぐ新しい切通にさしかかった時、狂四郎は、はじめて、口をひらいた。

「弥之助――」

「へい」

「お前に、ひとつだけ、きいておこう」

「仰言って下さいまし」

「お前は、沼津千阿弥に、心酔していたらしいが、実は、ほかに、なにかの仔細《しさい》、事情があって、青山書塾の面々に、味方しようとしているのではないか、どうかだ」

「滅相もない。てまえは、ただもう、純な心を持った若いかたがたを、なんとか、おたすけしたい、とそれだけを願っているばかりでございます」

不吉な死神

一

今日も、冬空は、美しく晴れわたっていた。

これから下界にどんな異変が起ろうと、なんのかかわりもない良い日和であった。

広重の『東海道五十三次』のうちの神奈川は、緩やかな坂になった街道に、旗亭が竝び、留女《とめおんな》が旅人の袖をひいて居り、旗亭のすぐ裏手から、海原がひろがって、幾艘かの白い布帆が浮いている。

遠く、黛《まゆずみ》のようにかすんでいるのは、上総《かずさ》房州の山である。

神奈川湊は、街道まで浪を打ち寄せていたのである。

湾が埋めたてられ、市街地となったのは、明治初年になってからであった。横浜の豪商高島嘉右衛門が、鉄道の敷設を請負うて、湾を一変させたのである。

天保のはじめのこの時代は、旗亭の竝ぶ台地のほかは、浜辺にわずかの漁師小屋がちらばっているだけであった。

程ヶ谷宿とは、わずか一里九町はなれているにすぎぬ。

前夜から、神奈川宿に泊っていた坊主頭の血気の若者二十人が、旅籠《はたご》を出たのは、今日も良い日和と判る夜明けて程ない頃あいであった。

それぞれが、かなりの荷物を、背負ったり、かついだりしていた。

程ヶ谷宿の帷子《かたびら》川に架けられたかたびら橋を渡ってから、渠らの姿は、忽然《こつぜん》として何処《どこ》かへ消えた。

恰度《ちょうど》、その時刻に、役人たちが、地下人たちを動員して、街道の清掃をはじめた。午後になって、鎌倉の鶴岡八幡宮へ参詣した将軍家代参――西丸大納言家慶が、江戸へ還る行列が通るためであった。

すでに街道沿いの人家は、昨夜から炊煙をあげるのを止《や》めていたし、軒下店先から見苦しい物は、とりのぞいてあった。

地下人たちが、路上を掃ききよめた頃には、一般の通行も禁じられた。

程ヶ谷から、西へ二十町ばかり行った地点を、境木《さかいぎ》といった。すなわち、武蔵《むさし》と相模の国境である。

ここは、険しい坂路になり、品野坂といい、江戸と箱根の間にある一嶮路と称されていた。

正午を期して、品野坂の密林の中にひそんでいた江戸城お坊主衆が、街道上へ出現した時、いずれも純白の死装束姿になっていた。

坂の頂上は、断崖が切りひろげられて、かなりの広さになっていたが、渠らは、予《あらかじ》め分担したおのおのの仕事を、あっという間にやりあげた。

すなわち。

街道上に、切腹場をしつらえたのである。

広さ六間四方、北側に修行門、南側に涅槃《ねはん》門、そして正門として、山門に似せた八尺幅六尺高の門をつくった。これら三つの門は、青竹に白布を巻きつけたものであった。

場内のまわりは、幅四尺の白無地の幔幕《まんまく》をめぐらし、四隅に、「倶会一処《ぐえいっしょ》」と記した、長さ六尺の弔旗が、立てられた。

場内には、白縁の畳を、丁字形に据え、その上を白布で掩うた。

地下人の報《しら》せで、数人の役人たちが、そこへ馳せつけた時には、凄絶な儀式にふさわしい舞台は、完全に設備を終了していた。

切腹畳のうしろには、白張の屛風も立てられ、その蔭には、棺も首桶《くびおけ》も手桶も、目立たぬように置かれてあった。

そして――。

切腹を決行する十人は、すでに座に就いていた。

介錯の役目にまわった十人は、白刃を抜きはなって、正門前に竝んで、役人たちを睨《にら》みつけた。

役人たちは、すでに、昨日、鶴岡八幡宮の神楽殿で、同朋沼津千阿弥が檄文をかかげて屠腹自決を遂げた異変をきき知っていたので、この血気の若者たちが、その門下であることを、看てとった。

「止《や》めい！　たわけた犬死は止めい！」

「西丸様のお道中を、おのれらの血でけがして、何になる！」

「一家九族までが、罪になるのだぞ！」

この土地を守備する役人たちとしては、おのが首がとぶことにもなりかねぬ落度になるので、血相を変え、全身を顫《ふる》わせて、喚きたてた。

一人などは、見栄《みえ》も外聞もなく、いきなり土下座して、

「た、たのむ！　止めてくれ！」

と、額を地べたへすりつけた。

若者たちは、きわめて冷やかな無表情であった。

「こ、この通りだ！　無謀な振舞いを、思いとどまってくれ！」

土下座した役人が、合掌すると、若者の一人は、高らかに、

「三軍すでに陣成り、士は死を視ること帰するが如し！」

と、韓非子《かんぴし》の言を、口にした。

死を決した若者たちの、鋭くきびしくひきしまった態度は、役人たちを絶望させた。

いたずらに、

「たのむ！」

「お願いだ！　止めてくれ！」

と、悲鳴をあげるばかりであった。

二

同じ日の朝――。

東海道の松並木を、三町ばかり彼方に望む戸塚の間道は、いつもは、地下の者だけが時たま通るのであったが、今日は、旅客の姿が、たくさん見受けられた。

昨夜のうちから、街道は掃ききよめられて、もうこの時刻は通行を禁止されていたからである。

街道沿いの腰掛茶屋は、閉じられて、間道の方に、葦簀《よしず》で囲った臨時の休み所が設けられていた。

眠狂四郎は、千華と弥之助という夜盗をつれて、そこの床几《しょうぎ》に腰を下ろした時、

「坊主衆は、神奈川宿に泊って居るのだな？」

と、弥之助に念を押した。

「へい。昨夜からでございます」

「すると……」

宙に冴《さ》えた眼眸を置いて、

「さしあたり、屠腹の場所をえらぶとすれば、境木の品野坂か」

と、呟いた。

「………」

弥之助は、狂四郎の冷たい横顔を、見まもった。

「坊主衆が勝手に死をえらぶのを、阻止しなければならぬ理由は、ないが……」

「旦那！　一途《いちず》に思いきめていなさる若いかたがたの生命を救ってさしあげるのは、旦那のような御仁だからこそ、おできになるのじゃございますまいか？」

「おのれに降りかかった火の粉は、払うが、こちらから進んで、よけいなお節介をやいたことは、まだない男だ、わたしは——」

「そう仰言り乍らも、旦那は、いまから境木まで行く時間を、はかっていなさる」

弥之助は、狂四郎の胸中を看抜いたように、云った。

狂四郎は、千華へ、視線を移した。

「行くとすれば、そなたを、この男にあずけることになる」

「………」

千華は、お高祖頭巾の蔭の双眸を、まばたきもさせずに、狂四郎を瞶めかえしている。

「そなたの味方から、わたしが信頼されたように、わたしも、この男を一応信頼して、そなたをあずけて、江戸までともなってもらわねばならぬ」

「はい」

千華は、うなずいた。

「旦那、有難う存じます」

弥之助は、頭を下げた。

「弥之助、お前はすでに気づいて居ろう。この娘は、このお高祖頭巾を、はずせぬのだ」

「南蛮のお娘御であることは、鎌倉の谷で、見とどけさせて頂きました」

「実は、わたしも、この娘が、なんの目的で、海を渡って、忍び入って来たのか、きいて居らぬ。江戸のさる大名屋敷へ送りとどけることだけをひき受けたのだ。……お前も、そのつもりでいてもらおう」

「かしこまりました」

狂四郎は、品川宿はずれの場所と時刻を指定しておいて、葦簀囲いから、出た。

その時、ふっと、

――弥之助という男、信じてよいのかな？

その疑念が、脳裡をかすめた。

しかし、いまは、信じてみるよりほかはなかった。

沼津千阿弥の遺言が、耳にのこっていたからである。

「拙者は、出仕を止めてのち、書塾に、およそ百人の門弟をやしない申した。……拙者亡きのち、渠らが、拙者の志を継ぐことに相成るが、その際、貴殿のお力をおかりする場合もあるやも知れ申さぬ。その儀、お心のうちに、とめておかれたい。お願い申す」

千阿弥は、そう云いのこしたのである。

こちらは、その時は、諾否いずれとも言葉にも態度にも示さなかった。

千阿弥に対して友情を持った間柄ではなかった。韮山代官江川太郎左衛門にたのまれて、千阿弥が何を為すか、見とどけに、鎌倉へおもむいただけである。

千阿弥が、自ら諫死をえらんで、門弟をあとに残したにすぎないことであった。

尤も、門弟たちが、あと追い腹をするのは、おそらく、千阿弥の命ずるところではないであろう。

——死ぬ奴は、勝手に死ぬがよかろう。

その冷酷な気持も、狂四郎の脳裡の片隅には、ある。

にも拘らず、狂四郎は、坊主衆の屠腹を阻止すべく、歩き出した。そうしなければならぬ、とおのれ自身に云いきかせたわけではなかった。

——あの同朋の正気による狂気の沙汰は、おれという男を、門下の味方にするだけの凄絶さがあった、ということか。

何百人、人を斬ったか知らぬが、おのれ自身の腹を切ることはできまい、とあざけった千阿弥の侮蔑をこめた表情を思い泛べ乍ら、狂四郎は、次第に足どりを速いものにした。

「おーい、眠殿。……眠狂四郎殿ではないか」

その呼び声が、後方からかかったのは、数町をひろってからであった。

振りかえると、編笠《あみがさ》をかぶった、着流しの、いかにも尾羽打ち枯らした風体の浪人者が、追って来た。

「やあ、久闊《きゆうかつ》!」

編笠をあげたその面貌は、額も頬も頤《あご》も、刀痕凄まじく、常人なら、思わず、目をそむけざるを得まい。

死神九郎太《しにがみくろうた》。

自身がつけたのか、他人から称《よ》ばれるようになったのか——いまでは、自身の口からそう名のるこの男とは、三年前に、土佐の宿毛《すくも》で、知りあっている。それから、どういう巡りあわせか、これまでに、思いがけない場所で、幾度か、出逢っているのであった。

江戸とか、京大坂とか、そういう繁華な土地ではなく、天草《あまくさ》の海辺とか、木曽《きそ》の山中とか、津軽《つがる》のさる湖畔の温泉宿とか——知り人とは全く出逢わぬような場所で、この男は、ひょっこり、面前に姿を現わしたのである。

しかし、出逢った、というだけで、べつに双方の間に、敵になるか味方になるかといった切迫した何事かが起ったことは一度もなかった。津軽のさる湖畔の温泉宿では、数日間部屋をとなりあわせたが、交わした会話も記憶にとどまってはいない。

縁があるといえばあり、ないといえばない、そんな間柄であった。

こちらから、面貌がそのように変りはてた時の仔細をきいたこともないし、対手も語ろうとはしなかった。ただ、肩をならべて釣糸をたれたり、街道をひろったり、同じ宿ですごしたりしたにすぎなかったのである。

「江戸へ戻られるのか？」

死神九郎太は、その凄まじい面貌におよそふさわしくない明るい声音で、問うた。

この男の取柄は——はたしてそれが本性かどうか不明であるが——きわめて態度が快活なことであった。

「それがしも、江戸へ参る途中でござるよ」

「…………」

「実は、眠殿だから、打ち明け申すが、夢のような金儲《かねもう》け話がござってな。その金高たるや、百両や二百両ではござらぬ。……もしかすると、数千両——いや、一万両も、このふところへ……」

死神九郎太が、そこまで云った時、狂四郎の視線は、急に鋭いものになって、彼方の街道へそそがれた。

数騎が、疾風の迅さで、東へ向って掠め去るのをみとめて、狂四郎は、

——はてな？

不吉な予感をおぼえたのである。

奇妙な暗示だが、この死神九郎太と出逢ったことが、不吉な予感の確率を、狂四郎に測らせた。

「ここで、失礼しよう」

「なんと——？」

「お主の儲け話は、この次に出逢うた折に、うかがおう」

狂四郎は、云いのこした。

三

品野坂の切腹場に於ては——。
役人たちの嘆願もむなしく、十人の坊主衆は、師の沼津千阿弥がそうしたように、朱絹の鉢巻をして、三方から脇差を把って、抜きはなっていた。

同数の朋輩が介錯人として、その背後に北面して、立った。

あとから想いやれば、渠らは、直ちに、腹へ切先を突き立てればよかったのである。

渠らは、昨夜相談したに相違ない。

脇差を腹へ突き立てる前に、師が作成した檄文を、声を張りあげて、斉唱しはじめたのである。

「我、柳営同朋の家に生れて、今日二十八歳。班固が志にならいて、八歳にして小学に入り、十五歳にして大学に入り、二十歳にして一芸に通じ、ようやく今日五経終れり。然れども、古人の学を識る日きわめて短く、節義に暗し。而して、同朋衆なるいやしき家に生れし故に、士道に謂う『覚悟』を修むること能わず……」

檄文は長かった。

ようやく、終りに近づき、

「……まさに、方今の武士は、祖先の武勲を盗み、主君の禄を貪りて、生涯ただ盗賊奴隷の生命を送るのみ……」

そのくだりに至った時、坂下からせわしく高鳴る数騎の馬蹄《ばてい》の音が、ひびいた。

いまはただ、為すすべもなく、血気の坊主衆の最期を目撃しようとしていた役人たちは、それをきいて、再び、われにかえったように叫びをあげ喚きたてた。

そこへ疾駆して来たのは、五騎であった。いずれも、きわめて無表情な、尋常の風貌の所有者ばかりであったが、たづなを引くやいなや、地上へ跳び降りて、切腹場へ躍り込む迅さは、一陣の旋風《つむじ》に似ていた。

役人たちが声を立てるいとまもないくらい、一瞬裡の修羅場が、そこに現出した。

五人の武士は、抜刀するがはやいか、座に就いていた切腹人たちを、一人が二人ずつ、凄まじい業前で、あるいは袈裟がけに、まっ向唐竹割りに、斬り仆した。

つづいて、背後に立つ介錯人たちに対しても、容赦のない凶刀を加えた。

坊主衆のうち、抵抗しようとしたのは、わずかに三四人であり、それとても、刃で受けとめることさえも叶わなかった。

遁げようとした者は、一人もいなかった。

今日の時間ではかれば、十秒もかからなかったであろう。

またたく間に――という形容通りに、公儀をあなどる行為をとろうとした江戸城お坊主二十人を片づけた五人の武士は、いずれも眉毛一本動かさぬ無表情で、馬のところへ戻って、さっとうちまたがった。

指揮格らしい一人が、冷たくかわいた声音で、茫然《ぼうぜん》自失している役人たちに、

「早々に、死体を取りかたづけい。血汐《ちしお》一滴も、地面にとどめては相成らぬ」

そう命じた。

五騎は、江戸の方角へ向って、来た時と同様、疾風の勢いで、駆け去った。

眠狂四郎が、はだか馬をとばして、そこへ到着したのは、その直後——役人たちが、死体を路傍へひきずって、ならべようとした時であった。

——しまった！

狂四郎は、馬上からその光景を眺めやって、胃痛に似た悔いを疼《うず》かせた。

弥之助という夜盗が告げた通りの出来事が、ここで演じられようとしたのである。そして、こちらの不吉の予感は、的中した。

狂四郎は、鎌倉の谷で、自分を襲撃して来た公儀庭番たちの仕業と看てとり乍ら、ならべられた死骸へ近づいた。

いずれも、ただの一太刀で仕止められていた。

役人たちは、通行禁止の街道を、馬をとばして来た狂四郎を、公儀の隠密とでも思いちがいをしたのか、それとも、咎める余裕もないくらい気持を動転させているのか、黙っていた。

狂四郎は、二十個の屍が、いずれも、二十歳を越えたばかりの若さであるのをみとめて、この若者たちをここまで一途に思いつめさせた沼津千阿弥という一人の天才に対して、微かな憤りをおぼえずにはいられなかった。

——死生を一にする知行合一の良知を致す、か。

狂四郎は、はだか馬をそこに乗りすてておいて、歩き出し乍ら、檄文の中の一節を、口のうちに呟いた。

——死生を一にする、などということが、あり得るものか。生きている時のおのれには死はないし、死んでしまったおのれには生はないのだ。死と生が一になる、というのは言葉の綾《あや》にすぎぬ。

「あ——もし！」

役人の一人が、あわてて呼びかけた。

「街道を往かれるのは、お避けねがいたい」

「………」

狂四郎は、返辞もしなかった。

二十人を斬り仆した公儀庭番の面々は、おそらく、江戸の青山にある沼津千阿弥の書塾をめざしたに相違ない。

千阿弥の門下は、まだ七十人以上が、残っている。それらを一人残らず斬れ、という命令が、下されているものと思われる。

——どうする？

狂四郎は、おのれに問うていた。

七十余人の若者の味方になって、闘うかどうかである。

武部仙十郎ならば、薄ら笑って、

「無駄だの」

と、云うであろう。

こちらにも、士道に謂う「覚悟」もなければ、義心が燃えた次第でもない。無縁の世界の異変として、冷やかに眺めるのが、こちらの生きかたなのだ。

にも拘らず、狂四郎は、

——どうするのだ？

と、おのれに問うている。

答えの出ぬままに、その足は、江戸へ向って、痩身をはこんでいた。

虜囚

一

「おう、おう、おうっ。きいてびっくり、泣いてしゃっくりだあ。おどろくな、同朋のかっぷくだぞ」

若い衆が、南北の紺屋《こんや》町をつなぐ京橋川出口に架けられた比丘尼橋の橋袂《はしたもと》の髪結床へ、息せき切って、とび込んで来た。

隣りが山くじらの店（猪《いのしし》、熊、鹿、猿の肉）で、そのにおいが、ここにも、流れて来ていた。

順番待ちの客は、大半が威勢のいい大根河岸《がし》の連中であった。

「どうぼうって、なんでえ？」

「同朋は同朋だい」

「作麼生《そもさん》！　友達のことを同朋といい、居候なら同房で、三水《さんずい》をつけて洞房と書けば女郎屋のことだが……」

横丁の隠居が、云った。

「おめえの職は、訛《なま》って、どろぼうだ。上に、こそとつかあ」

「うるせえやい。お城のお坊主がしらのことだい、同朋ってえのは――」

「その同朋が、どうしたってんだ？」

「割腹だあ」

「わしのことかあ」

将棋をさしていたでっぷり肥えた近くの寺の住職が、王手飛車取りの高い音をたて乍ら、

「身の丈六尺、体重三十有五貫、膂力は二十と八人力、関《かん》羽張飛《うちようひ》の再来か、威風堂々押し出したる――この恰幅は日本一」

「置きやがれ。かっぷくはかっぷくでも、腹をかっさばいたんだぞ、腹を――」

「割腹、切腹、屠腹に自刃、自害に自裁に、愚妻に負債、これに天災と来ると、ぞっとせんのう」

「まぜっかえすねえ。てめえら、お城のお坊主がしらが腹を切ったのを、おどろかねえのか」

「おどろくのう。さぞ、痛かったであろうて、自腹を切るのは」

「ちぇっ！　当節、さむれえだって、腹を切る度胸のある奴は、一人もいねえんだぞ。

それがよう、お城のお坊主がしらが、十文字にかっさばいたんだぞ、ちったあ、びっくりしやがれ」

「十文字とは、びっくりだのう。花魁《おいらん》道中なら八文字で、この前、その八文字を踏みそこねて、ひっくりけえって、裾がぱあっと、観音びらきになったが、見せたかったのう」

所詮は、庶民にとって、同朋一人が切腹したぐらい、遠い無縁の出来事であった。

報せに馳せつけた若い衆は、むかっ腹を立てて、

「むかしは、赤穂義士が切腹した時は、日本中が、ひっくりけえる大騒ぎをしたんだぞ。いまは、女郎がひっくりけえるのに舌なめずりしてやがる。末世だ、こん畜生。……同じ坊主でも、そこで将棋をさしてやがる生臭坊主とは、月とすっぽんだあ。ざまァみやがれ」

毒吐《どくづ》いておいて、出て行った。

その折、片隅に手枕していた男が、むっくり起き上った。金八《きんぱち》であった。吉原《なか》からの朝帰りで、宿酔《ふつかよ》いの大あくびをした。

それを見やって、寺の和尚が、笑い乍ら、

「同朋は切腹、巾着切はここで、潜伏」

と、云った。

「そういうてめえは、お布施で満腹だろう」

そう云いかえした金八は、何気なく往還を見やって、

「おっ！」

と、叫びをあげた。

「なんだ、だしぬけに大声を出しやがって――」

「糞坊主《くそ》、どけどけっ！　おいらの親分が、お帰りだあ」

金八は、鶴を描いた窓の半障子をひきあけて、首を突き出すと、

「へい、待ってやした。金八、ここに罷《まか》り在りっ」

と、黒の着流し姿へ、呼びかけた。

眠狂四郎は、一瞥をくれると、なにを思ったか、鶴床の土間へ、すっと入って来た。

「去年の秋から、行方をくらまして、いってえ、どこへかくれていなすったので？」

訊ねかける金八へ、

「いま、旅の薬売りが、ここへ入って来る。わたしが出て行ったら、そいつに、難癖つけて、時間をかせいでもらおう」

狂四郎は、そう云いふくめておいて、順番を無視すると、床へ腰をおろし、

「親方、顔をたのむ」

と、云った。

金八は、客一同を見まわして、

「おめえら、合点だな？」

と、味方になることをもとめた。

「わかってら」

一人が、胸を叩《たた》いた。

大根河岸の連中は、眠狂四郎と顔見知りであったし、金八とも親しかったのである。かつといえば、かあとこたえるイキのいい江戸っ子たちであった。

二

狂四郎の予告通り、親方が狂四郎の顔を剃《そ》りはじめた時、背負い荷の薬売りが入って来た。

どこといって胡乱《うろん》な点は感じられなかったが、狂四郎の後ろ姿へ、ちらと呉《く》れた視線に、鋭さがあった。

客たちは、将棋をさす者、色里の噂をする者、小唄を口ずさむ者——それぞれ、何気ないていをよそおい乍ら、ひそかになりゆきをうかがった。

やがて——。

狂四郎は、頤下から頸根まできれいに剃りあげさせると、下剃に小銭を渡しておいて、すっと、おもてへ出て行った。

十歩も遠ざかった頃合をはかって、薬売りも腰を上げた。

とたん、

「おう、待ちねえ！」

金八が、その袖をつかんだ。

「ここをどこだと思ってやがる。比丘尼橋の鶴床は、江戸で五本の指にかぞえられる親方のやっている店だぜ。いったん、入ったからにゃ、ちゃんと男っぷりをあげて出て行ってもらおうじゃねえか」

「それが、ちと、急ぎの用事を思い出しましたので……」

「思い出すなら、入る前にしやがれ。入ったからにゃ、どうでも、月代《さかやき》を剃って、髪を結ってやらあ」

薬売りは、無言で、金八の手をもぎはなした。

しかし、その時すでに、若い衆二人が、すばやく、火鉢にかけてあった銅《あかがね》の大薬鑵《やかん》から、にえたぎった熱湯を、小盥《こだらい》に汲《く》みとって、表の腰板障子ぎわに、立ちふさがっていた。

どうでも出て行こうとするなら、ぶっかけるぞ、という気勢をあげてみせた。

流石《さすが》の尾行者も、一瞬、ひるんだ。

「郷に入っては郷に従え、といわあ。いいから、そこにおとなしく腰かけて、順番を待ちな」

　金八は、勝ちほこって、云った。

　と――一瞬。

　別人のように鋭い面相と化した薬売りは、金八の右手の指三本を摑んで、後ろへねじあげると、ぴたっと寄り添って、

「出ろ！」

　と、命じた。

　掏摸《すり》が、指を折られては、商売あがったりである。

　小盥を持った若い衆たちが、たじろぐ隙に、薬売りは金八を先に立てて、往還へ出ると、ぱっと突き倒しておいて、狂四郎が渡ったであろう比丘尼橋を、脱兎《だつと》の如く奔った。

　金八は、起き上って、

「おう痛えっ！　おっそろしい力を持ってやがるぜ、あん畜生。日本一の名人芸のこの指を折ってでもみやがれ、草の根わけてもさがし出して、のど笛を食いちぎってくれら」

　ぶつぶつ云い乍ら、土間へ戻って来て、

「へえ！」

と、目をみはった。

いつの間にか、狂四郎が裏口から入って来ていたのである。

「親方、二階を借りるぞ」

ことわっておいて、階段をのぼって行った。

あわてて、あとをついて来た金八が、

「あっしが、吉原から、つけ馬をつれて来るのも毎度のことだが、旦那も、よく、尾《つ》けさせなさるねえ」

と、首を振った。

頭のつかえるほど天井のひくい、うすぎたない四畳半に、寝そべった狂四郎は、

「ひとっ走り、使いをたのまれてくれ」

「へいっ！ 水の中でも、火の中でも――」

「小伝馬《こでんま》上町《かみちよう》の千代田稲荷《ちよだいなり》裏手に、去年まで岡っ引をつとめていた久七《きゆうしち》という男が、子供対手の南蛮菓子屋をひらいているはずだ。その店に、わたしの預かった娘が、到着したかどうか、たしかめて来てもらおう」

「なんだ、そんな使いですかい」

「ただの娘ではない。海のむこうからはるばる密入国して来た娘だ」

「そいつはまた、とんだしろものを引き受けなすったもので――」

「犬も歩けば棒に当る。おれが歩けば、必ず血なまぐさい異変に出会うことは、お前も知って居ろう。……昨日、その娘を、鎌倉の谷で、弥之助という夜働きに身柄をあずけて、品川宿はずれの場所と時刻を指定しておいたが、そこで落ち合えなければ、久七の店へ連れて行ってくれ、とたのんでおいた。こちらは、お前が見た通り、昨日から尾けまわされたので、品川の宿場女郎を対手に油を売って来た」

昼までそこにいて、出て来たが、尾行は執拗《しつよう》であった。のみならず、尾行者は一人ではなく、さまざまに姿を扮《か》えた者が、つぎつぎとひき継いだので、一瞬の油断も許されず、わざと、方角をかえて、尾けまわさせた挙句、偶然、ここへさしかかったのであった。

時刻は、そろそろ七つ（午後四時）になろうとしていた。

「へへ、有難え。旦那が江戸にいなさらねえと、朝から晩まで、うだらぐだらとすごして、いい加減、うんざりしているんだが、旦那が帰っておいでになると、たちまち、こう、ぴいんと、脳天から足の爪先まで、ひきしまって来やアがる」

金八は、髪結床をとび出して行った。

三

同じ時刻――。

高輪《たかなわ》北町から二本榎《にほんえのき》に至る台地一円には、高野寺《こうやじ》、東禅寺《とうぜんじ》、泉岳寺《せんがくじ》はじめ、無数といってよいほど、たくさんの寺院が、土塀をつらねていたが、その中の庚申堂《こうしんどう》と太子堂をかかえた来成寺《らいじようじ》という古刹の方丈に、千華は、虜囚となって、一室へとじこめられていた。

弥之助に連れて来られたのは、昨夜更けてからであった。

未知の土地であったが、千華は、その一室に入れられた時、疑惑をおぼえ、

「眠狂四郎殿が告げられた場所と、ここはちがっています」

と、云った。

すると、弥之助は、笑って、

「江戸の町筋は、夜ぶんの方が、貴女《あなた》のようなおひとは歩きにくいのでございます。見まわりのお役人がたが、どの辻《つじ》にもいますのでね。夜盗のてまえが申すのですから、まちがいございません。……明朝、人の往来がせわしくなった頃あい、ご案内申し上げます」

そう説明したものであった。

弥之助が、出て行ってから、千華は、こころみに杉戸を開けようとしたが、ビクともしなかった。とじこめられたのである。

夜が明けたが、弥之助は、入って来ようとせず、いたずらに、時刻が過ぎていた。

弥之助にだまされたことは、もはや、疑う余地はなかった。

千華は、ひたすら、待つよりほかにすべはなかった。

必死の使命をおびた千華は、これぐらいの危難にうろたえたり、あせったりする娘ではなかった。敵《かな》わぬと知れば、操までも眠狂四郎に与えて、味方にすることに成功した千華であった。

物心ついた頃から、日本の戦国武士の娘として育てられ、心構えから、作法、そして武芸を身につけて来たのである。

当世の、形式に律せられ虚礼にしばられた旗本や藩士の娘とは、おのずから異なった性情の持主といえる。

ようやく――。

跫音《あしおと》が、近づいた。

杉戸の一枚に、小窓がつくられていて、それがひらかれた。

二つの顔の眼眸が、竝んで、千華にそそがれた。

「南蛮絵そのままの美しさだな」

「左様で――」

こたえたのは、弥之助にまぎれもなかった。

弥之助が案内したのは、武士であった。かなりの年配であることは、半分しかのぞいていない貌からも、察しられた。

「娘御――、どこから参った？」

「………」

千華は、まばたきもせず、視かえしているばかりであった。

「何を訊ねても、こたえぬ、という意志をみせて居る。……そなたが、逃げようとしなければ、こちらは、そっとしておく。尤も、逃げ出しても、その容子では、身のかくしようもあるまい。……何かの目的がなければ、わざわざ、海を渡って忍び入っては来ないであろう。その目的を、こちらがつきとめるまでは、そなたは、ここに、当分逗留することに相成る」

武士の顔は、消えて、弥之助だけが、視線を千華にあてた。

「お嬢さん、眠狂四郎の旦那には、申しわけなかったが、てまえは、あるじ持ちの男でしてね、不運だったとあきらめてもらいましょう。……貴女は、途方もないおそろしい武器を持っていなさるのでね、しばらくは、はれものにさわるように取り扱うことにいたしますよ。……そこの、踏込み床の右の壁を押すと、厠《かわや》と湯殿があります。喰べたいものは――いままで、どんなものを喰べておいでだったか知らないが――仰言って下さりゃ、なんとか、ととのえてさしあげられると存じますよ。……それじゃ――」

小窓からはなれようとする弥之助を、

「待って下され」

千華は、呼びとめた。

「なんでしょうな？」

「うかがっておきます。貴方の主人は、幕府のおさむらいですか？」

「そのことは、貴女が口を割ったあとで、判ることだ」

急に冷たい語気になって、云いすてると、弥之助は、小窓を閉じた。

千華は、じっと宙へ眸子を据えた。

眠狂四郎の俤《おもかげ》を、思い泛べた。

——わたしは、あの御仁を信じよう。あの御仁を信じていれば、必ず、ここから脱出できる！

四

「なに？　まだ、到着して居らぬ？」

狂四郎は、鶴床の二階で、むっくり起き上った。

宵闇が来ていて、敷居際に膝をそろえた金八の顔も、おぼろになっていた。

「へい。南蛮娘を拝みたさに、宙をすっとんで行ったところが、久七爺《じい》さん、わしも待っているんだが、って——伊豆の石室崎の燈明台の守をしている佐兵衛親分から、ちゃんと、早飛脚で、報せがあったそうなんで……、首をかしげて居りやした。……途中で、なにか、あったのじゃございませんか？」

「ふむ」

狂四郎は、弥之助という夜盗の態度や言葉を、あらためて、記憶によみがえらせていたが、

「あの男を信じたのが、こっちの不覚であったかも知れぬ」

「そいじゃ……どうなるんで？」

「どうなるか、わたしにも、皆目わからぬ」

「おちついていなさる場合じゃございますまい」

「あわてても、しかたがあるまい。なるようにしかならぬ」

「なるようにしかならぬって、じれってえな。旦那、出かけやしょう。あっしがお供だ。いよいよ、これから本舞台。幕はあいてまさ」

「………」

しばらく、腕組みしていた狂四郎は、

「金八」

「へい――」

「たとえば、公儀のお目付が、夜働きを手下に使う、というような話を、耳にしたこと

があるか?」

「へえ?……どうもね、公儀のおそろしいお役人衆のやることなどは、こちとらにゃ、さっぱり、なにがなんだか……」

と、首を振ったが、

「旦那、南蛮娘の身柄を預けなすった夜働きってえのは、なんという野郎なんで?」

と、訊ねた。

「弥之助、といった。四十年配の、ありきたりの顔つきをした男であった」

「ようがす。あっしが、つきとめてやります。陽が落ちてからうろつき出る蝙蝠《こうもり》野郎どもに、片っぱしから、あたってみて、その野郎の首根っこを、おさえてくれらあ」

「その男が、はたして夜働きかどうか、それも判らぬことだが……、浮世の裏街道を歩いている者独特のカンをそなえていたことはまちがいない」

もし、弥之助が、公儀隠密であったならば、この眠狂四郎の目をごまかせなかったはずである。

公儀隠密の手先——と考えるのが、いちばんあたっているように思われるのである。

「待っておくんなさい。ここは一番、この金八の働きどころでさ。すこしも、はよう、おお、そうじゃ!」

金八が立つと、狂四郎も、無想正宗を携《さ》げて起《た》った。

「旦那は、どちらへ？」

「ちょっと、のぞいてみたい屋敷がある」

「今夜一晩ぐらいは、じっとしていなさらねえと、またぞろ、尾けまわされて、小うるせえことになりやしませんかね」

「久七の家へ行くには、尾けられるのは迷惑であったが、こんどの行先は、尾けられても一向にかまわぬ」

「へえ——？」

狂四郎は、鶴床を出ると、すぐに金八と別れた。

向ったのは、西であった。

芝の増上寺《ぞうじようじ》門前を通り過ぎて、麻布《あざぶ》に入り、六本木《ろっぽんぎ》町へ出る芋洗坂《いもあらいざか》をのぼりはじめた頃、はたして、尾行者が、後方にいることを、直感した。

——江戸中に、おれを尾ける者が、ばらまかれているあんばいだな。

狂四郎は、苦笑した。

明白となったのは、それを指令した公儀お目付が、異常なまでに、執拗な人物である、ということであった。

もうひとつ。

鎌倉の谷で襲撃して来た庭番衆は、「沼津千阿弥が老中若年寄を暗殺して江戸城を乗っ取る計画を樹《た》てたと推測される」と云い、この眠狂四郎がその遺志を継いだものとみなす、と斬る理由を口にしたが、その時は、こちらは、ただばかげた妄想を起したことだ、と冷笑したのであった。

——どうやら、これは、ばかげた妄想ではなく、これほどしつっこく、おれの生命を尾け狙うのは、別に何かの理由がある、と受けとってよさそうだ。

その理由をあばくためにも、狂四郎の今夜の行動は、中止できなかった。

行先は、沼津千阿弥がひらいていた青山の陽明塾であった。

空家決闘

一

眠狂四郎が、麻布龍土町《りゆうどちよう》を抜けて、青山大膳亮《あおやまだいぜんのすけ》の下屋敷をま二つに切ったかたちで、北へのびている往還へ出た時、時刻は五つ（午後八時）をまわっていた。

青山大膳亮邸ととなりあわせて、教学院があり、そこを中心として、大小の旗本屋敷が、無数にならび、町家が広く占めた地域は、わずかに、久保町だけとなる。

沼津千阿弥の書塾は、その久保町と旗本屋敷と実相寺という寺院が、踵を合わせたような窪地《くぼち》に、在った。

辻に立った狂四郎は、旗本屋敷側に、組合辻番の高張が、あかあかと地面を照らしているのをみとめて、そこへ、足を向けた。

菖蒲革《しようぶかわ》模様の袴《はかま》の股立《ももだち》を取った番人が二人、式台で、将棋をさしていた。

狂四郎が、土間に入ると、番人たちは、あわてて脇にたてかけた六尺棒を把ったが、対手が素浪人と見ると、

——なんだ？

と、胡散《うさん》くさそうな顔つきになっただけで、べつに腰を上げようとしなかった。

大名が一手持ちの辻番所は、番人もその家来がつとめるが、旗本が数家乃至十数家で持った組合辻番は、番人を町家から雇い入れているので、町方の自身番ほど風儀がだらしなくはないにしても、武家の体面を保とうとするきびしい勤務ぶりには程遠かった。

狂四郎は、いくばくかの金子を、式台へ投げると、

「むこうの同朋《どうぼう》の家で、昨日——たぶん、夜だろうが、何事かが起ったはずだ。教えてもらおう」

と、云《い》った。

番人たちは、顔を見合せた。

「お主ら、口を封じられているわけではあるまい」

「それァべつに……」

一人が、かぶりを振ってみせ、もう一人は、疑わしげに、

「知ってどうなさろうというので？」

と、見上げた。

「どうもせぬ。知りたいだけだ」

「………」

「留守居の坊主衆が、斬られたろう？」

云いあてた狂四郎を、番人たちは、薄気味わるいものに感じて、また互いに視線を交わし合った。

「幾人、斬られた？」

「三人……斬られました」

「ただの三人か？」

「留守居をしていたのは、それだけだった模様で……」

「まちがいないか？」

「手前どもが、屋敷へ呼ばれて、死骸のとりかたづけを命じられましたから、たしかに――」

狂四郎は、辻番所を出た。

――沼津千阿弥の門下は、鶴岡八幡宮で四人、品野坂で二十人、ここで三人――合わせて、二十七人が斬られた。あとまだ、七十三人生き残っていることになる。……七十三人が、各処で斬られていれば、噂になっているはずだ。渠らは、まだ、刺客の目をのがれて、何処かに身をひそめている。

狂四郎は、沼津家の門前へまっすぐに進んだ。

そこは、辻番所からは、死角にあたっていたが、番人たちが、おもてへ出て、こちらの行動を見まもっていることは、背中に感じていた。

それに——。

ずうっと尾けて来た者も、辻のどこかの物蔭から、目を光らせているに相違ない。

狂四郎は、しかし、振りかえろうともせず、凍《い》てついた地面を踏んで、門前に至ると、なんの逡巡《ためらい》もなく、潜戸《くぐりど》から、すっと入って行った。

二

寛永以来の同朋頭の家ともなると、屋敷もかなりの構えであった。

沼津千阿弥は、その檄文で、「同朋衆なるいやしき家に生れ」と記しているが、実際には、決していやしい勤めではなかった。、同朋は、お坊主衆の監督であり、御用部屋にあって、老中、若年寄の命ずる諸用をはたし、将軍家が出行の場合は必ず供奉《ぐぶ》しているし、公文書受け渡しの役目を務める。

当然、政務の裏面をのぞくことになり、同朋頭ともなると、諸役人から一目置《いちもく》かれ、ひそかな賄賂《まいない》もすくなくないのであった。

禄高は、同朋が百俵十人扶持《ぶち》、頭はその倍の二百俵であったが、実際の収入《みいり》は、その数倍になり、新御番組や大御番組の俵取り旗本とは比較にならぬゆたかさであった。

狂四郎は、音もなく母屋へ忍び入ってみて、沼津家の裕福ぶりをみとめた。

闇に目の利く男であり、雨戸上の連子《れんじ》から洩《も》れ入る月のあかりだけで、造りを判別できた。部屋の調度の立派なことも、観《み》わけた。

――三千石の大身にも劣らぬ住居だな。

これだけの屋敷を、弊履のようにすてることのできた沼津千阿弥の覚悟のほどが、いまさらのように、胸に重くひびいた。

奥に入ろうとして、廊下を鉤《かぎ》の手にまわったところで、狂四郎は、障子に灯かげをうつした部屋を見出した。

――忍び入ったのは、無駄ではなかったようだな。

狂四郎は、跫音を消した。

別棟になっていて、母屋とつなぐ渡廊下が一段高くなり、そこの鴨居《かもい》には、

『陽明黌《こう》』

という扁額《へんがく》が、かかげてあった。

沼津千阿弥が、百人の門弟に、陽明学を講義した広間が、そこにあった。

千阿弥が端坐したであろう古風な藺《い》編みの莚《むしろ》の前に、ひとつの人影が、うなだれて、坐《すわ》っていた。

若い武家娘であった。

幾筋か、ほつれ毛をまつわらせた横顔を、窶《やつ》し事の儚《はかな》い美しさをたたえたものに視た

狂四郎は、そのまま、しばらく、見まもった。

ゆらぐ灯かげを受けて、濃い陰翳《いんえい》をそよがせる頰に、泪がひかっていた。

その泪をぬぐおうともせず、武家娘は、坐りつづけている。膝の前には、懐剣が置いてあった。

やがて――。

娘が、懐剣を把りあげた時、狂四郎は、障子戸を開いた。

はっ、となった娘に、黙って近づいた狂四郎は、その手から懐剣を取りあげた。

「よけいな邪魔だてをなさいます！」

娘は、さからいはしなかったが、覚悟をきめた者の物静かな態度で、狂四郎をとがめた。

「この家に、かかわりのある者は、男も女も、いささか死に急ぎしすぎるようだ」

「見知らぬ貴方が、邪魔だてなさる筋合ではありませぬ」

「…………」

「おひきとり下さいませ」

「そなた――」

狂四郎は、冷やかに見下ろして、云った。

「懐妊しているのではないのか？」

「………」

娘の表情が、変った。

「やはりそうか。……ただ、そんな気がして、自害をさまたげてみた。腹で息づいている子供まで、まき添えにすることはあるまい」

「貴方は、どなたです？」

「そなたが慕うている同朋が、鶴岡八幡宮の神楽殿で、割腹するのを、見とどけた者だと思ってもらおう」

「どうして、ここへ？」

「沼津千阿弥のあとを追う不心得者がいるのではあるまいか、と予感して——と申したら、嘘になる。……昨夜、ここへ刺客が押し入って来たかどうか、それを、たしかめに来たが、はたして留守居の坊主衆が三人、斬られている。門弟百人を、一人残らず、片づける肚をきめたお目付がいることは、もはや疑う余地はなくなった。……これは、閣老たちが、評定によって、命令を下したのではなく、お目付のうちの誰かが、隠密裡に為そうとしている殺戮《さつりく》だ。その残忍さに、臭気がある。くさいと嗅いだこちらのカンは、十中八九はずれては居るまい。……沼津千阿弥と門弟たちは、公儀に対して謀叛《むほん》を起したわけではない。側近の奸《かん》をのぞく、といった企てを持った気配もなかった。ただ、檄をかかげて、黄泉《よみ》の道をえらんだにすぎぬ。にも拘らず、そのお目付は、鏖《みなごろし》しのほぞをかためた。これには、蔭に何かある。何かが、かくされている。その考えが、わたしをそそのかせて、夜道を歩かせて来た。……ことわっておくが、わたしはまだ、生き残った者たちに味方する肚をきめているわけではない。野次馬根性が半分、といってもよい。……どうやら、ここへやって来た甲斐《かい》はあったようだ。門弟たちよりも、もっと沼津千阿弥に近い者に、出会うたのだ。そなたの口から、思いあたることをきかせてもらえるのではあるまいか」

そこまで語ってから、狂四郎は、急に、神経を、外へ配った。

「どうやら、客が入って来たらしい」

「え――？」

「動かずにいてもらおう。そなたを送って行く役目を引き受けた」

そう云いのこしておいて、すっと、廊下へ出た。

母屋とつなぐ渡廊下まで歩いて、狂四郎は、中庭に佇立《ちょりつ》する黒い影を、みとめた。

目ばかりに覆面した男は、すでに、こちらが出て来るのを待ち受けている気色であった。

「刺客は、お主一人か？」

狂四郎が、訊ねると、対手は、

「左様、一人だ」

と、こたえた。

「おかしなことだ。お主に命じた人物が、この眠狂四郎の業《わざ》も業《ごう》も知らぬはずはない。すくなくとも、五人以上は、寄越してもよかったろう」

「拙者の知ったことか。討手を命じられたから、参ったまでだ」

「どうかな？」

「眠狂四郎！　はじめて、雌雄を決するぞ！」

対手は、云いはなちざま、抜刀して、青眼に構えた。

狂四郎は、

――どこかで、きいた声だな。

と、思った。

しかし、即座に思い出すのは、むりなようであった。

三

渡廊下には、欄干がつけられていた。

対手は、こちらがこれを越えて、中庭へ跳び降りるのを、待ちかまえている。

尋常一様の使い手ではないことは、その青眼の構えに示されていた。

――まず、おれの脚を一本薙ぐ、という肚づもりでいるらしい。

数秒を置いて、狂四郎は、痩軀を跳躍させた。

両手を空けたままであった。

欄干をただ跳び越えることはせず、それにいったんとまって、ひと蹴りの反動をつけて、宙へ高く翔けたのであった。その高い空間から、無想正宗をふるうことは徒労である代りに、敵の白刃もとどかぬ計算であった。

と——同時に。

刺客の方は、地上を掠めて、渡廊下の下へ奔り入った。

狂四郎の速影と、刺客のそれが、二間余の距離を置いて、ぴたっと停止するのに、遅速はなかった。

但し——。

対峙した両者の占めた地歩には、目に見えぬ差があった。

狂四郎の立ったあたり一面には、夜目には見分けがたい鋭い菱形《ひしがた》の鉄鋲《てつびょう》が、無数に、撒《ま》かれていたのである。その一個は、すでに、狂四郎の左の素足の爪先に食い込んでいた。

対手は、それだけの周到な備えをして、狂四郎を待ち受けていたのである。

「拙者の勝ちだぞ、眠狂四郎！」

対手は、渡廊下の下から、あびせた。

「さあ、どうであろうか」

進退谷《きわ》まり乍ら、狂四郎は、平然として応じた。

「身動きできぬお主が、どうして、拙者に勝てる？」

「やってみなければ、わかるまい」

狂四郎の答えがおわらぬうちに、対手は、矢つぎ早に、手裏剣を放って来た。

狂四郎は、五本の手裏剣を、ことごとく、地面へ、搏ち落した。

「噂にたがわぬ強さだな、眠狂四郎は――」

対手は、渡廊下の下にかくしておいた長槍を携げて、姿をあらわした。

ゆっくりと迫って来ると、ひとしごきして、穂先を、ぴたっと胸へ狙いつけた。

「参るぞ！」

「………」

狂四郎は、すべもなく、攻撃を待つばかりであった。

じりじりと肉薄して来て、間合を見切った刹那、

「やああっ！」

凄まじい懸声をほとばしらせた。

しかし――。

電光の突きで襲うことをせず、いきなり、びゅんと脚を薙いで来た。

もし、狂四郎の方に、この意外の攻撃を予測できていなかったならば、両脚とはいわぬまでも、片脚は刎ねられていたに相違ない。

身動きできぬこちらに対して、突くと思わせて、脚を薙いで来るのではあるまいか、という予測が、狂四郎をして、それに応ずる反射神経の働きを用意せしめていた。

穂先は、柄を一尺ばかりつけて、空中へ刎ね飛ばされて行った。

「こんどは、どんな得物を使うのだ？」

足の自由を奪われた狂四郎の方が、あざけるような言葉を投げた。

すると、対手は、思いのほか、いさぎよく、

「当方の攻撃方法は、これで終った。お主は、たしかに、強い。しかと、見とどけたぞ」

と、みとめておいて、

「では、後日、あらためて――」

と、闇の中へ溶けようとした。

「待て！」

狂四郎は、呼びとめた。

「お主は、どうやら、お目付に命じられた刺客ではなさそうだ。別の立場から、この眠狂四郎を仕止めようとした一匹狼《おおかみ》ではないのか？」

「なんと想像しようとも、そちらの勝手だ」

「そうだ、ときめるぜ、死神九郎太」

狂四郎は、対手の通称を、ずばりと云いあててみせた。

云いあてられた対手は、なにか云いかえそうとしたが、闇を截《き》る狂四郎の眼光の鋭さを、なにやら、わずらわしそうに、首を振って、無言裡に睨《にら》みかえしておいて、身をひるがえした。

四

狂四郎が、広間に戻って来ると、武家娘は、畳に両手をつかえて、

「わたくし、佐喜《さき》と申します。微禄の御家人のむすめでありまする」

と、名のった。

廊下の端から、中庭での決闘を見まもっていたに相違ない。その興奮を、おもてに滲ませていた。

狂四郎が、二三歩進むと、佐喜は、

「あ――血が！」

と、畳に点々とついた足指の跡を、指さした。

「すぐに、手当をしてさしあげます」

勝手を知った者の身軽さで、佐喜は立とうとした。

「手当をするほどの傷ではない。それよりも、きかせてもらおう」

「………」

「沼津千阿弥には、檄をかかげて切腹する覚悟をさだめる以前に、何か企てるところがあったか、どうかだ」

「わたくしは、妻ではありませぬし、月に一度か二度、ほんの短いあいだ、逢うだけでありましたゆえ……、それに、たとえ妻であっても、女子などに大事を打ち明けるような御仁ではありませんでした」

「一切なにも、そなたには、語らなかったというのか？」

「はい」

「どんなことでもよい。千阿弥が、ふともらした言葉があれば、思い出してもらおう」

「………」

狂四郎は、腕を組んで、待った。

夜は、更けていた。静寂があまりに深いゆえか、どこからともなく、キーンというひびきが夜気をふるわせて来るようであった。

膝で合わせた白い細い手の美しさを、狂四郎は、なんとなく、あわれなものに視ていた。

時刻が、移った。

「そう申せば……」

ようやく、佐喜が、口をひらいた。

「去年の秋の頃でありましたか……、あのひとが、こんなことを、ひとり言のように、申されました。……百万両以上の大金が、日本のどこかの土の中に、かくされている。それだけの軍資金があれば、天下をくつがえすことも可能だが――と」

「…………」

「わたくしは、夢のようなお話だとき流して、べつに、そのような大金がどうしてかくされたのか、うかがいもいたしませんでした。……そのほかには、あのひとが、どのような企てを胸にひそませておいでだったのか、思いあたることは、ありませぬ」

「…………」

狂四郎は、佐喜の話をきき乍ら、たったいま決闘をした男が、しゃべった言葉を思い出していた。

戸塚の間道で巡り逢った時、死神九郎太は、問わず語りに、こちらにきかせたものであった。

「……夢のような金儲け話がござってな。その金高たるや、百両や二百両ではござらぬ。……もしかすると、数千両――いや、一万両も、このふところへ……」

その時は、でたらめな法螺話《ほら》と、きすてたことであった。もしかすると、死神九郎太の云ったことは、沼津千阿弥が佐喜にもらしたことと、なにかの関連があるのではあるまいか？

「そなたを、家まで送って行こう」

「わたくしは、もう、家へは戻れませぬ」

佐喜は、云った。

不義の子を――しかも、沼津千阿弥の子を――腹に宿した身では、男を喪ったいま、あとを追って死ぬよりほかはない、と覚悟をきめて、家を出て来たものであろう。

――また一人、若い女子を、引き受けることになるのか。

狂四郎は、苦笑して、俯向いた佐喜を見下ろしたが、

「乗りかかった船だ。乗るのを止めることもできまい」

「え――？」

「跟いて来るがよい。当座のねぐらは、こちらでさがす」

一節切《ひとよぎり》

一

遠くから、明け六つ（午前六時）を告げる梵鐘の音《ね》が、ひびいて来た。

眠狂四郎は、その音が鳴りおわった時、佐喜という貧乏御家人の娘をうながして、沼津家の玄関を出た。

夜明けを待ったのは、闇の中から刺客に襲撃された場合、佐喜が足手まといになるからであった。

江戸の朝は早く、明け六つには、すでに、武家屋敷も町家も、家の前の往還を、きれいに掃き、水を打っていたし、人の通行も繁《しげ》くなっていたのである。

門へ向って歩き出すと、門前から、尺八の音が、きこえた。

沼津千阿弥の悲愴《ひそう》な自決をつたえきいて、その霊に一節を手向ける者が現われたとしても、べつにふしぎはない。

潜《くぐ》りから一歩出た狂四郎は、そこに、みすぼらしく袈裟も色褪《いろあ》せ、方便嚢《ほうべんのう》もよごれ、僧衣の裾もほつれた虚無僧を見出した。

しかし、狂四郎は、一瞥しただけで、合点すると、わきを通り抜け乍ら、

「お坊主、麻布新堀端の、三之橋ぎわにある肥後殿茶屋で、待って居る」

虚無僧にだけきこえる小声で、云いのこした。

狂四郎が、そのぼろんじを、千阿弥門下のお坊主衆の一人、と看破ったのは、吹いているのが、普化尺八ではなく、一節切であるのをみとめたからである。

尺八は、その名称のごとく、長さは一尺八寸であった。まれには、二尺三寸とか、一尺五寸とか、標準はずれのものも、箏曲《そうきよく》との合奏に使われているが、虚無僧は、一尺八寸の普化尺八しか持たないのが、常識であった。

一節切は、長さ一尺一寸一分――竹の節一個の尺八である。これは、古代尺八が滅びたのち、室町時代中期（九代将軍足利義尚《よしひさ》の頃）中国福州の禅僧蘆安《ろあん》によって伝えられ、桃山時代の大森宗勲《おおもりそうくん》によってひろめられ、元禄のはじめ、すたれて、普化尺八にとって代られた。

一節切を吹く虚無僧は、この時代には、皆無であった。

狂四郎は、夜明けを待つあいだ、沼津家の各室をしらべて歩き、千阿弥の居間の遺品のひとつに、一節切があったのを、記憶にとどめていた。

虚無僧は、返辞をするかわりに、一節切を、喨々《りようりよう》と吹きつづけた。

狂四郎が、佐喜を連れて、麻布へ向ったのと同じ頃合、金八もまた、芝口《しばぐち》から源助《げんすけ》町、露月《ろうげつ》町、柴井《しばい》町、宇田川《うだがわ》町と、とっとと駆け抜けていた。

横丁から、道具箱をかついで出て来た顔見知りの大工が、

「おっ、どうしたい、金——着切。朝っぱらから、岡っ引に追われているんじゃねえだろうな」

「へへ……。朝になろうが、陽《ひ》が昇ろうが、恋の闇路に迷うたこの身、と来らあ」

「岡場所なら、方角がちがうぜ」

「春だあ。花が咲いているのは、吉原や辰巳《たつみ》ばかりじゃねえや」

「どこに、高嶺《たかね》の花が、咲いているってんだ？」

「きまってらあな。滅多に行けねえ危ねえところよ」

金八は、やぞうをきめて、

　恋のかけ橋ゃ
丸木橋
　渡らにゃ逢えず
渡るには
危なさ、怕《こわ》さ、谷の底

いい声を、晴れわたった早春の空へひびかせ乍ら、増上寺の表門の前を駆け抜けた。

上へ廻れば三里半
下へ廻れば七里と八丁
踏むもあぶなき
丸木橋
渡ってみしょうぞ
恋の橋

二

麻布に流れる古川に架けられた三つの橋は、北から一之橋、二之橋、三之橋とかぞえる。三之橋は、俗に肥後殿橋と称ばれていた。東側に、松平肥後守《ひごのかみ》の下屋敷があったからである。

その橋袂にある茶屋もまた、肥後殿茶屋と称ばれて、茶汲み女が腰元風の扮装《なり》をしているのが評判になっていた。

「おう、ごめんよ」

暖簾《のれん》をくぐって入って来た金八を、茶汲み女の一人が、

「あら、金八つぁん、いらせられませ」

「いらせられませ、と来るんなら、あら金八つぁん、はねえだろう。これはこれはお殿様、お忍びにて、ようこそ——とかなんとか、ぬかしやがれ」

女は、噴飯《ふきだ》して、

「お殿様だなんて、巾着切を……」

「どっこい。もしかしたら、十万石のお大名のご落胤《らくいん》かも知れねえんだぞ」

「同じらくいんでも、お前さんは、焼きじるしの方で、烙印《らくいん》を押されているひとじゃないのかえ？」

「嘘だと思って、おいらと寝てみな。……一夜明ければ、また気もかわる、花の盛りは梅屋敷、初音ひと声、ほうほけ今日のご身分は、十万石のご正室、うれしい仲ではないかいな」

金八は、女により添うと、耳朶《みみたぶ》をちょいとひっぱって、二階を指さした。

「おいらが、ご落胤であることを証明して呉れる旦那が、ひと足さきに、ご到着あそばされているはずなんだが——」

「あと半刻ばかり待つんだねえ」

「どういうんでえ？」

「梅にも春の色添えて……遠音神楽の数取りに、待つ辻占《つじうら》やねずみなき、逢うてうれしき酒機嫌《ささきげん》、ちょうどいま頃、しっぽり濡《ぬ》れてる最中さね」

「なに？　旦那が、女をくわえ込んだと——」

金八は、わざと階段を跫音高く、駆けのぼった。

「濡れたか濡れぬか、春雨に、濡れて色よし今朝の藤、その仇咲《あだざ》きも君ゆえと、姿つくろう水かがみ、ゆかりの色もなかなかに、うれしい縁じゃないかいな。へい、ごめんなすって——」

いきなり唐紙をひき開けた金八は、狂四郎とさし向っている貧しい装《なり》の武家娘を、視た。

「こいつは、あきれたねえ。南蛮渡来だなんて、人をかつぐのもいい加減にして頂きてえや。これァただの御家人の……」

「昨夜はじめて出会った別の娘だ」

「旦那は、ちょいちょい、女をひろいすぎらあ」

「お前の方は、どうした？」

「夜っぴて、足を棒にして、駆けずりまわって、とにもかくにも、弥之助って野郎の正体をつきとめるには、つきとめたんだが、そん畜生、三年ばかり前から、江戸から姿を消しちまった、ということでさ」

捨てかまりの弥之助、といえば、夜盗仲間では、知らぬ者のない、風のように素早い働きをする忍びの名人であった。狙ったのは、もっぱら、大きな商家であった。武家屋敷よりも商家の方が、かえって、警戒厳重で、土蔵など絶対に破れぬように、二重三重に仕掛けと工夫がほどこしてあるのだが、弥之助は、ひとたび狙ったならば、決して失敗しなかった、という。

捕えられたことはおろか、忍び込んで発見されたことさえもない、人間ばなれした働きぶりを、仲間どもでさえ、おそれるようになっていたそうである。

それが、三年前に、ぷっつり、夜働きを止め、それきり、消息を断ってしまい、いまだ杳《よう》として行方が知れないのであった。

「捨てかまり、か」

狂四郎は、首をかしげた。

——そのむかし、関ヶ原で、薩摩《さつま》勢が、東軍に加えた兵術に、捨てかまり、というのがあった、ときいたが……。

かまりというのは、忍者《すっぱ》用語で「かがむ」という意味である。やがて、それが、かがんで潜んでいる伏兵という意味に転じた。すなわち、捨てかまりというのは、要所要所に、捨て石のように配置された、近代戦で謂う狙撃兵のことであった。

関ヶ原役に於ては、敗走する薩摩勢を、追撃した井伊直政は、捨てかまりの狙撃兵に撃たれて、落馬した。直政は、その鉄砲傷が原因で、翌年二月に、四十二歳の壮年で歿《ぼっ》している。

家康が、忍法を最新の兵術として活用し、甲賀・伊賀の忍者を採用して、江戸城守備に就かせて以来、各大名もこぞって、忍者を手飼いにした。

薩摩にあっては、忍者の術を、山くぐりと称した。薩摩忍者独特の凄まじい修業によって成されたその術は、ただの一度も公開されぬまま、神秘な恐怖すべきものとして、伝えられている。

「弥之助は、薩摩の男ということになるのか」

狂四郎は、腕を組んで、呟いた。

その時、階下から、

「お客様ですよ」

という呼び声が、きこえて来た。

「おいよっ」

金八は、おどり場へ出てみて、

「うすぎたねえぼろんじですぜ」

「上げろ」

狂四郎が、部屋から、云った。

虚無僧は、狂四郎の前に坐ってから、深編笠《てんがい》をぬいだ。

金八が、目をみはって、

「へえ。普化ってえのは、頭に髪毛が生えているから、ひっかくと、ばらばらっと落ちるもんだ、と思っていたら、つるつる坊主の普化僧がいるとは、こいつは、お釈迦《しやか》様でも、いやさ、ご存じあるめえ」

と、云った。

狂四郎の直感通り、虚無僧は、江戸城お坊主衆の一人であった。

まだ二十歳ばかりの、眉目の整った色白の美男であった。

三

「宗因と申します」

両手を畳につかえて、正しく挨拶する若者に、狂四郎は、

「この娘を、お主、知っているか？」

と、訊ねた。

若者は、佐喜へ視線をやったが、

「いえ、存じませぬ」

と、かぶりを振った。

「沼津千阿弥の隠し妻だ。千阿弥の子を、みごもっている」

「…………」

若者は、愕然となって、あらためて、佐喜を見つめた。佐喜は、おもてを伏せた。

「ところで、お主は、わたしを眠狂四郎と知っていて、ここへ来たのだな？」

「はい！」

若者は、うなずいてから、

「沼津先生は、ご切腹直前に、われわれに対して、遺言状をしたためられ、門弟の一人に持たせて鎌倉から江戸へ戻されました。その中に、お手前様を、味方としてたのめ、と記してありました」

沼津千阿弥は、鶴岡八幡宮の赤橋上で、狂四郎と問答したのち、急に、考えるところあって、その遺言状を、つくったものであろう。

「その遺言状の内容をきこうか」

狂四郎は、さりげなく、もとめた。

しかし、宗因は、頑《かたく》な面持で、

「いえ、お手前様が、味方をして下さることが、明白とならぬ限り、うかとは打ち明けることはできませぬ」

と、こたえた。

「尤もなことだが、何も知らさずに、ただ味方にしろ、とたのむのは、これは、いささか虫のよすぎる話ではないか」

「お手前様は、ご自身好むと好まぬとに拘らず、すでに、ご公儀を敵にまわしておいでになります。いえ、ご公儀と申さずとも、われら坊主どもをのこらず暗殺しようと企てている刺客団を、共通の敵になされておいでです」

「…………」

「お願い申します。沼津先生のご遺志を継ぐわれら七十三人の同志に、何卒ご助勢を、お願い申し上げます」

宗因は、両手をつかえて、平伏した。

「老中若年寄を斬って、江戸城を乗っ取る——といった計画なら、こっちの性分に合わぬから、ご免を蒙ろう」

「決して、そのような大それた謀叛の企てなど、蔵しては居りませぬ。ただ……」

「ただ——？」

宗因は、顔をあげて、狂四郎を視かえした。双眸が、きらきらと光った。濁りのない、澄みきった美しさであった。

「……われわれは、十年後、二十年後の日本のために、生き抜かねばなりませぬ」

「十年後、二十年後に、日本が、どう変る、というのだ？」

「われわれの手で、変えるのでありまする」

「…………」

「御大城（江戸城）を乗っ取るがごとき、無謀の手段をとらずとも、必ず、祖国を新しい国に変えるてだてが、われわれにはあるのでございます」

「沼津千阿弥が、教えたのか？」

「はい」

「そのような目的のために、お主らと一緒になって踊るには、およそふさわしくない男だ、わたしは――」

狂四郎の言葉に、若いお坊主は、あきらかに、軽侮の色を、顔に刷いた。

「但し、お主らが、これ以上、刺客に殺《や》られるのは、黙視できぬ、という気持はある。お主らの目下のかくれ場所を教えておいてもらえば、こちらも、防ぎの思案が、うかぶかも知れぬ」

宗因は、すぐには、教えなかった。

ややあって、

「われわれは、陸《くが》ではなく、水の上に、身をひそめる場所をえらんで居ります」

それだけ、告げた。

宗因が立ち去ると、金八が、ふうっと、ひとつ、溜息《ためいき》をついて、

「水の上か。うめえかくれ場所をえらんだものだぜ。……何にも遠慮は船頭ばかりあとはお前とわたし船、と来た。これから、どうしやす、先生？」

「お前にしてもらいたいのは、この娘のかくれ場所をさがしてくれることだ」

「合点——。やっぱり、水の上がようがすかねえ」

「この娘も、いずれ、刺客に狙われよう。安全な場所をたのむ」

「なアに——他人まかせの船さえ岸に渡る世間に鬼はなし、と云いまさ。まかしといておくんねえ」

金八は、胸をぽんと叩いてみせた。

四

同じ日の朝——。

お目付下条主膳《しもじょうしゅぜん》は、出仕時刻よりも半刻ばかり早く、辰下刻《たつのげこく》（午前九時）に、大手門を入っていた。

眦が切れ、鼻梁の高い、いかにも切れ者らしい美丈夫であった。

諸門衛士の下座を受けて、傍目《わきめ》もふらずにまっすぐに表玄関に進む姿は、颯爽《さっそう》としていた。

式台を上ると、当番の徒《かち》目付、組頭ならびに加番が、左右に列座して、主膳を迎えた。

ここで、お目付は、昨夜からの城内保安の状況を聴聞するしきたりであったが、主膳は、ただ一言、

「よい」

と云いのこして、奥に入った。

虎ノ間徒士《かち》番所前を過ぎ、紅葉《もみじ》間の前で、主膳は、咳払《せきばら》いした。

自分が登城したことを知らせる合図であった。

目付部屋に入った主膳は、前の当番と交替した。

若年寄小笠原相模守から呼ばれたのは、その直後であった。

小笠原相模守長貴は、目も鼻も、顔の輪郭もまん丸な、見るからにのびやかな風采の若年寄であった。

「主膳、わしは、其許《そこもと》に、沼津千阿弥の門弟どもを、一人残らず討て、などとは命じなかったぞ」

相模守は、おだやかな表情と音声で、云った。

「お坊主どもの処断は、身共におまかせ下さいますよう――」

主膳は、冷たくかわいた語気で、応えた。

お目付は、若年寄の耳目となって、監察する職業である。当然、若年寄の命令なくしては、動けぬ、と考えるのは、まちがいであった。お目付自身、将軍家に対して、直《じき》に言上する権を与えられていたので、時と場合によっては、上司の若年寄の意見を無視して、行動を起すこともできたのである。

お目付は、老中の耳目である大目付に対してさえも、何かの悪事、失態があれば、これをも容赦なくあばく監察の力を与えられていた。大目付は、故老の隠居級がつとめる閑職であったが、お目付は、同役を蹴落し乍ら、凄まじい目を光らせて監察する激務の実行者であった。

職業柄、近親以外とは一切交際をせぬ公私ともにきびしい日常を送っているだけに、その権力の行使ぶりは苛烈であり、直接の上司である若年寄も、お目付に対して一目を置いたのである。

「根絶やしにせねばならぬ明白な理由があるかな？」

「あります。……沼津千阿弥には、ご公儀顚覆《てんぷく》の謀叛の企計があった儀、疑いを入れませぬ」

「証拠は——？」

「証拠は、お坊主どもに、遺志として残されて居ります。彼奴《きやつ》らが姿をかくして居ることが、これをあきらかに示して居ります。……刺客を放って、次つぎに討ち取るうちに、恐怖に堪えられず、生命乞《いのちご》いをするお坊主も現われると存じます。その手から、証拠の品をさし出させます」

「其許の苛酷な処断ぶりは、閣老がたの耳に入って居る。逮捕いたすのはよいとしても、暗殺して根絶やしにするのはどうであろうか、という意見がある」

それをきくと、主膳は冷笑した。

「それは浜松侯(水野忠邦)のご意見でありましょう……お坊主どもの処断など、閣議を仰ぐまでもない小事。身共におまかせ下さいますよう――」

「其許が、どうでもやる、と申すのであれば、やむを得ぬ仕儀じゃが……、あの若い同朋《どうぼう》に、謀叛の企計があったとは、どうも考えられぬのう」

「いずれ、証拠の品を、お目にかけます」

主膳が、さっさと退出して行ったあと、若年寄は、急に別人になったように、眼光を鋭いものにして宙に放ち、何事かを、思いめぐらしはじめた。

人身御供《ひとみごくう》

一

江戸に、初午《はつうま》が来ていた。

当時、江戸の街には、大名旗本の屋敷をはじめ、大町人の庭さきにも、どんな貧しい裏長屋の入口、露路にも、必ず、稲荷社《いなり》があった。

初午が来ると、それらの稲荷社は、染幟《そめのぼり》一対を左右に立て、前日から、太鼓の音をひびかせ、江戸中がその音に満ちた。

むしろ、裏長屋の方が、初午祭に夢中になり、木戸の屋根に、武者を描いた大行燈《おおあんどん》をかかげ、棟割の戸毎《こごと》に、地口絵、田楽燈籠をつるし、児童たちは、夜明けから太鼓を打ち鳴らして、うかれさわいだ。

尤も、見物人の蝟集《いしゅう》するのは、やはり名高い稲荷社で、王子稲荷、妻恋稲荷、烏森《からすもり》稲荷など、江府屈指のそれは、芋を洗うような雑沓《ざっとう》を呈した。

芝日陰《ひかげ》町の日比谷稲荷は、燈籠に工夫があって、いまでは、同じ芝の烏森稲荷の盛況を追い越していた。

酒樽《さかだる》や水瓶《みずがめ》のような、巨《おお》きな重い物を応用して、燈籠にしたて、これに華やかな武者絵を描いて、紙一枚で吊《つ》り下げ、そのしかけを看破らせなかったのである。

あいにく、この年の初午は、朝から、しとしとと、小雨が降っていたが、それでも、日陰町通りは、平常の数倍の人の往来があった。

眠狂四郎が、番傘をさして、この通りにさしかかったのは、午すぎで、恰度人の出盛りであった。

日陰町通りは、西側は大名や旗本の屋敷がつづき、町家は東側だけで、その名称のごとく、芝口の広い往還の蔭になったあんばいで、平常は、人影もまばらな静かな道筋であった。

今日ばかりは、武家屋敷の塀ぎわにも、露店が竝び、呼び売りの声が、かまびすしく、目路《めじ》のとどく限り、傘の波であった。

狂四郎は、愛宕《あたご》下の大名小路から、この通りへ抜けて来たのであった。雑沓ぶりを眺めて、そのまま、露月町の方へ、それようとした。

その時――。

手拭いを吹流しにかぶった若い女が、褄《つま》をとって、ひらりと、身軽く、狂四郎の傘の下に、入って来た。

からげた裾の下に、緋縮緬《ひぢりめん》がなまめいて、黒塗りの駒下駄《こまげた》をつっかけた素足を、鮮やかな白いものに浮き立たせていた。

「……？」

狂四郎の冷たい視線を受けとめて、女は、手拭いの蔭の細面を、にこりとしてみせた。

切長の双眸が、澄んでいたし、鼻梁も唇もかたちがよく、すっきりと際立った粋な着こなしとともに、男の好き心をさそう色香を湛《たた》えていた。

「お願いがございます、眠狂四郎の旦那」

「……」

「どちらまでいらっしゃるのか存じませんが、そこまで、お供をさせて下さいまし」

「どういうのだ？」

「あたしは、掏摸でござんす。お妻と申します」

「……」

「貴方様が、お行きになる先まで、お供して、そのあいだに、ふところの財布を、すらせて頂きとう存じます」

「予告しておいて、盗《と》るのが、お前のやりかたか？」

「いいえ、こんなこと、あたしも、はじめてでござんす」

「なんのこんたんだ？」

「貴方様を、眠狂四郎の旦那とお見受けして、賭《かけ》をしてみたくなりました」

「首尾よく、すり取ったら、どうするというのだ？」

「旦那も、大した御仁じゃない、とさげすませて頂きます。財布はお返しいたします」

「仕損じた時は――？」

「あたしのからだを、さしあげます」

「何者かに命じられたことか？」

「いえ、あたしひとりの思案でござんす」

狂四郎は、女を傘に入れておいて、露月町へ出ると、芝口へ向って、足を進めた。

「どちらまで、お行きなさいます？」

「まだ、きめては居らぬ」

「なるべく、遠くまで、お供をさせて下さいまし」

お妻は、媚《こび》を含んだ流眄《ながしめ》を、狂四郎へ送って、吸いつくように寄り添うた。

首尾よく盗ったら、財布を返す。仕損じたなら、からだを与える。挑戦の条件としては、ばかげていた。裏に何か、こんたんをかくしているに相違ない、と思われる。しかし、狂四郎は、べつに、訊ねようとしなかった。

二

汐留橋《しおどめ》を渡って、北へ――木挽町《こびき》七丁目からまっすぐに、六丁目、五丁目、四丁目、三丁目と通り抜けて行き、やがて一丁目から左折して、紀伊国《きのくに》橋を渡りかかった。

と――、

「あ！」

お妻が、小さな悲鳴をあげて、よろめいた。

駒下駄の鼻緒が、切れたのである。

「どじだねえ。みっともないやら、縁起でもない。……旦那、ちょっと、お待ち下さいますか」

お妻は、蹲《しゃが》んで、手拭いの端を裂くと、器用に、鼻緒を箝《す》げた。

お妻が、立ち上った時、狂四郎は、傘をたたんだ。雨は、あがっていたのである。

銀座を過ぎて、弓町に入ると、狂四郎は、とある横丁にあるうす穢《ぎた》ない川魚屋を、えらんだ。

食通には、その名を知られている店であったが、その代り、蒲焼《かばやき》を一刻以上も待たせられる。

狂四郎は、親爺《おやじ》とはむかしからの懇意であった。

「二階を借りる」

その一言で、親爺は、合点して、別の客をことわってくれるのであった。

狂四郎は、床柱に凭りかかると、手拭いをとりはらったお妻の顔を、正視した。

「見事に、すり取ったな」

「あい」

お妻は、笑顔をかえした。

「わざと、鼻緒が切れるようにしておいて、よろけた――そのとたん、おれに隙が生じた、というわけか」

「流石の旦那も、油断がござんしたね」

「返してもらおうか」

「お返しします」

お妻は、古風な本国織《ほんごくおり》に紺博多《こんはかた》の帯のうしろへ、片手をまわした。すり取った財布を、文庫崩しの結びの中へ、かくしておいたのである。

「あら！」

結びへ手をさし入れてみて、お妻は、眉宇をひそめた。財布がなかった。

狂四郎は、冷やかに笑うと、

「財布は、おれのふところへ、戻って居る」

そう云って、それを、とり出してみせた。

お妻は、目をみはって、

「旦那が、とりもどしなすった？」

「うむ。お前が鼻緒をすげて、立ち上った際に――」

勝手に、すり取らせておいて、また、奪《と》りかえしたのであった。

「負けました」

お妻は、すこしも、くやしそうな表情をみせず、頭を下げた。

「旦那は内心、おれに挑戦するなんぞおこがましい、とあざわらっておいでだったんですね。……あたしは、はずかしくなっちまった。おゆるし下さいまし」

「お妻――と申したな」

「はい」

「お前は、はじめから、仕損じるのが、わかっていたのではないのか？」

「……………」

「お前は、おれに、からだを呉《く》れるために、小細工をした。そうではないのか？」

「……………」

お妻の白いおもてが、さらに、血の気を引いた。

「おれに、操を呉れようとする。その理由《わけ》を、きこうか」

「旦那。理由は、あとで申し上げます。……どこへなりと、おつれ下さいまし」

「この鰻屋《うなぎや》の二階でよかろう」

「………」

お妻は、じっと狂四郎を瞶めかえしていたが、黙って、その場に、仰臥すると、袂で顔を掩った。

路考茶《ろこうちや》の糸《いと》で細く小さく碁盤格子を織り出したお召縮緬を、莫連《ばくれん》らしく、婀娜《あだ》っぽく着崩した寝姿を、黙然と見まもり乍ら、

――この細い腰や胸には、稚《おさな》さがのこっている。

狂四郎は、そう看てとった。

しかし、稚さは、狂四郎に冷酷な行為を手控えさせる力はなかった。

猿臂がのびて、上着の裾を、ひらいた。

緋縮緬の長襦袢《じゆばん》は、ゆっくりと、脛《すね》から膝へ押しあげられた。

あらわになった滑らかな嫩《やわ》らかい脚線は、やはり、はっきりと稚さを現わしていたし、男を拒否するはじらいも示していた。

膝と膝を、ひしと合わせ、そこまでの短い白い湯具をはさみ込んで、奥をのぞかせまいとしている様子を、狂四郎は、ふっと、いじらしいものに感じた。

――女が理由を打ち明けるのをあとまわしにする上は、正念が情念に克《か》つ必要はある

まい。

狂四郎は、容赦なく、湯具に、指をかけると、裂くように剝いだ。

「……あっ！」

袂の蔭で、お妻が、小さな悲鳴をあげた。

そこへそそがれた狂四郎の眼眸が、光った。

蟬《せみ》の翼のように薄い翠《みどり》の茂みのまわりに、無数の赤い小蟹《こがに》が、匐《は》っていたのである。

小蟹どもは、かくれ場所を、あばかれて、一斉に動いて、茂みの中へ匍い込もうとするか、とみえた。

そんな錯覚を起させるほど、見事な彫りものであった。

内腿の嫋々《なよなよ》とした繊細な線は、一握りに足らぬほどの清楚《せいそ》を湛えていて、

——これは、まるで未通女《むすめ》だが……？

と、狂四郎に不審をおぼえさせつつも、彫りものはまさしく莫連以外の何ものでもないのであった。

三

狂四郎は、しばらく、そこへ視線を置いていたが、つと、一指をさしのばして、茂みの蔭にある、春の筍《たけのこ》が萌《きざ》すにも似た秘部へ、ふれてみた。

瞬間──。

「いやっ！」

お妻は、電流でも通されたように腰をねじって、緋と白の布で、前をかくした。

「やはり、そうだったのか。これで、お前が、まだ男を知らぬ季女《むすめ》であることが、はっきりした」

狂四郎が、云った。

「………」

お妻は、喘いだ。

「未通女の身が、このような、みだらな刺青《いれずみ》をしているのは、どうしたことだ？」

「旦那っ！」

お妻は、はね起きざまに、狂四郎に、しがみついた。

「お願いでございます！　あたしを、女にして下さいまし！　後生一生のお願い！」

「こちらは、その理由を、問うている」

「理由は、あとで……。あたしは、貴方様のような、強い御仁によって、女にして頂きとうござんす」

「据膳を食わぬとは云わぬ。しかし、お前が未通女ならば、ここは、抱くにふさわしくない。場所を変えねばなるまい」

狂四郎は、立ち上った。

お妻は、仰ぎ視て、

「あたしに、いや気がさしたのでござんすね、旦那——?」

「…………」

「だって、こんなあさましい彫りものをしているんですもの」

狂四郎は、さきに、階段を降りた。

それから、半刻ばかり後、狂四郎とお妻は、なまめいた雰囲気の部屋にいた。

銚子を二本ばかり空にしておいて、狂四郎は、奥の間に入り、そこに延べられた花模様の夜具の中に、身を横たえた。

緋縮緬の長襦袢姿になったお妻が、そっと、わきに添い臥《ふ》してから、しばらく、狂四郎は、動かずにいた。

お妻のせわしい鼓動が、つたわって来た。

「ひとつだけ、さきに訊《き》いておこう」

「はい」

「はじめての男として、おれを、どうしてえらんだ?」

「二年ばかり前、旦那は、谷中《やなか》の感応寺の境内で、意趣討ちにお遭いなされたことがありましょう」

「そんなことがあったかも知れぬ」

「あたしは、恰度その宵、亡くなった母親の墓詣でをして、その果し合いを、物蔭から、うかがって居りました。……貴方様は、三人の男に刀をつきつけられ乍ら、平然として、こう仰言ったのでござんす。自分は、昨日までのことはことごとく忘れることにして居るし、また明日の為《ため》に今日を生きては居らぬ、いつでも無縁仏になれる男ゆえ、お主らが、どのような意趣を抱いて居ろうが、平気で斬れるし、斬りすてたあと、すぐ忘れることもできる」

「…………」

「貴方様は、そう仰言っておいて、一太刀ずつで、三人を斬ってすてられました。……あの宵から、このかた、あたしは、一日に一度は、貴方様を、思い出して居りました。だから……」

お妻は、口をつぐんだ。狂四郎の腕の中へ、抱き取られたからである。

……やがて、お妻は、痛みに堪える小さな叫びをあげた。

四

狂四郎が、座敷に出て来て、膳に就いてから、かなりの時間が経《た》った。

お妻は、長いあいだ、褥《しとね》の中に、じっと仰臥して、声もなく泣いていたようである。

身じまいをととのえて、狂四郎の前に坐った時には、あかるい表情をとりもどしていた。

両手をつかえて、

「ありがとう存じました」

と、礼をのべた。

「女にしてやって、礼を云われたのは、はじめてだ」

「旦那、あたしは、これから、人身御供にあがるのでござんす」

「………？」

狂四郎は、お妻を視かえした。

「あたしは、今年二十四になります。……はずかしい刺青をされたのは、恰度十年前十四の時でした。彫政というきちがいじみた名人が、同じ町内に住んでいて、あたしに、ねむり薬をのませておいて、彫ったんです。……その当座、いくど、死のうと思ったか知れません。いえ、ほんとうに、両国橋から、身を投げようとしたんです。救ってくれた相手がいけなかった。黒元結連《くろもとゆいれん》、という江戸一番の掏摸組の親分だったんです。それから三年経たないうちに、あたしは、一人前の掏摸にしたてあげられて居りました。……でも、あたしは、泥沼にはまり込んでも、からだだけは清く保とうと、自分に誓って、今日まで、守り通して来ました。それァ、犯されようとしたことは、二度や三度じゃありませんでした。死にもの狂いで、危ない瀬戸際を遁れたこともあります。……二十四にもなって、人様の懐中を狙う稼業の女が、未通女だなんて、自慢にもなににも、なりやしませんが、守り通した挙句に、この珍しい未通女を、人身御供にしようという悪い奴が、現われたのも、因果な話でござんす」

「…………」

狂四郎は、腕を拱いて、お妻の話をきいている。

お妻は、黒元結連の親分に呼ばれて、どうかたのみをきいてくれ、と頭を下げられたのであった。

お妻は、いやだ、とかぶりを振った。

親分は、もしお前がきき入れてくれなければ、黒元結連は、一網打尽になって、佐渡《さど》の金山送りになる、と云った。

「……つまり、公儀の役人が、お前を、人身御供にさし出せ、と命じたのか？」

「はい。下条主膳というお目付が、どこで、あたしのことを、耳にしたのか、さし出せ、とお命じになったそうでござんす」

「お前をさし出す対手は、何者だ？」

「ご公儀のいちばん偉いお方だとか……」

「公儀で一番上にいる者は、将軍家を除けば、老中だが……、老中の中に、そんな物好きがいるのか？」

「………」

「もしかすれば、将軍家自身かも知れぬ。無類の好色漢が、老いて不能に陥れば、お前のような珍しい未通女をえらんでみることも、考えられる。当人が躍起になっているというよりも、側近が、機嫌とりに、いろいろえりあさって、さし出してみるのだろう」

「旦那、あたしは、たとえ、人身御供にあがるのが、公方様だろうと、今日まで守って来た操を、見も知らぬ男に破られるのは、死んでもいやだったんです。でも、きかなければ、仲間が一人のこらずつかまって、佐渡送りになるし、思いなやんだはてに、あたしは、旦那をはじめての男として、えらびました」

「………」

「これで、あたしは、思いのこすことはありません。……人身御供になります」

「その――下条主膳というお目付の屋敷へ行って、御殿女中に化けさせられるのか？」

「いいえ、小笠原相模守という若年寄のお屋敷へ、明晩、あがるように、申しつけられて居ります」

「小笠原相模守!?」

狂四郎は、ききとがめた。

――伊豆の石室崎で会ったあの男は、千華を、若年寄小笠原相模守に、引渡してくれ、とたのんだ。

世間に絶対に知れぬよう、極秘裡に、異邦の娘を、引渡すさきが、幕府の要人であることに、その時、こちらは、

——いったい、何を企てようとするのか？

と、強い疑惑をわかせ乍らも、敢えて訊こうとはしなかったのだが……。

——千華は、この女掏摸と同じ目的で、人身御供にあげられようとしたのか？

しかし、石室崎の男たちは、こちらを、公儀隠密と思いちがいして、襲撃して来たではないか。

「お妻——」

「はい」

「人身御供になる前に、べつの役目をひき受けてもらおうか」

「なんでござんしょう？」

「この眠狂四郎の間者になってくれることだ」

救いの神

一

翌朝――。

本丸老中水野越前守忠邦の上屋敷を訪れた眠狂四郎は、表長屋の側用人《そばようにん》宅に入って、書院で、武部仙十郎と対坐するや、挨拶ぬきで、唐突に、

「将軍家は、もはや不能者であろうか？」

と、問うた。

「なんのことだな？」

老人は、怪訝《けげん》の視線を返した。

「風聞によれば、将軍家は、七年前に、第五十五番目の子をもうけたのを最後に、その生殖作業を熄《おわ》った由――」

天明六年九月、千代田城の主となった十一代家斉《いえなり》は、在職実に五十年に及ぶ間に、一妻二十一妾《しょう》を擁し、五十五人の子女を、その系譜に登録していた。

「たしかにの、泰姫様のご誕生をもって、打ち切りにされて居る。その年、上様は、たしか五十五歳であらせられた」

「六十を越えたいま、ようやく、不能に陥っていることは、容易に想像がつく」

狂四郎は、冷やかに、云った。

「さての？　そこまで見とどけるのは、老中の役分にはないことだ」

「しかし、当人としては、四十余年つづけた作業ゆえ、骨になるまで営みたい、とのぞむのは、人情であろう」

「ふむ――」

老人は、じっと、狂四郎を、見かえしている。

「夜毎あせった挙句、ただの小綺麗《こぎれい》な娘ではなく、おのが不能をなおしてくれる女ならば、乳房を三個も所有している化物であろうが、莫蓙《ござ》をかかえて二十年も鼠《ねずみ》鳴きした夜鷹《よたか》であろうが、すこしもかまわぬ、とあさましい料簡になっている、とも考えられる」

「左様な事実は、まだ、わしの耳には入って居らぬ」

「若年寄の一人が、せっせと珍奇な女をさがしている事実は、ある」

「若年寄の一人？　誰じゃな、それは？」

「小笠原相模守」

「ほう、相模守がのう」

老人は、小首をかしげた。

「女を献上して権勢を得る、という常套《じょうとう》手段は、他人の例を挙げるまでもなく、ご老人、貴方の主人もやったことだ」

水野忠邦が、文政十一年十一月に、京都所司代から西丸老中に昇進し、将軍家世子家慶附きになり、家慶の嫡男家祥（のちの家定）の傅役《もりやく》になったのは、尋常ならぬ蔭《かげ》の工作がなされたからであった。

その工作のひとつとして、美女献納があった。

南鍋町の菓子舗「風月堂」の長女きんは、美女の評判が高かった。忠邦は、隠密に風月堂を訪れ、きんの容姿を眺めて、肚をきめると、その父親からもらい受け、実弟の跡部山城守良弼《よしすけ》の女《むすめ》とし、さらに、竹本安芸守《あきのかみ》の養女にする、という面倒な手続きをとってから、西丸へ上げて、家慶の側妾の一人に加えたのであった。

この人身御供工作には、武部仙十郎の働きが、大いに、あずかって力があったはずである。

忠邦は、加判の列に加わって、やがて老中首座に就き、天下の政治を掌《つかさど》る、という初一念を貫くためには、いかなる非常手段でも辞せぬ肚をきめ、それを実行して来た人物であった。

水野家は、長崎御固め十八家の首である肥前唐津の城主であった。公称は六万石であったが、実収は二十六万石といわれ、物成《ものなり》の収益は日本随一と、他家から羨望されていた。また、長崎御固めの首であるために、他の諸役（日光修築とか、勅使饗応《きようおう》とか、河川工事とか――）を免じられたので、その台所はきわめて裕福であった。

しかし、長崎御固めの大名は、閣老に登用されないのが、幕府の慣例であった。

忠邦は、それを不服とし、加判の列に加わるためには、唐津六万石をすてなければならぬ、とほぞをかためて、国替えの事を申請した。その結果、文化十四年九月に、遠州浜松六万石に移封の沙汰があった。

この儀を耳にした水野家の老臣たちは、激しく諫《いさ》めたが、忠邦は、肯き入れなかった。そして、ついに、閣老にのし上ったのである。

昨年――。

忠邦は、西丸老中から本丸老中に進むために、将軍家斉の第一の寵妾《ちようしよう》おみよの方に、欧羅巴《ヨーロッパ》各国から密輸した家具調度品を、贈って機嫌をとりむすんでいた。その総額は十万両を越えた、といわれている。

この主人を持つ武部仙十郎が、将軍家の不能ぶりを座視しているはずはない、と狂四郎は、考えたのである。

――小笠原相模守に、女を漁《あさ》らせているのは、もしかすれば、越前守かも知れぬ。

そうも推測して、この上屋敷を訪れた狂四郎であった。

二

狂四郎は、腕を組んで、狡猾《こうかつ》無類の側用人を凝視し乍ら、

「ご老人、わたしに、しらばくれても、はじまるまい」

と、云った。

老人は、さも大儀そうに、身を二つに折って、肝斑《しみ》だらけの皺手《しわで》で、頬をはさんでいたが、

「わがあるじは、もうすでに、本丸老中の座に就かれて居る。大奥の閨事《ねやごと》にまで、気を配る必要はなくなったわ。……小笠原相模守が、雌漁りをしていることなど、一向にかかわり知らぬの」

と、こたえた。

「相模守は、わがあるじのまね事をやって居る、と云われるのか？」

「…………」

「左様さな。……しかし、これは、手おくれだの。どうせ、美女を献納するなら、西の丸様にすればよかろうに——。ご本丸と西の丸が、入れ替るのは、あと二三年のうちであることは、目に見えて居る。それを実現してみせるのが、わがあるじだから、これほ

どたしかなことはない」

そう云ってから、老人は、上目使いに、狂四郎を視た。

「それにしても、珍しいの。お主が、たのまれもせぬのに、そんな事柄に、首を突っ込むとは――」

狂四郎は、しかし、それにこたえる代りに、宙に眼眸を置いて、

「貴方が関知せぬ、というのがまことならば、公儀の内で――別の場所で、ひそかな陰謀がすすめられている、ということになる」

と、云った。

「陰謀？　なんのことじゃな、それは？」

「沼津千阿弥が割腹したのち、その門弟百人を、一人残らず斬ろう、と躍起になっているお目付がいることは、貴方も、すでに耳にされて居ろう」

「うむ」

「なんというお目付か、ご存じか？」

「下条主膳だの」

老人は、教えた。

「やはり、そうであったか」

狂四郎は、合点して、

「下条主膳は、小笠原相模守の耳目。……沼津千阿弥の門弟たちを根絶やしにしようとしていることと、将軍家の不能をなおすために珍奇の女を献納しようとしていることと、一見なんの関聯《かんれん》もないようなこのふたつの事実が、蔭で深いつながりを持っている模様だ。これは、わたしのカンだが、十中九まで、狂って居らぬ自信がある」

「その話、もっと、くわしく、きこうか」

老人が、強い興味をそそられたことは、すっと上半身を立てたことで、明らかであった。

狂四郎は、語った。

伊豆の石室崎で、えたいの知れぬ男から、信頼されて、密入国して来たらしい異邦の娘をあずかったこと。これを、江戸にともない、若年寄小笠原相模守に引渡すはずであったこと。鎌倉の鶴岡八幡宮で、沼津千阿弥が割腹する異変があったのち、千華という娘をつれて、巨福呂坂の谷を抜けようとした際、公儀庭番衆に襲撃されたこと。そして、その直後、弥之助という夜盗が現われて、千阿弥の門弟二十人が、将軍家代参の帰途をはばんで街道上で列座切腹する企てがあるゆえ、阻止して頂けまいか、とたのんだこと。こちらは、迂闊《うかつ》にも、弥之助を信用して、千華をあずけたところ、それなり、千華が何処かに拉致《らち》されてしまったこと。

江戸へ戻って来て、一夜、沼津千阿弥の青山の書塾へ忍び入ってみると、そこに、千阿弥の隠し妻がいて、その口から、千阿弥が去年の秋にもらした言葉――百万両以上の大金が、日本のどこかに隠匿されている――ときかされたこと。

「……つまり、お目付下条主膳が、沼津千阿弥には、幕府顚覆《てんぷく》の謀叛の計画があったとして、門弟たちを根絶やしにしようとしているのは、表向きの名目であって、実は、お目付自身、大金が隠匿されていることをかぎつけて、その事実を知らされている沼津門下を、この世から消さねばならぬ、と躍起になっているのではなかろうか」

「…………」

「弥之助という夜盗が、お目付の手先になっている、という推測が、わたしに、こういう想像力を働かせた、とお思い頂こう」

「ふむ。面白いの」

老人は、大きくうなずいた。

「美女の献納は、上様の不能をおなおしするため、というより、大金をさがし出す目的によるもの、とお主は云いたいのじゃな？」

「貴方が関知せぬ、ときいて、急に、そうむすびつけたくなった」

「お主の想像力は、あっぱれな働きをする、とほめてよい。しかし、面白すぎる話というやつには、しばしば、肝心の点に、大嘘がある」

「百万両の大金が隠匿されている、という黄金伝説を、貴方は、あたまから信じない、と云われる？」

「考えてもみるがよい。たかが同朋づれが、そのような黄金伝説を知ったとすれば、たぶん、ご城内の富士見櫓《やぐら》の文庫からであろうが、左様な貴重な文献ならば、文庫に納める前に、すでに、事実の有無が調べられて居ろうし、根も葉もないことと判れば、破棄されて居るにきまって居る」

「富士見櫓の文庫以外の場所から、沼津千阿弥が、偶然、発見したことは、考えられまいか？」

「考えられぬの。柳営内のことには、わしは、通暁しているつもりだ」

「大奥を除いて、ではないのか、ご老人？」

「………」

老人は、狂四郎の冷然たる態度に、いまいましげな表情をかえした。

三

高輪《たかなわ》の来成寺の方丈に於ては――。

捨てかまりの弥之助が、虜囚の部屋を、一寸余の厚さの杉戸に設けられた小窓から覗《のぞ》いていた。

「お嬢さん、ねばりなさるものだ。そろそろ、こっちが根負けするくらいですぜ」

千華は、弥之助の視線を受けとめて、身じろぎもせずに坐りつづけている。

「てまえの主人は、あんたが、若年寄小笠原相模守様の許へ、送りとどけられようとしていたことを、看破っておいでだ。つまり、あんたは、公方様へさし出す女子なんだね。そこまでは、はっきりと判った。……何者が、いったい、あんたを、この日本へつれて来たか――それは、あんたに口を割ってもらわなけりゃ、ならねえ謎だが……、どうだろうね、そろそろ、観念する汐どきじゃないのかねえ」

「…………」

「ひとつ、きかせておこうか。……てまえの主人は、お目付の下条主膳と申されて、実は、若年寄小笠原相模守様の片腕なのさ。それなら、自分を、さっさと、小笠原邸へ、つれて行けばよいではないか、と云いたいだろうが、どっこい、そうはいかないのだな。……あんたが、何者に、何の目的で、公方様に献上されようとしたのか、それがはっきりと判らぬ以上は、小笠原邸へ、つれては行けないのだ」

「…………」

「ものは相談、という文句を、あんたは、知っていなさるか。これは、あんたとこの弥之助の二人だけの相談さ。主人には、内証にして、そっと、てまえにだけ打ち明けて下さることは、できませんかね。そうすりゃ、てまえは、この胸にあんたの秘密をたたんでおいて、主人の方には、うまく話をつけて、若年寄に会わせてさしあげる。こういう相談に乗って下さるわけには参りませんかね?」

「………」

「このままじゃ、あんたは、ここに、一年が二年、いやもしかすれば、顔に皺のできるまで、とじこめられていることになるんですぜ。……目的は遂げられず、容色はおとろえて、つまり、あんたは、見知らぬ異国で、乞食《こじき》になるよりほかはない、というおそれもある。てまえは、場合によっては、あんたの味方になってもいい、と考えを変えたのだ。どうだろうね。ものは相談だが……」

そこまで、しゃべって、弥之助は、急に、鋭い気色になって、雨戸をへだてた庭へ、神経を配った。

――ただの気配じゃねえ!

弥之助は、小窓を閉めると、座敷牢《ろう》からはなれた。

廊下を幾曲りかして、座敷へ戻って来た弥之助は、そこに、いつの間にか、一人の男が坐っているのを見出した。

一瞥して、弥之助は、ぎょっとなった。額にも、頬にも、頤にも、刀痕が走って居り、人相も年齢も、その刀痕でかくされてしまっていた。

「捨てかまりの弥之助――そうだな?」

浪人者は、声音だけは明るく、そう云いあてた。

「お前様は、どなた様で——？」

「死神九郎太、と人から称ばれて居る」

「なんの御用で、ここへ、おいでになった？」

「見物に来たのだ、南蛮娘をな」

「………」

弥之助の表情が、険しいものになった。

主人の下条主膳と自分のほかには、この寺院の住職、納所《なつしょ》二人を除いて、誰一人、南蛮娘を虜囚にしていることを、知らぬはずであった。

——どうして、この浪人者が知っているのか？

「まあ、そんなに、食いつきそうな様子になるな、捨てかまり」

「何者なんだ、お前さんは？」

「べつだん、お前に、素姓を教えなければならぬ義務はない」

「お目付とは、どういう間柄でいなさる？」

「ごく親しい知己、ということにしておこうか」

「信じられるものか！」

「信じてくれ、とはたのんでは居らんぞ。そっちが訊くから、こたえたまでだ」

「去《い》んでもらいましょうぜ。ここは、下条主膳様から、あっしが、まかされてる城なんだ」

「あいにくだったな、捨てかまり。その城あずかりの男が、主人を裏切る相談を、南蛮娘にしかけているのを、拙者は、きいてしまったぞ」

「あれは、泥を吐かせるための手だ。なんで、この弥之助が、主人を裏切るものか」

「はたしてそうかな。……お前が、お目付に心服して、忠実な走狗《そうく》になっているとは、受けとれんぞ」

「なんだと！」

「余人はだませても、この死神九郎太を、たぶらかすのは、すこしばかりむつかしい。……捨てかまり――即ち、薩摩の忍び者。実は、お前は、島津家から放たれた曲者《くせもの》ではないか、という疑惑がわくぞ。お目付下条主膳も、いまだ、お前の正体を看破って居らぬのではないのかな」

「でたらめなあて推量は、止《よ》してもらおうぜ。冗談じゃねえ」

「ははは……、こっちの勝手な揣摩《しま》憶測であれば、さいわいだが、ことわっておく、この死神九郎太は、日本六十余州――壱岐《いき》、対馬《つしま》の果てまで、歩きまわった男だ。見そこなうな！」

最後の一句に凄味《すごみ》をきかせて、別人のように一変させた九郎太の形相は、流石の弥之助を戦慄させるに足りた。

「ははは……、悪党は悪党同士、小むつかしく云えば、桀《けつ》を助けて虐を為す、と史記にもある。お互いに利用価値があるあいだは、扶け合おうではないか、捨てかまり。……云っておくが、お目付下条主膳も、決して、公儀のおん為に、奉公第一に、私を無にして、残忍な行為をやっているわけではないのだ。我欲は人一倍旺盛な人物であることは、拙者が一番よく知って居る。お前は、お目付から全幅の信頼を受けているつもりだろうが、なアに、利用するだけ利用したら、夜盗ごときを走狗にしたことが、上司に知れるのはまずいので、頃合をみはからって、闇から闇に葬る肚を持っていることは、火を見るより明白だ」

「…………」

「どれ、ひとつ、南蛮娘に、拝顔の栄に浴そうか」

「そ、それは――」

「いやだとは、云わせぬぞ」

九郎太は、立ち上った。

座敷牢へ向って進む九郎太の幅広い背中を、三四歩はなれて、睨みつけ乍ら、跟いて行く弥之助が、鉤の手に曲るところで、一瞬、懐中へ片手を入れた。

とたん――、振りかえった九郎太が、にやりとした。

「無駄だな、捨てかまり。拙者は、後頭にも目がついている男だ。お前の生命を寄越せ、と所望しているのでもないし、せっかく手に入れた走狗の立場をすてろ、と脅迫しているのでもないぞ」

「………」

弥之助は、あきらめて、立ちどまった。

九郎太は、座敷牢の前に立つと、小窓をひらいた。

「成程――これは、尤物《ゆうぶつ》だ」

九郎太は、首を振ると、いきなり、錠前の釘《くぎ》を、ひと引きに、引き抜いた。おそるべき膂力であった。

「な、なにをする！」

弥之助が、走り寄ろうとした。

「捨てかまり、そこを一歩も動くな！」

「娘を、拉致するのか！　お目付が、許さねえぞ！」

「お前が、ちょっと留守したあいだに、拉致された、と報告いたせばよかろう」

「そ、そんな……」

「お前は、必ず、そう報告する」

「ば、ばかなっ！」

「拙者に、よけいなことを云わせるな。薩摩の忍び者であることを、お目付に知らされたら、お前は、どうなる？」

「………」

弥之助は、息をのんだ。

九郎太は、重い杉戸をひき開けた。

「娘御、出なされ。救いの神が参った」

夜の客

一

江戸の街には、昼間は春が来ていたが、夜半はまだ冬の寒気が占めていた。

その夜は、之《これ》に加えて、風が強かった。

子刻《ねのこく》（午前零時）――。

眠狂四郎は、その風に、袂や裾をあふられ乍ら、御曲輪《くるわ》内の大名小路に入っていた。

大名小路に入るには、数寄屋橋《すきやばし》御門はじめ、八つの御門のうちのいずれかを、渡らねばならぬ。

素浪人風情など、夜更けてから、御門の番士が黙って通してくれる筈もなかった。

どうやら、狂四郎は、日本橋あたりから、小舟を漕ぎ出し、一石橋《いちこく》をくぐり、まっすぐに、闇にまぎれて水の上をすべり込んだ模様である。

もとより、大名小路の各処には、台提灯《だいちようちん》であかあかと往還を照らす辻番所があって、不寝番が目を光らせていたし、また二人が肩を竝《なら》べて、自邸のまわりを廻って居《お》り、これに見咎められるのは、避けねばならなかった。

狂四郎が、めざしたのは、若年寄・小笠原相模守の屋敷であった。

あらかじめ、絵図面で調べた狂四郎は、外濠《そとぼり》からその屋敷に至るのに、辻番所を避け得る通過方法を思いついていた。

小笠原家の南隣りは、御作事方の屋敷であった。その敷地内を、横切って、塀を越えれば、小笠原邸の裏手の往還へ出られる。その通りには、辻番所は、設けられていなかった。

「金が、かかっている」

高塀を越えて、邸内の深い木立の中に立った時、闇に目の利くこの男の口から、その独語が洩らされた。

小笠原相模守長貴は、越前国大野郡《えちぜんのくにおおの》勝山《かつやま》・二万七千七百余石の小大名であった。いかに若年寄の地位に就いているとはいえ、夜目にも美しく庭に手入れをゆきとどかせるほど、台所が裕福であるとは、考えられなかった。

狂四郎は、夜風にゆらいでいる松の枝ぶりを眺めただけで、

――別途の大きな収益があるようだ。

と、推測した。

水野忠邦が老中となっても、大名としては、たかだか浜松六万石の小さな城主である

例が示しているように、幕府の閣老は十万石以下という、家康以来の仕癖によって、資力と権力を同時に持たせられぬ不文律であった。

六万石の城主水野忠邦は、前田とか島津とか、数十万石以上の国主を、「その方」と呼びすてる権威を得ているが、内証は窮迫して、その下屋敷はおろか上屋敷の庭を手入れする余裕さえも、ないのであった。

まして、城も持てぬ二万七千石の小領主に、庭を美しく飾る財力があろう道理がないのであった。

――一夜や二夜、忍び込んでみたところで、別途の収益を、どうやってあげているか、つきとめられはすまいが……。

狂四郎は、跫音を消して、木立から抜け出すと、苑路《えんろ》へ降りて行こうとした。

とたんに、

――先客がいる！

と、鋭い視線を、高麗燈籠《こうらいどうろう》の蔭へ、投げた。

黒影がひとつ、そこにうずくまっていた。

狂四郎は、夜空を仰いだ。雲が流れていた。

十三夜の月が、雲間からのぞくまで、狂四郎は、待つことにした。

黒影は、自身も石と化したように、微動もせぬ。狂四郎もまた、立木と化したように、身じろぎもしなかった。

やがて、月光が、地上を染めた時、苑路を見廻《みまわ》りの番士が二人、通り過ぎて行った。

黒影が、燈籠の蔭から、すっと立ち上ると、狂四郎も、動いた。

苑路へ降りた黒影は、その時はじめて、背後の気配をさとって、ぱっと向きなおった。

「こんなところで、めぐり逢おうとは思わなかったな、捨てかまりの弥之助」

「………」

固唾をのんだ弥之助は、二間のむこうにうっそりと立つふところ手姿を、この上もなく無気味なものに、見まもった。

「どうした、夜働き——。おどろきで声が出ぬほど肝が小さくはあるまい。……おれが、あずけた南蛮娘を、どこにとじこめたか、教えてもらおうか」

と、迫られると、弥之助は、悪びれずに、

「旦那、あっしは、まだ、胴から首がはなれたくはねえので、娘御をお返しいたしたいのは山々でございますが、どじを踏んで、鳶《とんび》に油揚げをさらわれてしまいました」

「闇の中なら、ごまかせる、と思っているのなら、料簡ちがいだぞ」

「旦那をだませるのは、たった一回だけだと心得て居ります。娘御をさらわれてしまったいま、嘘をついてもはじまりません」

「お前は、お目付下条主膳の手先だろう。かくすな！」

「へい、たしかに——」

「鳶に油揚げをさらわれたお前を、酷薄残忍な性情できこえている下条主膳が、そうかんたんに許したとは、考えられぬ。もういま頃は、お前は、三途《さんず》の川を越えているはずだぞ」

「あっしも、覚悟して居りましたところが、娘御をさらって行った曲者の名前を、つたえますと、あの男ならお前ごとき者では太刀打ちできぬ、と許して下さったのでございます」

「その男は、何者だ？」

「死神九郎太、と人から称ばれているとか……」

「死神九郎太——、そうか。あの男に、奪われたか」

「旦那、あいつを、ご存じなので——？」

狂四郎は、それにこたえる代りに、

「人身御供を拉致されたお前が、一人で、この屋敷に忍び込んだ理由を、きこうか」

と、もとめた。

二

「へい、……もしかすると、死神九郎太てえあの曲者は、若年寄様手飼いの隠密じゃなかろうか、と思いましてね」

「どうして、そう思った？」

「下条様は、若年寄様の下においででございますが、実は、決してその片腕になってはいらっしゃらねえ。時と場合によっては、若年寄様のご存念をさし措いて、独断で事を進めておいでの模様なのでございます。……そこで、若年寄様の方は、手飼いの隠密を使って、下条様のやりかたを、さぐっておいでなのじゃないか——そう思いましたもので……」

「お前はお前で、下条主膳に命じられたわけでもないのに、勝手に、この屋敷へ、何かをさぐりに忍び込んだ、というのか？」

「へい、まあ、そんなところで……」

「それもまた、妙な話だな」

「へえ……」

「ついでだから、訊いておこう。お前が、わたしをだまして、あの娘を拉致したのは、お前の一存でやったことか？　それとも、下条主膳の命令によるものか？」

弥之助は、この質問に、ちょっと返辞をためらった。

「どうした、こたえぬか？」

「あっし一存で、やったことでございます」

「何故だ？」

「へい、つまり……、下条様が、いろいろさまざまな女をえらんで、こちらへお連れなさるのを、知って居りましたので……」

「異邦の娘を連れて行けば、よろこばれるだろう、と思った、というのだな？」

「へい、左様で――」

「その実、お前は、わたしがあの娘を、この屋敷へともなうことを、あらかじめ知っていたのではないのか？」

「い、いえ、そんなことは、夢にも存じませなんだ」

「そうかな」

無断侵入者同士の、闇の中での問答であった。

狂四郎も動かず、弥之助も動かぬが、それぞれが、時刻をはかり、次の行動を案じ乍ら、向い合っているのであった。

「いよいよ妙な話だ」

「なにが、でございます？」

「あれから、すでに、十日以上が過ぎている。下条主膳は、とっくに、この屋敷へ、あの娘を連れて来ていなければならぬはずだ。……ところが、連れて来ずに、どこかへとじこめていた。お前の話がまことだとすれば、いたずらに監禁をながびかせていたために、死神九郎太に、横あいから、さらわれたことになる。面妖しいではないか。下条主膳は、なぜ、さっさと、あの娘を、ここへ連れて来なかったのだ？」

「それが……、つまり、娘御が、日本へ忍び込んで来たのは、何か、深い仔細があるに相違ない、と看て、そいつを、白状させようとしていたわけなので――」

「弥之助！」

狂四郎の声音が、鋭いものになった。

「へい」

弥之助は、月明りにもはっきりと判る戦慄を、肩に示した。

「お前は、下条主膳が、沼津千阿弥の門弟たちを一人残らず斬ろうとしている理由を知って居るな？」

「いえ、なにも……」

「知らぬ、とは云わせぬ！」

狂四郎は、わざと、凄まじい殺気をあびせた。弥之助は、思わず、一歩退《さが》った。

「云え！　云わぬと、斬る！」

「旦那！」

弥之助は、その場へ坐った。

「あっしは、ただ、下条様のご命令で、ご同朋のお屋敷へ、さぐりに、忍び込んでいただけなので……。忍び込んでいるうちに、ご同朋のご立派なお志に、感激したことは、全くの事実でございまして——。それで、お坊主衆の切腹を、なんとかしてお止めしたい、と願ったのも、嘘いつわりのない本心からのことなんで……」

「お前の弁解を、きいたところではじまらぬ。……どうやら、一筋縄ではいかぬお前に、この場で、全部泥を吐かせようとするのが、無理のようだ。ひとつだけ、正直に白状してもらおう。今夜をえらんで、この屋敷に忍び込んだまことの理由が、はっきりとあるはずだ。それを云え。死神九郎太が若年寄の手飼いの隠密ではないかと疑惑を抱いた、などというそらぞらしいこじつけなど、おれには通用せぬぞ」

弥之助は、追いつめられた者のていで、しぶしぶと、

「あっしは、本石町《ほんごく》二丁目の阿蘭陀《オランダ》屋嘉兵衛《かへえ》が、このお屋敷へ参ったのを、尾けて参ったのでございます」

「いまから、どれくらい前だ？」

「まだ半刻も経っては居りません。夜分おそく、阿蘭陀屋が、こっそり訪問したのを、なんとなく臭い、と思いましたので……、へい」

「相模守と、なにやら密談する、と嗅いだか？」

「へい」

「これで、明白となったことが、ひとつある」

「へえ――？」

「若年寄小笠原相模守も、お目付下条主膳も、死神九郎太も、そして、お前も、いずれも、同じ道を歩いて居る、ということだ」

「同じ道と申しますと？」

「欲の道、というやつだ。もらさじと花を尋ぬる山々の頂もなき欲の道かな――これだな」

「…………」

「弥之助、今夜はおとなしく引きあげるがよかろう。若年寄と阿蘭陀屋の密談は、わたしが、代って、ぬすみぎいてやろう」

三

この夜更けに、その部屋からは、烏鷺《うろ》の争いの音が、高くひびいていた。

主人と対局しているのは、五十年配の苦味走った眉目の町人であった。その皮膚が、地なのか、焼いたのか、異常に黒いのが、特色であった。

江戸で、阿蘭陀の品物を、一手にとりしきっているのが、この商人であった。

鎖国政策は、時にゆるめられ、時にきびしくされ乍ら、なお、長崎出島のオランダ商館を窓口にする以外は、諸外国との交易を厳しく拒否している時代であった。

鎖国の禁を犯すことが、いかにおそろしい行為か、次の一例でも判る。

一時代前――明和《めいわ》二年に、後藤梨春《ごとうりしゅん》という医師が、『紅毛談』という書物を出版したが、その中に、阿蘭陀文字を、たった二十五文字載せていた。すると、幕府は、これを不都合であるとして、絶版を命じた。

その後、安永に入って、阿蘭陀の書物や品物を手に入れることが、黙許されるようになったのは、老中田沼意次《たぬまおきつぐ》のおかげであった。

田沼意次は、幕府の全権を握ると、奢《おご》りに長じて、和漢の品物は珍しくない、と振り向きもせず、もっぱら、長崎出島のオランダ商館に命じて、時計、寒暖計、硝子《ガラス》細工、望遠鏡、顕微鏡などをとり寄せて、翫《もてあそ》んだ。

上の好むところ、下これより甚だし、のたとえ通り、たちまち、大名も旗本も富有の町人も、われもわれもと、阿蘭陀の品物を手に入れることに躍起になった。

一時期、日本橋の通町の左右には、長崎なになに、阿蘭陀なになに、という看板が、ずらりとならんだものであった。

古い薬種屋でさえ、「ウルエス」という、いかにも阿蘭陀製らしい薬を、売った。ウルエス、は阿蘭陀語でもなんでもなく、「空」の字を分解して、これに「ス」をつけただけであった。すなわち、「空《むな》しくする」という意味で、腹の痛まない下剤で、腹中を空《から》にする、という次第であった。

これほど左様に、阿蘭陀流行《はやり》の一時期があった。

しかし、田沼意次が失脚して、松平定信が老中首席を襲ってから、再び、阿蘭陀の品物は、江戸市中から追放されてしまった。

とはいえ、禁制品となればなるほど、これを私有したいのが、人情であった。

現在、江戸で、たった一軒だけ、オランダ商館との取引を公に許されている阿蘭陀屋が、蔭でどれだけの巨利をむさぼっているか、想像に難くない。

阿蘭陀屋嘉兵衛は、どうやら、前身は船乗りのようであった。本石町二丁目に、店をひらいたのは、文化十年頃であったが、爾来《じらい》一度も、密貿易のボロを出さずに、巧みに、幕府要人にとり入って、あきないを繁昌《はんじょう》させている。

ひそかな噂《うわさ》では、阿蘭陀屋嘉兵衛は、加賀の銭屋五兵衛が、二千五百石積《づみ》の船十数艘で密貿易して来た露・米・英・仏四国の品物の大半を、引き受けている、といわれている。

「……時に」

阿蘭陀屋嘉兵衛は、盤面をにらんで長い熟慮をつづけている若年寄に、何気ない口調で、云いかけた。

「北には、オロシャ船、南には、イギリス船、ポルトガル船が、どんどん、やって来て居りますな。つい去年の暮も、イギリス船が、水戸の大洗《おおあらい》沖へ現われた由ではございませんか。ご時世でございますな。浦賀の警固船が、うろうろと巡廻したところで、はじまりますまい。……そろそろ、ご公儀も、肚をおきめなされて、伊豆のどこかの港を、お開きになったら、いかがなもので——」

云いたいことを、ずけずけと云ってのけた。

「そうかんたんには参らぬ。……第一、公儀が開港すれば、さしずめ、内緒の利益が薄くなるのは、阿蘭陀屋、お前ではないか」

「なんの、開港ともなれば、その港で、てまえの店を開かせて頂き、南蛮各国の品物を、一手に引き受けさせて頂きます。また、てまえ自身も、欧羅巴に渡って、世間があっと目を剝《む》くような大きな交易をやってのけてみたいもので……」

「申し居る」

相模守は、苦笑した。

「ところで、公方様へ献納の尤物は、ひとそろい、おそろえになりましたか？」

阿蘭陀屋は、訊ねた。

「まずの」

「そのうちで、きっと公方様がご満足なさる、と自信をお持ちの女子が、居りましょうか？」

「さて——、それは、さし上げてみぬとのう……」

「どういうたぐいの珍しい尤物か、参考のため、おきかせ下されませ」

「未通女の掏摸が居る」

「べつに、そんな女子は、珍しゅうはございますまい」

「ところが、陰部のまわりに、四十九ひきの小蟹を彫って居る」

「成程、それは、ちょっとばかり珍しいしろものでございますな」

「まず、そこいらあたりが、上様のお気に召すのではないか、と思うて居る」

相模守に、そう云わせておいて、阿蘭陀屋は、薄ら笑い乍ら、

「てまえにも、さし上げたい尤物が、一人いるのでございます。いえ、本日、おうかがいしたのは、もうご当家へ、ともなわれているのではあるまいか、と——その用向きもございました。明日にも、必ず、お目見えするはずでございますよ」

「どんな女子だな？」

「いつぞや、阿蘭陀国の貴族の娘御の肖像画を、大奥に献上いたしましたが、それとそっくりの生きているしろものを、公方様に——」

「まことか？」

「べつに、てまえが、欧羅巴から買い入れたわけではございませぬ。……むこうの方から、内密に、献納しようとしているのでございますよ」

「むこうの方とは？」

「若年寄様は、南洋各処に、いまなお、日本人町が、ちらばっていることをご存じでございましょう。呂宋《ルソン》、交趾《コーチ》、柬埔寨《カンボジヤ》、暹羅《シヤムロ》、咬嚁吧《ジヤガタラ》、ポルトガル領澳門《マカオ》など、いずれの土地にも、朱印船で押し渡った勇ましい先祖がつくりあげた日本人町を、末裔《まつえい》どもが、立派に守って居ります。これら末裔どもが、ひたすら、願っているのは、祖国との自由な交通でございますな。……日本人町は、鎖国によって、祖国との交通の手段を失っても、なお、祖国の慣習風俗を守り、その土地の者との婚姻を厳しく拒絶して、大和民族の血脈を保ちつづけて居ります。しかし、なにさま、祖国からあらたに加わる者は皆無とあっては、漸次死に絶え、元和《げんな》寛永の頃、五千とも一万ともかぞえられていた町も、今日では千か二千に減って居ります。……そこで、きわめて最近になって、ご公儀に、鎖国を解いて頂けぬまでも、せめて、日本人町にだけは、自由な交通をお許し頂こうと、決死の覚悟をきめた者どもが幾人か、いまだ見知らぬ祖国に、潜入して参ったとお思い頂きましょう」

「………」

相模守は、阿蘭陀屋の意外な言葉に、じっと、耳をすませている。

「その者どもは、尋常一様の手段では、とうてい、ご公儀のお許しが叶わぬ、とみて、南蛮の美人を一人、公方様に献納することにしたのでございます」

「………」

「偶然、てまえは、その者どもの企てを、耳にする機会があり、蔭から援助をしてやる肚をきめて、たまたま、長崎へまわしていたてまえの持船をひとつ、わざと、その者どもに、盗ませてやったのでございます。……てまえの使っている者が、たしかに、南蛮娘を潜伏させたその船は、長崎を出て、江戸へ向った、と早飛脚を寄越したのが、七草明けでございましたから、南蛮娘は、もうとっくにこの江戸に忍び入っていなければならぬのでございます。……これア、公方様も、お目を細めて、ご賞味あそばすに相違ないと存じ、てまえも、心待ちにしている次第なので……」

そう語って、阿蘭陀屋は、若年寄の反応を、待った。

莫連慕心

一

小半刻が、過ぎた。

「それでは、これで、おいとまを――」

阿蘭陀屋は、密談をうちきって、いったん、立ち上ったが、急に鋭い表情になると、二の間との仕切り襖を、睨んだ。

小笠原相模守は、はっとなって、阿蘭陀屋の視線を追った。

阿蘭陀屋は、懐中からすっと、短銃を抜き出し、跫音をしのばせて、襖へ近づいた。

阿蘭陀屋が襖をひき開けるのと、そこにひそんでいた者が、ぱっと跳び退るのが、同時だった。

「お殿様は、女子の間者を、それと知らずに、飼っておいでなさるらしい」

阿蘭陀屋は、銃口を曲者に狙いつけ乍ら、皮肉まじりに云った。

相模守は、うすくらがりの中をすかし視て、

「つまと申す掏摸だぞ、そやつ」

と、云った。

「では、陰部のまわりに、小蟹を匐わせているという――？」

「そうだ。まだ、それを見とどけては居らぬが……」

「ちょうどいい機会だから、拝見させて頂きましょう。……おい、女、こっちへ出て来てもらおう」

阿蘭陀屋に促されて、お妻は、観念すると、座敷へ入って来た。

「これア、佳い女だ。天性の麗質というやつだ。それが、よくみがかれている」

阿蘭陀屋は、にやりとすると、

「そこへ、仰向けに寝てもらおうか」

と、命じた。

「いやだ、とこばんだら、どうなさいます？」

お妻は、度胸をきめた者のおちつきをみせた。

「いやだ、とは云わせぬ。お前は、ただの鼠じゃなかろう。誰かにたのまれて、進んで、このお屋敷に上って来た。そうだろう？」

「だれが、自分でのぞんで、人身御供にあがるものですか。人様のふところを狙ういやしいぬきしにだって、意気地はござんすのさ。……あたしが人身御供にならなけりゃ、あたしの仲間の黒元結連が一人のこらず召し捕られて、佐渡の金山送りになる、というから、唇を嚙んで、いけにえになることにしたんだ」

歯切れのいい伝法口調で、立板に水を流すように云ってのけた。

「奥から抜け出して来て、その部屋に忍んだ理由を訊ねる。表書院ではなく、この座敷で、わしが客と対坐していることをかぎつけるのは、只者ではない証拠だぞ」

相模守が、きめつけると、お妻は、明るい笑い声をたてた。

「お殿様、あたしは、かたぎの女じゃござんせんよ。奥で、おとなしくしていろ、と云われたって、はい、さいでございますか、とかしこまっているのは、性分に合いませんのさ。生れてはじめて上げられたお大名のお屋敷を、見物させて頂いても、べつに罰《ばち》はあたるまいと思って、奥から抜け出して来て、あちこち歩いているうちに、犬も歩けば棒に当って、つい、お話をうかがっちまった、というわけでございます」

「わしとこの阿蘭陀屋の話を、のこらず、きいた、と申すか？」

「はい、あらましは、うかがいました」

「許せぬのう」

「片づける、と仰せられます？」

「やむを得ぬ」

「生命を奪るのは、もったいない、とお思い下さいまし」

そう云うやいなや、お妻は、すっと仰臥すると、目蓋を閉じた。

足袋をきらって、お妻は、素足のままであった。深爪を取って紅をさした白い美しいかたちが、相模守と阿蘭陀屋の視線を惹《ひ》き寄せた。

阿蘭陀屋は、相模守にことわりもせず、裳裾《もすそ》に、指をかけた。

燃え立つ緋色の腰絹も、容赦なくはだけられて、すらりとのびた白い繊細な脚線が、夜の光に浮きあがった。

阿蘭陀屋は、その片足くびを摑むと、押し拡《ひろ》げつつ、膝を立てさせた。捲《まく》れていた腰絹が音もなく紊《みだ》れて、太腿から滑り落ちると、女の秘部が、恣《ほしいまま》に露《あらわ》になった。

二人の男の好奇の眼眸が、そこへそそがれた。

その瞬間であった。

「ごめん！」

ことわりの声とともに、廊下から、ひとつの人影が、さっと押し入りざま、小柄を、天井めがけて、放った。

眠狂四郎であった。

二

小柄は、あやまたず、天井裏にひそむ者のどこかを刺したとみえて、血汐が小柄をつたって、畳へぼとぼとと、したたった。

狂四郎は、お妻が発見された時、すでに廊下に佇立していた。

間者にした者が、煮て食われようが焼いて食われようが、これを見すてておくのは、操る者のとるべき冷酷さであった。間者とは、そういう宿運を負わされているのである。遁れるのも死ぬのも、間者自身の智慧《ちえ》の働かせかた如何《いかん》であった。

——お妻は、羞恥と屈辱をすてて、遁れようとしている。

狂四郎は、黙って、見すてるつもりであった。

ところが、もう一人、天井裏から偸《ぬす》み視ている者がいることを、狂四郎は、障子をへだて乍らも、察知したのである。立ち去れ、と命じておいたにも拘らず、捨てかまりの弥之助が、そこにひそんだ、とさとった狂四郎は、自身の姿を、相模守と阿蘭陀屋の面前にさらすことにしたのであった。

「おのれは、何者だ？」

相模守から、詰問されると、狂四郎は、冷やかに薄ら笑って、

「若年寄の上屋敷であり乍ら、空家同様に、曲者を自由に出入りさせるとは、いささかなさけない、とお見受けする」

と、云った。

「何者だ、と申して居るのだ」

「あの曲者が――」と、天井を指さして、「ご当家へ忍び込むのを発見して、あとを追って来た者、ということにして頂く」

「名乗れ！」

「かりに、お手前様の手飼いの隠密が、他家へ侵入して、発見された際、正直に、名乗りますかな」

「………」

相模守は、狂四郎を睨みつけて、烈《はげ》しい苛立ちの形相になった。

阿蘭陀屋の方は、さほどの驚愕も示さず、短銃を、狂四郎の胸もとへ狙いつけて、

「いずれの隠密か存じませんが、神妙にしてもらいましょう」

と、おどしかけた。

狂四郎は、それを無視して、相模守に、

「天井裏の鼠は、どうやら、手負い乍らも、音を立てずに、ご当家から脱出するだけの体力をのこし、修練を積んでいる模様です。ご家中の手配りをされるがよい」

と、忠告しておいて、その座敷に、おのが座をきめて、坐った。

瞬時にして、邸内にあわただしい動きが起った。

相模守自身も、狂四郎の方は阿蘭陀屋の短銃で動けぬものにしたと思って、捕物を指

揮すべく出て行った。
狂四郎は、腕組みして、平然たる態度であった。
短銃をつきつけている阿蘭陀屋の方が、かえって、薄気味わるいものをおぼえている
くらいであった。
お妻は、ずっと下に控えて、狂四郎を見まもっていた。
――この御仁の為なら、いのちなんぞ惜しくはない！
双眸《そうぼう》のかがやきは、女心の炎を燃やしていた。しかし、この屋敷内では、見知らぬ他
人であるように、よそおっていなければならなかった。
庭で、曲者を発見した叫びがあがり、そこへ向って殺到する跫音がきこえ、そして、
その騒擾《そうじよう》が遠のいてから、しばらくして、相模守が、座敷へひきかえして来た。
「とりにがされたようですな」
狂四郎が、云い当てた。
相模守は、こわばらせた童顔を、狂四郎の視線からそむけて、
「女！」
と、お妻を呼んだ。
「逃げた曲者は、そちの仲間であろう？　どうだ？」
と、訊問《じんもん》した。

「あたしの仲間は、ぬきしばかりで、夜働きなんぞ、しやしません。お思いちがいをなさらないで下さいまし」

「しらばくれるな！」

「お疑いなら、どうなと、勝手になさいまし。どうせ、人身御供になるからだなんだ。突くなり、斬るなり、そちら様の気随になさるがいいんだ」

莫連らしく、居直ってみせた。

相模守は、視線を狂四郎に移した。

「その方、素姓をあきらかにせねば、当屋敷からは出られぬぞ」

「無断で押し入った者ゆえ、無断で退散させて頂く」

「この阿蘭陀屋が持っている短銃は、玩具ではないぞ。また、飛ぶ燕《つばめ》を撃ち落す腕前も持って居るのだぞ」

「後日の語り草に、こちらの業もごらんに入れてもよい」

「高言を、ほざくものぞ。……阿蘭陀屋、かまわぬ、撃ち殺せ！」

この曲者も、密談をぬすみ聞いた上からは、生かしておけぬのであった。

「味方にすれば、たのもしい御仁のようだが、やむを得ませんな」

阿蘭陀屋は、にやりとした。

その手が、引金を引くのと、狂四郎の前に、畳が生きもののように、はね立つのが、同時であった。

阿蘭陀屋が、つづけさまに、五発を放つ間に、畳もまた次つぎにはねあがって塀状に立ちならんだ。

あと一発を残して、阿蘭陀屋が、突っ立とうとするや、畳の一枚が、宙を躍って、襲って来た。

躱すいとまもなく、その角を肩にくらって、阿蘭陀屋が、がくっとのめる隙に、狂四郎の痩軀が、そこへ跳躍した。

目にもとまらぬ素早さで、阿蘭陀屋の右手から、短銃をもぎ取った狂四郎は、

「勝負あったな、阿蘭陀屋」

と、銃口を背中に当てた。

「たしかに、お前様の迅業は、人間ばなれしていなさる」

阿蘭陀屋は、悪びれず、肩をさすり乍ら、坐りなおした。

狂四郎は、相模守に向って、

「ごらんの通り、阿蘭陀屋は、観念いたした。若年寄殿も、今夜のところは、黙って、わたしとこの女が立ち去るのを、見のがして頂こう」

と、云った。

三

ほどなく——。

三梃《ちよう》の駕籠が、小笠原邸の裏門から、しずしずとかつぎ出された。

常磐橋《ときわ》御門を通るにあたって、先頭の駕籠から、阿蘭陀屋が顔をのぞけて、

「お役目、ご苦労に存じます」

と、挨拶した。

つけとどけがしてあるとみえて、挨拶をかえす番士には、笑顔があった。

本石町一丁目にさしかかると、二番目の駕籠から、狂四郎が声をかけて、停めさせた。

降り立った狂四郎は、

「阿蘭陀屋、近いうちに、また逢う機会があろう」

と、別れを告げた。

首を出した阿蘭陀屋は、

「仕損じたてまえを、さわやかな気分にするとは、貴方様は、ふしぎな御仁ですな」

と、夜目にも皓い歯をみせた。

「お主とは、敵同士にはなっても、味方になる日は、あるまい」

「どうして、そんな予想をおたてなさる？」

「お主は、たぶん人一倍我欲の旺盛な男だろう。そういう男とは、金をたくわえるすべを知らぬわたしは、肌が合わぬ。それだけの話だ」

狂四郎は、踵をまわすと、しんがりの駕籠から降りたお妻を促して、歩き出した。

「お名前を、うかがっておきましょう」

阿蘭陀屋が、訊ねた。

「眠狂四郎、とおぼえておいてもらおう」

ふたつの影は、本銀《ほんしろがね》町を横切って、神田に入り、鍋町の横丁にある小ぢんまりとした旅籠に、あがった。

二階の一室で、さし向うと、お妻は、畳に両手をつかえた。

「間者のつとめもはたせなかった上に、旦那に、いのちまで救って頂いて、面目次第もございません。かんにんして下さいまし」

「お前は、相模守と阿蘭陀屋の密談を、のこらず、ぬすみぎきした。間者の役目は、立派につとめたことになる」

「でも、旦那が現われて下さらなけりゃ、いま頃は、もう三途の川を渡って居ります」

「一樹の蔭に宿り、一河の流れを汲む、皆これ他生の縁、前世の契りとこそきけ、と何やらの説法にもある。……まして、お前が、はじめて肌を許した男が、救いの神になっても、べつにふしぎはなかろう」

「うれしい！」

　お妻は、両手を胸にあてた。

「ことわっておく。お前を、今夜、再び、抱いたからとて、明日を約束したことにはならぬ」

「そんな……、旦那、あたしは、明日のことなど……」

「いや、お前の目の色は、おれに惚れているようだ。これまで、おれに惚れた女は、すべて、不幸な最期を迎えている。お前だけが、例外とはなるまい。……明日、別れたなら、お前は、おれのことを忘れるように努めるがいい」

「旦那！」

　お妻は、狂四郎の胸に、身を投げ込んで来た。

「いいんです、明日のことなんか、どうなったって——」

　狂四郎の異相や態度に滲む孤独な寂寥《せきりよう》の翳が、心中に溶け入って、永劫《えいごう》消しがたいものとなっているのを、お妻は、小笠原邸へ上ってから、はっきりと意識したのであった。恰度、その矢先に、こちらの祈念に応えるように、狂四郎が救い手として、出現してくれたのである。

　女として、この上の悦《よろこ》びはなかった。

　お妻は、今夜だけを、生きて、燃えれば、それでよかった。夜が明けた世界は、自分のものではなかった。

四

阿蘭陀屋嘉兵衛は、店に帰ると、まっすぐに、居間に入った。

卓子も椅子も、置時計も簞笥《たんす》も硝子瓶《ガラスびん》も、絨緞《じゅうたん》も燭台も、すべて異国製であった。

椅子にどっかと腰を下ろした阿蘭陀屋は、卓上に置いた硝子瓶から、紅《あか》い酒を、酒鍾《コップ》についで、ひと息に、飲み干した。

それから、しばらく、宙を睨んでいたが、

「ふん。人一倍我欲の旺盛な男か。……我欲の旺《さか》んなことは、さげすむにあたいすることか。ばかな！」

と、吐き出した。

廊下を跫音が、近づいて来て、この部屋の檜戸《ひのきど》の前で、停った。

「死神九郎太、参上」

その声が、ひびいた。

阿蘭陀屋は、眉宇をひそめた。

——この夜更けに、あの男、なんの用件だ？

三年あまり前から知りあったえたいの知れぬこの漂泊の浪人者とは、利になるいくつかの取引をしていた阿蘭陀屋であるが、顔を合わせるとまず嫌悪感が先立ち、煩わしさをおぼえさせられるのであった。

阿蘭陀屋は、鍵をはずして、檜戸を開いた。

「やあ、久闊！」

洋燈の明りをあびた刀痕だらけの面貌は、一層凄味をおびた。

「午に一度、宵に一度、訪ね申したが、三度目の勝負で、もう一度、参上いたした」

「よほど急ぎの御用とみえる」

「急ぐといえば急ぐし、考え様によっては、べつに急がぬ」

「うかがいましょうかな」

九郎太は、椅子に就くと、

「美女を一人、買ってもらいたい」

「女衒《ぜげん》におなりなされたのか」

「左様――」

九郎太は、にやにやして、

「まんざら、お主とは無縁の美女ではない」

「と仰言ると？」

「海を渡って来たオランダ娘だ」

「………」

「密入国には、お主が、一役買った模様だな。かくすな、かくすな。この死神九郎太、万事見通しだ」

「その娘を、どうして、お前様が、手に入れられた?」

「いちいち説明するのは、面倒だ。……買うか、買わぬか、どっちだ?」

「買いましょう」

阿蘭陀屋は、ためらわずに、こたえた。

「高いぞ」

「いずれ、ただで手に入れなすったものを……」

「ははは……、阿蘭陀屋、お主だから、高くふっかけるのだ。買って損はせぬことを、お主の方が先刻承知だろう」

「さてな」

「オランダ娘が、密入国して来た理由を、お主が知らぬ、とは云わせぬ。人身御供となって、大奥の褥に入り、将軍家に、何を願おうとしているのか? いや、もしかすれば、将軍家を口説くのではなく、別の目的をもって、大奥に入ろうとしているのかも知れぬ。……阿蘭陀屋、お主が密入国に一役を買ったからには、その理由、その目的を、およそ推測したからだろう。この死神九郎太に、しらばくれようとしても、そうは問屋が卸さんぞ」

「大層自信たっぷりに、押して来なさるが、実は、こちらも、手さぐりしているところでね。お互いに、同じ立場にいることですよ」

「おいそれと、口を割る男ではないことを、承知の上で、申して居る。……娘をお主に売りつけるのは、拙者と組まぬか、という意味もある」

「成程――、牛は牛づれ、馬は馬づれ、というわけですか。てまえ同様、お前様も、我欲は人一倍旺盛らしい」

「お主や拙者のまわりに、我欲を持たぬ奴が、一人でも居るか」

「ところが、一人だけ、居るようで……」

「誰だ」

「ご存じありませんかな。眠狂四郎という浪人者を――」

「なに!?」

九郎太の双眼が、にわかに、狂的な光をおびた。

袋小路

一

浅草鳥越《とりごえ》明神裏の講釈師・立川談亭《たてかわだんてい》の家では、階下の茶の間に、町内の隠居や芝居茶屋のあるじや、鳶《とび》の親方、湯屋《ゆうや》のおやじなどが、車座になって、連環をやっていた。

談亭は、長火鉢の猫板を、煙管《きせる》の雁首《がんくび》で、ぽんぽんと叩いて、

「さあ、よござんすかい。……こんどは、小粋に、うしろ影、といきやすかな。うしろ影、をば見送る目から、道のぬからぬ雨が降る」

と、つくってみせた。

右隣りの者が、それを受けて、

「雨が降る、か。雨の降る夜の首尾するまでは、幾夜ひでりの草の様《よう》」

「草のようなる根を掘り葉掘り、鎌をかけては聞いてみる」

「聞いてみるにも、雲間にかくれ、迷い込んだる月の路次」

「月の路次をば忍んで行けば、梅も笑うて憎らしい」

「憎らしい、と来たか。ええ、と……、憎らしいぞえ、朝日がのぞく、月もまだある首尾の蚊帳《かや》」

「首尾の蚊帳から話がもれて、蚊ほどうるさい人の口」

「人の口をば苦にする時に、罪を気がつくおのが口」

「おのが口から哀れをまして、秋を音になく虫の声」

「虫の声にも気を置く戸口、夜のうちより籠の内」

ひと巡りして、談亭にもどって来た。

「籠の内、と来たか。

籠の内をばのがれし鳥の思うままなる枝うつり」

一同、しゃんしゃんと、手をしめた時、おもてから、虚無僧の吹く尺八の音が、ひびいて来た。

座の中で一番若い芝居茶屋のあるじが、

「尺八ゃ吹かなきゃ、音を出さない、法螺《ほら》も吹かなきゃ、だませない、赤貝ゃ吸わなきゃ、濡れますまい。おひねりゃ五文で、もうやらない」

と、云い乍ら、五文を紙にひねって、虚無僧に渡そうとした。

「あ——お待ちを」

二階から、いそいで降りて来た者が、とどめた。

「へえ、どうなさるんで？」

芝居茶屋のあるじは、近頃、この家に来た美しい居候を、見上げた。

沼津千阿弥の隠し妻・佐喜は、金八にともなわれて来て、この家にかくれていた。

「ぼろんじの吹いている尺八が、一節切でありましたなら、二階へあげて下さらぬか」

佐喜は、たのんだ。

「へえ、承知しました。ぼろんじ、ごろうじ、主ゃ色男、持った尺八、太くて長いか短いか」

芝居茶屋のあるじは、格子戸を開けて、

「成程、こいつは短けえ方だ。……虚無僧さん、二階でお呼びだよ」

と、促した。

虚無僧は、黙って、頭を下げると、入って来た。

談亭が、茶の間から首をのぞけて、

「上げるか上げぬか、火加減手加減——天麩羅《てんぷら》のコツは、主人の思案ひとつでな。大切なあずかりものを、そうやすやすと食わせるわけにはいかないが……」

と、じろじろと、虚無僧を眺めやった。

「談亭殿、わたくしが会ってみたい御仁なのです」

階段から、佐喜が、云った。

「貴女が会いたいと仰言っても、眠狂四郎の許しがないと、そこは、どっこい、疑心は暗鬼を生じ、人を見たら泥棒と思え、虚無僧を見たら曲者と思え」

「眠狂四郎殿もご存じの御仁なのです、この虚無僧殿は――」

「それをさきに仰言って下さいよ。……しかし、ちょいと、その天蓋をとって頂きたいもので――」

「仔細あって、ここではご容赦を――」

虚無僧は、一礼しておいて、佐喜のあとについて、二階へ上って行った。

談亭は、眉宇をひそめ乍ら、見送って、

「天蓋――孤独の顔を見せられないとは、はて面妖な。大丈夫かねえ?」

と、呟いた。

二

虚無僧は、部屋に入って、深編笠をぬいだ。

宗因というお坊主であった。

「金八と申す巾着切に出逢うて、貴女様が、こちらにかくれておいでになることをきき及びまして……」

「一節切の音を耳にして、すぐ、そうではなかろうか、と思いました」

「佐喜様、と申されましたな？」

「はい」

「眠狂四郎殿は、貴女様が沼津先生のお子をみごもっている、と申されました」

「相違ありませぬ」

「佐喜様、われら陽明書塾の門下一同、沼津先生を喪って以来、要がなく、このままにては、次つぎと脱落者が出るおそれがありまする。義盟を誓い、党を組む上に於ては、仰ぐべき頭首がなければなりませぬ。……われら一同、貴女様をお迎えして、お生れになるのが男児ならば、そのお子を、頭首に仰ぎたく、協議一決いたしました」

「………」

「何卒、お願い申し上げます」

宗因は、両手をつかえた。

「眠狂四郎殿に、相談いたしませぬと……」

「佐喜様、これは、貴女様ご自身のご決意次第でありますれば、この場にて、何卒おきめ頂きとう存じます。……お生れになるお子を、われら門下一同が、頭首と仰ぐのは、沼津先生のご遺志にも叶うことかと存じられます」

「………」

「生き残った者ども七十三名の同志が、必死のお願いをいたすのでございます。何卒、おききとどけ下さいますよう、伏してお願いつかまつります」

宗因は、平伏した。

しばらく、部屋には、沈黙があった。

佐喜は、膝に重ねたおのが両手へ、じっと眸子を落していたが、やがて、顔をあげると、

「参ります」

と、承諾の一言を、宗因に与えた。

「忝《かたじけ》のう存じます！　門下一同、この上の悦びはござりませぬ」

宗因は、満面に喜色をあふらせて、礼をのべた。

階下の茶の間では——。

「師匠、はじめて、居候のおかんばせを拝んだが、佳い女だねえ。まさか、吉原の花魁を足抜きさせて、かくまっているんじゃないだろうね」

湯屋のおやじが、云った。

「一年三百六十五日、女の裸を見ているくせに、玄人《くろうと》と素人《しろうと》の見わけがつかないとは、やれ、なさけない湯屋だのう」

鳶の親方が首を振った。

「湯屋が、女の素っ裸に、いちいち、生唾をのんだり舌なめずりしていちゃ、商売にな

らないからね、わたしゃ、婆《ばあ》さんの裸も娘の裸もひとしなみに八文のねうちに眺めているだけさね」

「左様その通り――。一糸まとわぬ生れたまんまなんざ、色気がねえやな。ちら、と緋縮緬から、脛《はぎ》がこぼれるから、野郎どもは、ぞくぞくとなって、むらむらと来るのさ。見ぬようにしても目に立つ緋縮緬、というやつだ」

「そういえば、むこう横丁の小間物屋のお内儀《かみ》の、初湯に出かける姿は、目の毒だねえ。いくら、白粉《おしろい》を安く仕入れているからといって、内股まで、塗りかけて、外八文字に歩くから、股の奥まで見えちまう」

「それアいかんな。脛《はぎ》(萩)と腿(桃)が一緒に見えてしまっちゃ、気(季)が合わねえ」

「その内股まで、覗いているお前さんの方が、よっぽど、だらしがないやね。見とれて、うっかり、ひっくりけえりでもしたら……」

「お内儀が、振りかえって、あら親方、あたしゃ、また、てっきり久米《くめ》の仙人か、と思いましたよ」

どっと笑いの渦が起った時、佐喜が降りて来て、

「談亭殿――」

と、呼んだ。

町内の衆は、急に、しんとなって、佐喜を見まもった。

「お願いがあります」

「はい。ただ今参上――」

佐喜について、二階に上った談亭は、虚無僧が丸坊主であるのをみとめて、

「成程、これア、天蓋孤独で脱げぬが道理――」

と、呟いた。

「談亭殿、わたくしは、この御仁と一緒に参ります」

佐喜は、云った。

「藪《やぶ》から棒に、そう申されても、これア、預け主の許しがないと、はいどうぞ、とは申し上げかねますな」

「眠狂四郎殿には、置手紙をいたします」

「預かったてまえは、貴女が出て行きなさるのを、指をくわえて、眺めているわけで――？」

「師匠、わたくしは、さる一月二十七日、鶴岡八幡宮の舞殿で割腹自決を遂げた沼津千阿弥の門弟の一人で宗因と申します」

宗因は、名のった。

「その坊主頭を見て、およそは、察していたんだが……」

「沼津先生を喪ったわれら門下は、盟主を仰がねばなりませぬ。この佐喜様は、やがて、沼津先生の忘れ形見をお産みになります。そのお子が男児ならば、われら門下の盟主に——」

「そのお気持は、わからぬわけじゃありませんが、盟主にされた嬰児《やや》が、お手前がたに命令を下すようになるには、ずっとずっと先の日になりますよ」

「われわれは、十年後、二十年後の日本を、われわれの手で変えてみせる覚悟でござればーー」

「気の遠くなるようなお話だ」

「師匠、何卒、お手前の俠気《きようき》をもって……」

「俠気があれば、講釈師などにならずに、博徒の大親分になっているところだが……、こっちは、せいぜい、博覧強記というところで、張扇《はりおうぎ》を鳴らしているんでね。ついでに、云わせて頂けりゃ、ご同朋の割腹は、狂気の沙汰、と市井ではもっぱらの噂ですよ」

「断じて、狂気の沙汰ではござらぬ！　沼津先生は、天下大改革の烽火《のろし》をうちあげられたのでござる。……徳川幕府の制度、法令、一切の物を破壊せしめ、才幹ある者は、たとえ、町人、農民であっても、政治の要職に就ける世の中に、できぬことはない、と確信され、まず、おのが生命をすてて、天下を聳動《しようどう》せしめ……」

宗因の声音が、思わず知らず、激しく高くなるのを、談亭は、あわてて、手を挙げて、制した。

「壁に耳あり、障子に目あり、ここは、野中の一軒じゃありませんよ。どだい、講釈師風情に、経綸《けいりん》を説きなすっても、糠《ぬか》に釘――。さて、どうしたものかのう」

談亭は、腕を拱いて、首をひねった。

三

眠狂四郎は、その時刻、青山の沼津家の庭に、再び、立っていた。

主人を失った庭にも、春がおとずれていた。

狂四郎のすぐ目の前に、山茱萸《さんしゆゆ》が、葉に先立って、ごく細かい黄色の花を、咲かせていた。

美しい、というより、禅味をおび、俳味がかったこの気品のある花は、庭に、ただ一本あることによって、早春の静かさを感じさせてくれる。

春を告げるこの花へ、眼眸を当て乍ら、狂四郎は、袋小路に入ったおのれを感じていた。

――袋小路だな。

珍しく、この男が、動きのとれない焦躁《しようそう》にかられていた。

鶴岡八幡宮境内の赤橋上に於て、沼津千阿弥と知行合一の問答を交わして以来、起る異変に対して、後手に後手にとまわされた狂四郎であった。

後手にまわるまいと、自ら進んで足をはこんだ若年寄の屋敷に於ても、得たのは、漠とした臆測だけであった。

少年の日から、おのれ一個の力で、降りかかる火の粉を払うべき宿運を与えられて生きて来たこの男が、三十余年の半生で、得たのは、その一歩を右するか左にするか、わわずか一尺の幅をちがえただけで、行き着くところは千里の差がある、という運命の終始に関する残酷が現実というものである、ということであった。

薄暮に臨んで頤を支えて坐す平穏な日々を、願う心などみじんもない狂四郎は、何かの出来事に出会うた瞬間、おのれの予感に重い比重をかけて来た。

そして、えらんだのは、常に、おのが運命の途上、大きな重荷になる方であった。

そして、危機が去る毎におそって来る云おうようのない倦怠《けんたい》と疲労の中に、狂四郎は、虚無というものを看た。その時、奇妙なことに、生きている実在感がわいた。

敵に対してただの一度も背中《そびら》を向けなかったのは、危亡を避け得る立場に置かれていなかったためもあるが、生きている実在感をもとめる意識が働いていた、といえる。

しかし——。

このたびのように、濃霧の中へ誘い込まれたあんばいとなり、気づいてみると袋小路に立たされている、という状況は、この男の性分に合わなかった。

どの方角かに突破口があるに相違ないが、手さぐり状態に置かれているもどかしさは、やりきれなかった。

再び沼津家を訪れたのも、何かの手がかりを得たいためであった。

「どこに、出口があるのか？」

独語して、頭をまわした狂四郎は、いつの間にか、母屋の縁側に、一人の男が立っているのを見出した。

巨漢であった。風貌も魁偉《かいい》であった。

こちらを、見据える双眼の光の鋭さが、敵として現われたのを示していた。

――この男が、おれに出口を教えてくれるか？

望みになりそうもない望みを、かけてみた。

巨漢は、ゆっくりと、庭へ降りて来た。

十歩あまりをへだてて立ち停ると、

「眠狂四郎氏《うじ》ですな？」

と、たしかめた。

「左様――」

「身共は、刺客でござる。但し、立ち合ってみて、身共が、貴殿に及ばぬ、と知ったならば、刀を引き申す。無駄死はいたしたくありませんからな」

「わたしを斬る代金はいくらか、うかがっておこう」

「二十両でござる」

「安いな」

「いや、身共にとっては、有難い大金です」

――同じ刺客でも、死神九郎太とは、人間の出来が、だいぶちがうようだ。

「百両とふっかけても、よかったことだ」

「身共が及ばぬ、と知れば、さっさと刀を引く、と虫のいい条件をつけ申したゆえ、二十両で結構なのです。……身共は、志村源八郎《しむらげんぱちろう》と申す。三代前からの浪人者でござる」

そう名のって、巨漢は、あらためて、一礼した。すがすがしい言辞挙措をみせるこの男は、どうやら、狂四郎に、袋小路からの突破口を教えてくれる者ではなさそうであった。

「参る！」

志村源八郎は、大小二刀を鞘走らせた。しかし、その二刀を構えにせず、だらりと下げて、

「いざ！」

と叫んだ。さきに狂四郎に構えさせておいて、おもむろにおのれの構えをみせる、と

いうのであった。

狂四郎は、一瞥しただけで、

——及ばぬのは、おれの方らしい。

と、さとった。

数年前、狂四郎は、子竜平山行蔵《ひらやまこうぞう》の秘蔵弟子と真剣試合をした際、おのれが敗れる、とはっきりさとったことがある。

「正しい剣」を敵にしたのは、その時以来であった。

正しい剣——これは、口にするは易《やす》く、行うは難い。口にすれば、華法に流れるだけである。

黙々として、実戦に活用する剣の業の鍛錬にいそしみ、日常坐臥すべての行動を「常在戦場」の心得で、励行した兵法者が、当世、平山行蔵以外にいるとは、知らなかった。

狂四郎は、志村源八郎の静止相を視て、平山行蔵のほかに、もう一人、ここにいたのを知らされた。

正剣の前に、おのれのそれが、いかに邪剣であるか、狂四郎は、みとめるにやぶさかではない。

「いざ！」

再度促されて、狂四郎は、やおら、無想正宗を抜くと、地摺り下段にとった。

志村源八郎は、その構えを視て、

「貴殿の円月殺法を破る工夫が、身共にはあり申す」

「……………」

「その剣が、円月を描きおわるまでに、よく堪えた対手は、これまでに、いなかった由、きき及び申すが、身共は、貴殿が中段まで挙げた時、破り申すぞ」

はっきりと、そう予告した。

正剣を使う者の自信といえた。

狂四郎は、沈黙を守ったなりで、動かぬ。

源八郎は、おもむろに、自身の構えをみせた。

まず――。

右手の大刀を左手に、左手の脇差を右手に、さっと持ち換えると、左腕を左方へ水平にのばして、大刀をその一線上の宙に横たえ、脇差の方を頭上に、大上段にかざした。

――三心刀か。

と、狂四郎は、看た。

尋常の二刀流は、長剣を右手に、短剣を左手に持つ。これを逆に持って、業前を発揮するのを、いつ頃、誰が名づけたか、三心刀という。

三心、とは、もともと仏教から、出ている。一には至誠心、二には深心、三には回向《えこう》発願心《ほつがんしん》――これである。

至誠心とは、真実の心。真実の心とは、未来に三悪道に堕ちることをおそれ、浄土へ参って、疾《と》く成仏せんと願って、念仏するをいう。深心とは、深く本願を信ずる心。何ひとつ取柄のない悪人といえども、阿弥陀《あみだ》仏は慈悲を加える――これを本願といい、その本願を信じる心を、信心とも深心ともいう。回向発願心とは、真実に往生を願って疑うことなく、日々となえる念仏功徳を以て、必ず往生せしめ給《たま》え、と願う心をいう。

この三心のことは、円光大師の〝選択本願念仏〟に、観無量寿経を引いて、具《つぶさ》に述べられている。

三心刀は、その教理から、何者かが剣の体の用として生んだのである。

贋《にせ》隠《いん》遁《とん》者《じゃ》

一

……風が、落ちていた。

春光のみが、うららかにかがやく、全くの静寂の庭園の一隅で、対峙する二個の姿は、いっさいの生存感覚から、解放されていた。

眼光のみを合わせた眠狂四郎と志村源八郎は、真空の世界に身を置いている、といえた。

双方の構えは、構えた刹那から、微動だにせず、およそ半刻が過ぎていたが、移行させたその時間は、真空の世界では、無意味なものでしかなかった。

もとより――。

不動の姿勢とは別に、その心中に於ては、体内で絶え間なく心臓が働き、肺が働き、胃も腸も動いているごとく、敵に対する闘いの意志が、思慮を生んで、冷たく冴えた活動をつづけていた。

狂四郎が、大小二刀を逆に持った源八郎の構えを看て、

——三心刀か。

と合点したのは、その清気が、正剣を会得した者のみの湛えるものだったからである。但し、至誠心・深心・回向発願心を合わせた三心刀なるものを、観るのは、いまがはじめてであった。

およそ、秘法というものは、表現し難く、三心刀なる業も、言葉にすれば、むしろそらぞらしく、理屈に流れるきらいがある。

その三心を、剣術の体の用として、真実を旨とするのを、三心刀といい、真実とは何かといえば、右にて敵の刀を払うとか、左にて斬ろうとか、そのような念を全く起さぬことをいう、などと述べたところで、きわめて初心の教えに過ぎない。

狂四郎に、はっきりと判るのは、源八郎の右手に握られて頭上にかざされた脇差が、敵を斬る白刃ではない、ということのみであった。陽剣としてかざす小刀が己《おの》が身を守るものであり、陰剣として左方へまっすぐ水平にさしのべた大刀が、一筋に往生を願うがごとく、一撃を放つものであるところに、三心刀の奥旨《おうし》があるに相違ない。

——長剣の方が、いかなる一撃を放って来るか？

地摺り下段にとったまま、円月殺法を起す汐合にいたらぬ狂四郎は、心中に於て、測りつづけている。

さまざまの二刀の業が、脳裡に、湧いては、消えていた。

——そうか！

一瞬、狂四郎は、さとった。

——この長剣は、無拍子を生むに相違ない！

無拍子とは、その名のごとく、敵と太刀を撃ち合せぬ極意である。拍子というのは、和名《わみょうしょう》鈔に云《い》う、笏《しゃくひょうし》拍子を指す。笏の板を打ち合せて、節を出す。

剣の無拍子は、敵と撃ち合うことなく、電光のごとく、音もなく勝つ刀路を示している。

源八郎が左方水平に横たえた大刀が、無拍子を生む、と看破した狂四郎は、それが薙いだり、逆斬ったり、右旋左転する業を放って来るのではなく、ひたすら、突きの一手を以て襲って来る、と知った。

——よかろう。無拍子の突きに対して、こちらも、円月殺法の突きで返す。

狂四郎は、無想正宗の切先を、地面から、目に見えぬほどのゆるやかさで、宙に描く円の軌道にのせた。

二尺三寸の氷刃が、きらっ、きらっ、と煌《かがや》き乍ら、すこしずつ、上って来た。

源八郎のみひらいた双眼が炬《おき》となって燃え、狂四郎の切長な眸子《ひとみ》は、冷たく細く一文字に翳深い。

初心の者が、この眼光を視比べただけでも、おのずから、両者の剣の認識が異質であることが、明白である。

無想正宗が宙を截って、円を描くにつれて、源八郎の長剣もまた、ほんのわずかずつ、切先を狂四郎の方へ移行させた。

無想正宗の刀身が、さしのべた双腕とともに、水平の線上に上った——その瞬間であった。

「ええいっ！」

源八郎は、満身の猛気を炸裂《さくれつ》させ、寸毫《すんごう》の狂いもなく、一条の長い閃光《せんこう》に、鍛えぬいた三心刀の奥義を、発揮した。

その必殺の力点を砕くことは、狂四郎といえども、不可能であった。

凄まじいその突きを、避けも躱しもせず、狂四郎もまた、無想正宗に、目にもとまらぬ突きを生ませた。

二

結果は、次の通りであった。

源八郎の長剣は、狂四郎の無想正宗の鍔《つば》を貫いて、黒羽二重の袖へ縫い込ませた。そして、無想正宗の方は、源八郎の上唇わきから頰を刺し通して、切先を耳朶《じだ》までとどかせていた。

　その時、距離をへだてて、声がかかった。

「勝負、それまでじゃのう。双方、引かれるがよろしかろう」

　その仲裁の言葉に応じて、狂四郎と源八郎が同時に、跳び退った。

「眠狂四郎氏、身共の負けでござる」

　源八郎は、頰から血汐をしたたらせ乍ら、意外にさわやかな声音で、云った。

「身共は、敵わぬとさとれば、いさぎよくひき下がると、やとい主に条件をつけ申したが、しかし、敗れてみて、急に欲が出て来ましたぞ。もう一度、挑んで、円月殺法を破ってみたい、という欲が――」

「所望ならば、いつでも……」

　狂四郎は、こたえた。

「では、後日」

　源八郎は、一揖《いちゆう》して、踵をまわした。

　狂四郎は、声をかけて来た者へ、視線を向けた。

　泉水に架けられた石の太鼓橋の上に、その者は、佇立していた。

　年配は、すでに還暦を越えているらしい。無腰で、筒袖に軽袗をはき、釣竿《つりざお》を肩にしていた。

風貌は、ごく尋常で、野羊鬚《やぎひげ》をたくわえていた。

のこのこと、近づいて来ると、

「無住屋敷で、こっそり、晩のおかず盗《と》りをしに来たところ、思いがけなく、斬り合いの醍醐味《だいごみ》をあじわわせて頂いた。いや、なんとも、凄まじい限りであった。お礼を申し上げる」

気軽く、話しかけて来た。

狂四郎は、無言で、ふところ手になると、歩き出そうとした。

「失礼乍ら、わしの家は、すぐ近くでな、お礼に、粗茶でも一服、進ぜたいが……」

老人は、誘った。

「見知らぬ御仁と談笑するのは、性分に合わぬ、とお思い頂こう」

狂四郎が、にべもなくことわっておいて、遠ざかろうとすると、老人は、すかさず、

「沼津千阿弥のことに関して、語り合おう、と申しても、おことわりかな？」

と、背中へ投げて来た。

「…………」

狂四郎は、足を停めて、頭をまわした。

老人の顔には、意味ありげな微笑があった。

『出万死而遇一生』

閑静な雑木林にかこまれて、いかにも隠者の住居にふさわしい一屋の、柿葺《こけらぶ》きの土庇《つちひさし》のふかい玄関にかかげられた舟板の額には、その七文字が刻まれてあった。

——万死に出《い》でて、一生に遇《あ》う、か。

狂四郎は、いささかの不審をおぼえた。

ふつう、こういう隠宅には、「雅心亭」とか「無明庵」とか、俗世を避けている住居にふさわしい扁額が、かかげられているものである。

死、という不吉な文字などは、使わぬのがならいである。

この一文は、『貞観政要《じょうがんせいよう》』にみえている。

「太宗曰《いわ》く、玄齢昔我に従い天下を定む、備《つぶさ》に艱苦《かんく》を嘗《な》む、万死を出でて而して一生に遇う」

風雅な隠宅にかかげるには、かなりなまぐさい文句である。

——どういうのか？

狂四郎は、ちらと、老人の横顔を、視やった。

老人は、その視線を感じるでもない表情で、

「只今、戻った」

と、奥へ声をかけた。

出迎えたのは、まだ十七八歳の娘であった。見目麗しい、という形容のあてはまる面立ちであったが、気の毒に、一歩毎に上半身を大きく右へ傾ける不具者であった。

「おもどりなされませ」

両手をつかえて、狂四郎には、「おいでなされませ」と挨拶したが、楚々とした風情に、いちまつの暗い翳をひいているのは、不具者であるせいであろうか。

「小銀、この御仁を、茶室でおもてなしいたせ」

老人は、命じた。

茶室には、それぞれ好みというものがある。古田織部《ふるたおりべ》好み、小堀遠州《こぼりえんしゅう》好み、織田有《おだう》楽《らく》好み、細川三斎《ほそかわさんさい》好みなど——。

——これは、有楽好み、というのか？

紫竹詰打ちの窓や、ごくせまい躙口《にじりぐち》や、点前《てまえ》畳向うの火頭口のある板壁や、床脇の三角板などを、眺めやって、狂四郎は、この茶室が大層古いのを、看てとった。

おそらく、寛永か元和か、その頃に建てられたものに相違あるまい。

床の間には、

『義』

の一字の朱拓がかけてあり、その下に、縄文式甕形《かめがた》の土器が、傾いて、据えられてあった。

湯は沸いて、松風をつたえている。

藤蔓《ふじづる》をからめた竹 棰《たるき》を栃木板《とちきいた》に張った化粧屋根裏の下で、しずかに、点前をみせたのは、あるじの老人ではなく、小銀と呼ばれた不具の娘であった。

その作法ぶりは、一分《いちぶ》の隙もなく見事であった。

「どうぞ――」

膝の前に置かれた黒筒茶碗《ちゃわん》を、把《と》りあげて、喫した狂四郎は、それを返してから、

「ここには、いつ頃から、おすまいか？」

と、訊ねた。

小銀は、こたえた。

「来月で、恰度まる三年に相成りまする」

「ずっと永く住まわれていたわけではないのか？」

「はい――」

「ここに住みつかれる前は――？」

その問いに対して、娘がこたえようとした時、老人が入って来た。

三

娘をさがらせた老人は、対坐して、狂四郎を、じっと見据えると、

「さしでがましいことを申すが、お手前の面相は、その若さにも拘らず、ちと、暗すぎる」

と、云った。

「わたしの面《つら》の暗さなど、ご懸念無用だ。……ご老人、沼津千阿弥のことに関して、語り合おうと申されたが、うかがおう」

「お手前は、沼津千阿弥の割腹について、どう考えられるな？」

「不可解、と申すよりほかはない」

「たとえば——」

老人は、微笑し乍ら、

「沼津千阿弥が、あと一年か二年の寿命であったとしたならば、納得されるかな？」

「あの男に、不治の病痾《びょうあ》があった、といわれるのか？」

「千阿弥の父親には、骨が徐々にぼろぼろになる不思議な病痾があり、三十を過ぎたばかりで逝き申したが、千阿弥自身にも、父親と同じ症状があらわれ申した」

「…………」

「千阿弥は、それを知って、坐して死を待つよりも、天下を聳動せしめる諫死の道をえらんだのでござるよ」

「…………」

「わしは、医師ではござらぬが、若い頃、いささか西洋医術を学び申してな、沼津父子を診て居ったのでござる」

沼津千阿弥が、あと一二年の生命であったとすれば、割腹の理由として、これぐらい明白なものはない。

狂四郎は、半ば疑いをのこし乍ら、老人の視線を、受けとめた。

「いかがかな？」

「貴方《あなた》の云われるのが真実ならば、沼津の死を理解に苦しんだ当方が、道化であったことだが……。ご老人、なぜ、わたしと、沼津のことに関して、語り合おうと、誘われた？」

「お手前が、眠狂四郎という御仁であり、沼津千阿弥の割腹に立ち合ったために、隠密どもに、つけ狙われて居ることを存じて居るのでな」

「隠遁者としては、俗世間のことに、いささかくわしすぎるようだ。……ご老人、貴方もまた、我欲の旺盛《おうせい》な一人であろうか？」

「ほう、我欲のう……、左様、我欲とまで申さずとも、俗念は熾《さか》んであることは、みとめずばなるまい」

「人の世の無常を知って、ここで閑雅な日常を送って居られるわけではないようだ」

「いかにも、その通り——。このくらしは、ただ、隠遁者に見せかけているだけのこと。

……どうであろうな、眠殿、この爺さんの相談相手になって頂けまいか？」

「…………」

「申しおくれた。わしは、佐賀闇斎《あんさい》と申す。さて、どうかな？」

「貴方が、わたしの素姓を知って居り、乗りたくもない船に乗せられていることにまでくわしいのは、仲間か、手下を擁していると、推測できる。そういう御仁が、どうして相談相手を必要とするのか？」

「ははは……、野に人材が稀《まれ》であることは、お手前の方で、先刻ご承知であろう。命令のままに動く者は居っても、軍師役をつとめる御仁は、池中から針をさがし出すようなものじゃて」

「相談といわれるのは、どのような内容か、まず、それをお教え頂こう」

「それは、ちとせわしい求め様じゃな。味方になる、という確約を得て、それから、ゆるゆる、と打ち明け申そうか」

「…………」

「とりあえず、今日は、この茶室にお泊り下さらぬかな？」

「…………」

「お手前は、べつにさだまった住居をお持ちではあるまい。二日や三日、当家に逗留されても、さしつかえはござるまい」

「ご当家で二夜三夜をすごすのは、味方になると確約したことには相成るまいが……」

そうこたえる狂四郎を、佐賀闇斎と名乗る老人は、じっと見据えていたが、

「小銀と申すあの娘に、お手前の伽《とぎ》を申しつける」

と、云った。

「そういう籠絡条件は、これまで、いくたびも申し出られたし、遠慮なく据膳もくらって居る男だが……」

狂四郎は、あまりにありふれた老人の言葉を、冷笑した。

すると、闇斎は、にやにやした。

「小銀は、ただの娘ではござらぬよ。男に奉仕するための女として、幼い頃から、もっぱら、そのようなからだに仕上げるべく、わしが、丹精した娘でござる。もとより、まだ未通女じゃが、ひとたび抱けば、お手前を羽化登仙の恍惚《こうこつ》境にさそい込み申そうよ。決して、誇張ではない。抱いてみられるがよい」

「…………」

「わしの申すことが、いつわりであったならば、事の終った直後、さっさと、当家を立ち去られても、一向に異存はない」

「…………」

「ためされるがよい」

闇斎は、立って、茶室を出て行った。

ばかげている話に思われたが、腕を組んだ狂四郎は、すぐに座を起とうとしなかった。

――隣邦に於ては、支那帝国の創始者である黄帝以来、房術をきわめ、これはと目をつけた幼女をえらんで、十年二十年の歳月をかけて、男子をよろこばせるからだにつくりあげる、という話がいくらでもころがっているらしいが……？

脳裡を、その想念がかすめたため、狂四郎は、もう一度、小銀という娘を観たい意嚮を持ったのである。

四半刻を置いて、小銀が入って来た。

「夕餉《ゆうげ》に、ご所望の品がございますれば――」

そう申し出る小銀を、冷たく正視した狂四郎は、

――さて？

と、迷った。

小銀を、本邦の娘ではなく、唐土生れかも知れぬ、と疑って、その風貌容子から、看とどけようとしたのだが、どうもはっきりと判別し難かった。

こちらは、唐土の娘を、まだ眺めたことがないのであった。

一瞥した限りでは、顔の造作に異邦の血を匂わせる点は、どこにもなかった。しいて疑うとすれば、双眸の切長な美しさが、一種の妖しさをふくんでいる印象であったが、

これとても、公卿《くげ》の息女などに、見出されなくはない。

「……お申しつけ下さいますれば、できるだけ、叶えてさしあげたく存じます」

小銀は、狂四郎の冷やかな視線を、怯《お》じずに受けとめていた。

「そなたが、生れた国の惣菜《そうざい》をたのもうか」

「はい」

小銀が、うなずくや、狂四郎は、すかさず、

「唐土には、五万種類の料理がある、ときいたおぼえがある」

と、云った。

小銀は、一瞬、大きな眸子をみひらいたが、

「わたくしは、佐賀に生れて居ります」

と、こたえた。

「佐賀ではなく、海の彼方であろう」

「いいえ、佐賀でございます」

「かくさずともよい。べつに、素姓をあばいて、どうしようというのではない。正直に、こたえてもらおう」

「わたくしの生れは、佐賀でございます」

小銀の態度は、きっぱりとしたものであった。

「佐賀で、そのからだをつくられたというのか」

「………」

小銀の表情は、もう動かなかった。

「闇斎殿は、そなたのからだを、男をして羽化登仙の恍惚境にさそい入れるように、つくりあげてある、と云われた」

「………」

「ためす前に、そなたの口から、あらかじめ、どのような丹精のしかたをされたか、きいておこう」

狂四郎の眼光は、刃物のように鋭利なものとなって、小銀の眸子を刺した。

太閤《たいこう》遺産

一

茶室の隅ずみが、昏れなずむ時刻になっていた。

眠狂四郎は、杉桁椽《すぎげたえん》に身を移して、有楽窓に凭りかかり、腕を組んでいた。

洞床《ほらどこ》のある三畳台目席には、いっぱいに臥牀《ふしど》が延べられてあった。

小銀という娘は、狂四郎から、男をして羽化登仙の恍惚境にさそい入れるようなからだを、どのようにしてつくられたか、と訊ねられたが、それにこたえる代りに、黙って、夜具をはこんで来て、そこへ敷いておいて、出て行ったのであった。

一刻――それ以上の時間が、経っていた。

狂四郎は、小銀が戻って来ぬまま、しばらくの間は、惘然《もうぜん》としていたが、そのうち、ふっと、

――娘の片脚は、わざと不具にされたのではないのか？

と思い、それをきっかけにして、むかし、つれづれに読み散らした淫書の文句を、脳

裡によみがえらせた。
蚕纒綿《さんてんめん》（女仰臥、両手向上抱男項、女両脚交男背上）
竜宛転《りゅうえんてん》（女仰臥屈両脚、男跪女股内）
魚比目（女側屈両脚、以一脚置男上）
鳶《えん》同心（女仰臥展其足、男騎女伏臍上）
翡翠《ひすい》交（女仰臥率脚、男狐蹲闊両脚、置一脚於男上）
鴛鴦《えんおう》合（令女側臥捧両脚、安男股上、男於女背後給女下脚之上）
翻空蝶《ちょう》（男仰臥展両足、女坐男上正面）
玄蟬《げんぜん》附《ふ》（令女伏臥而展足、男居股内屈其足）
白虎騰《びゃっことう》（令女子伏面跪脚、男跪女後、両手抱女腰）
その他、丹穴鳳遊《たんけつほうゆう》とか吟猿抱樹とか、猫鼠同穴とか九秋句とか、さまざまな男女交合の姿態が、狂四郎の脳裡に、うかんだり消えたりした。
退屈しのぎとしては、いわゆる四十八手を思い泛べるのが、手頃の時間つぶしになった。
「破瓜《はか》か」
狂四郎は、なんとなく、呟いた。
とたんに、有楽窓の外で、打てばひびくように、

「いずれ、三悪道を辿る無頼者が、破瓜の妙齢をくらう、とはおこがましい」

その声が、きこえた。

そこに、何者かがひそんでいることに、狂四郎は、気がついていなかった。全く気配は、なかったのである。

狂四郎は、べつに、誰何《すいか》しようとはせず、

「春の宵だ。海棠《かいどう》色の柔肌を拭って、新紅をみたい、と願うのは、男ならば、誰しものぞむところではないか」

と、云《い》った。

「黙れ！　鼎《かなえ》（女陰）は、神丹（精神）を鍛錬する器具だ。真を温め、気を養う炉だ。まして、当年いまだ破瓜せざる清俊潔白の真鼎《しんてい》を、破る資格など、おのれごとき無頼者にあろうか！」

対手は、激情を抑えかねた語気で、責めて来た。

「お主、惚れているようだな、あの小銀という娘に――」

「小銀殿は、わしの宝玉だ」

「抱きたいか？」

「……お！」

「抱くことを許されぬ立場に置かれている男らしい。気の毒な――」

「うぬが……、うぬっ、おのれを知って、身を引け、眠狂四郎！」

「わたしが、小銀を所望したのではない。闇斎老が、わたしに呉れた」

「たとえ、そうであっても、貴様は、身を引くべきだ」

「闇斎老が、なぜわたしを味方につけたがるのか——その理由が判明すれば、小銀には一指もふれぬ、と約束しよう」

「………」

「お主が、教えるか？」

「……う、う——」

　窓の外にいる者は、ひくく呻いた。

　その時、廊下に、衣《きぬ》ずれの音がした。

　入って来た小銀は、白羽二重の寝巻をまとうていた。

　その純白の絹に、柔肌が競うて、無瑕《むか》の臈《ろう》たけた美しさを、宵の薄闇の中に浮きあがらせて、思わず、狂四郎に、息をのませた。

二

　小銀は臥牀《がしよう》の裾に坐ったが、いつまで経っても、狂四郎が、杉桁椽から、こちらの三畳へ移って来ないので、顔をあげて、視かえした。

狂四郎は、口をひらいた。

「そなたは、いま、生贄の覚悟でいるのか？」

「いえ――」

小銀は、ためらわず、かぶりを振った。

「女子は、いずれは、破身の時を迎えなければなりませぬ。いまが、その時と思いきめて居ります」

「破身は、終世の良人《おっと》とさだめた男によって為されるものだが……」

「貴方様を、その御仁と思いきめます」

「抱くとしても、ただの一度だけだ。わたしは、女房などを持つ料簡はみじんもない」

「わたくしも、他の男へ嫁ぐ気持は毛頭ありませぬ」

「仕込まれたものだ。闇斎老に操られるまま、その木偶《でく》のからだを、以後つぎつぎと、男どもに弄ばれることになろう」

狂四郎は、やおら立つと、臥牀に近づいた。

掛具を足ではねのけて、

「ここへ――」

と命じた。

小銀は、ためらわずに、仰臥した。

「さて、瓜《うり》を破るに、どの体位でやろうか」

狂四郎は、容赦なく、寝巻の裾をはぐった。

水色の腰巻をまとうていた。

その端をつかんで、するすると捲りあげ乍ら、狂四郎は、わざと声をあげて、

「竜宛転でゆくか、翡翠交でゆくか、それとも偃蓋松《えんがいしょう》でやってのけるか」

と、云った。

下肢が剝かれるにつれて、その奥から、微かな芳香がただよい出て来た。

このような稚い肌を、清癯衣《せいくころも》を重しとする、というのであろう。

狂四郎の冷やかな視線が落ちたところに、蛾《が》が匐ったように、薄い恥毛が陰翳を映えさせていた。その蔭に、梔子《くちなし》のつぼみのように、幽香を含んで、ひっそりと花弁を閉じている秘部があった。

男の一指が、ためらわずに、それへのばされた。

「………………」

狂四郎の眉宇が、動いた。

小銀は、盥浴《かんよく》の後で、薔薇《そうび》を数匙掬《すうひく》みとって、その秘部にすり込んだのであろうか。

花弁の内は、濡れていて、さらに一層、ふくいくと匂うた。

指頭が、そこにふれた瞬間、狂四郎が後日にまでその人差指に残した触覚では、花弁

がすばやくひらいて、呬《す》い容《い》れて、再びぴたっと閉じたのである。

支那の淫書では、そこを紫芝峰《ししほう》、という。関《かん》は常には閉じて開かず、男子の力によってはじめて開き、気を泄《もら》すとともに、婬津《いんしん》を溢らせる。もとより、その刹那には、女は、顔を紅潮させ、声を顫わせ、気遠くなるほど官能の波のうねりに乗っている。

ところが——。

小銀は、無表情のまま、宛然《さながら》虫取り花のように、花弁を開いて、狂四郎の指を吸い込むと、再び閉じたのである。

のみならず、紫芝峰は、かたく指の根を締めて、抽《ぬ》くことをこばんだ。

——どういうのだ？

闇斎の言葉がいつわりでなかったのを知りつつ、狂四郎は、万人に一人もいようと思われぬ奇蹟《きせき》の秘部をそなえた娘の寝顔を、凝視した。

有楽窓を貫いて、一本の手裏剣が、飛来したのは、その瞬間であった。

狂四郎は、その瞬間を待っていた。

小銀の股間から抜きとった右手を刀にして、手裏剣を搏ち落した。

手裏剣には、結び文がついていた。

すばやく、披《ひら》いてみると、

「元和元年五月八日、大坂城陥落せし際、右大臣殿（豊臣秀頼）、火中にて自害に及び候儀、真っ赤な嘘にて、ひそかに、城を脱出し、船にて薩摩に遁れしこと、真実也。これよりさき、冬の陣の終れる慶長《けいちょう》十九年十二月下旬、大坂城内より、太閤遺産のうち、慶長大判小判、およそ百万両ぶん、地下道より、何処《いずこ》かへ運び出されたり。すなわち、右大臣殿には、落城後、薩摩に身をひそめて、再挙の秋《とき》をはかられたる模様なるも、ついに、その秋を得ず、莫大《ばくだい》なる軍資金は、地下にねむりて、今日に及び居り候。佐賀闇斎は、この軍資金を手中にせんと狙う者にて、遺策なきを期し、眠狂四郎を味方につけんと欲するもの也」

三

——そうか。やはり、闇斎も、黄金伝説に、とり憑かれて、躍る一人だったのか。

狂四郎は、結び文を、袂に入れ乍ら、袋小路から一歩脱け出た自分を、感じた。

大坂城が、陥落した際、どれくらいの太閤遺産が残されていたか、いまとなっては、臆測するしか、すべはない。

家康は、大坂役の直後、城内から奪った金銀財宝を、荷駄三百頭分、駿府《すんぷ》に運んだ、という。これは、たしかな事実である。

家康が、豊臣秀頼を滅ぼしたのは、太閤遺産を手に入れる目的だったことは、まぎれもない。

太閤遺産がいかに莫大なものであったか。それは、遺児秀頼が、大坂役前十数年にわたって、畿内四方のあらゆる神社仏閣を、建立し、再建し、修築したことでも、想像がつく。

生母淀君《よどぎみ》が、秀頼の幸運を祈願して、畿内のありとあらゆる場所に、社寺を造営したものであろうが、それは、いくら費用を投じても、城内にたくわえた軍資金が、ビクともせぬだけ、莫大であったことを、示している。

慶長五年に、大坂四天王寺及び醍醐《だいご》三宝院金堂を造営したのをかわきりに、河内叡福《かわちえいふく》寺に寺領を寄附し、河内誉田《こんだ》八幡宮を再興し、東寺南大門、横川《よかわ》の中堂、三条曇華院《どんげいん》、摂津勝尾《せっつかつお》寺、石山《いしやま》寺及び東寺金堂の造営。三宝院《さんぽういん》仁王門、杵築《きづき》社、多田院本堂、中堂、御影《みえい》堂、そして相国《しょうこく》寺法堂の建立。南禅寺法堂、北野経堂、石清水《いわしみず》八幡宮祠《やしろ》、生國魂《いくたま》神社、上醍醐御影堂、五大堂、如意輪《にょいりん》堂、及び楼門等の造営もしくは修築。さらに、淀川はじめ各河川に橋を架けたりした挙句、慶長十七年には、それが生命《いのち》取りとなった東山方広寺に大仏を再建した。

この大仏再建の資金には、秀吉が遺《のこ》した大法馬金《だいほうまきん》が改鋳《かいちゅう》されて、あてられた。大仏堂には、百八十本の柱が立てられたが、その一本の費用は銀子十六貫目であった。

『当代記』は、

「太閤の御貯《たくわ》えの金銀、この時払底あるべし」

と記しているし、『日本西教史』も、

「家康は、秀頼をして、宮殿、堂宇の建築、華美なる饗宴、大仏像の修理等によりて、つとめてその資材を浪費せしめ、軍資の匱乏《きぼう》を醸成し、以て後日挙兵の心髄を除かんとした」

と、書いている。

しかし、大坂城も、淀君はじめ重臣らは、それほど間抜けではなかった。

神社仏閣の造営再建に、どれほど巨費を投じても、秀吉が別にたくわえた軍資金に手をつけるには及ばなかったからである。

天文学的な数字であったかも知れない。

秀頼が大仏再建のために溶かした法馬すなわち分銅は、俗に千枚吹きと称され、大判九百六十枚を得た、といわれている。その法馬が、大坂城内には、どれくらい秘蔵されてあったか。

家康は、大坂落城の際、関東方に没収したのは黄金二万八千六十枚、銀二万四千枚、と公表したが、実はその数倍を得たに相違なかった。

曽《かつ》て——天正十七年五月、聚楽第《じゅらくだい》で、大茶湯を催した時、秀吉は、集うた公卿一族諸将に、金銀合計三十六万五千両を、分け与えて、世間をあきれかえらせたものであった。

その日、秀吉は、大政所《おおまんどころ》には黄金三千両と銀一万両を、北政所には黄金一万両を、前田利家には銀一万両を、家康には黄金二百枚と銀一千枚を贈った。

この一事から推し測っても、秀吉が秀頼に遺した軍資金が、いかに莫大であったか、わかる。

そのうちの百万両が、大坂城から運び出されて、どこかの地下に隠匿されている、という。

事実とすれば、餓狼《がろう》が、寄ってたかるのは、当然である。

——ようやく、判《わか》って来たな。

狂四郎は、薄ら笑った。

——若年寄小笠原相模守も、お目付下条主膳も、死神九郎太も、捨てかまりの弥之助も、阿蘭陀屋嘉兵衛も、沼津千阿弥の門下の坊主どもも、そして、この草庵のあるじ佐賀闇斎も、その百万両の太閤遺産を狙って、躍起になっている、というわけだ。

——ついでに、この眠狂四郎も、餓狼の一匹として、この争奪戦に加わる。いや、もうすでに、首を突っ込んでいる。

狂四郎が、立ち上ると、小銀は、はじめて目蓋をひらいた。まだ、下肢をあらわにされたまま、かくそうともしていなかった。

「わたくしを、このままにして、お立ち去りになるのは、あまりにむごい仕打ちでございます」

「窓の外に、ひそむ者がいた」

「…………」

「闇斎老がわたしを味方にしようとする理由を教えたなら、そなたを犯さぬ、と約束した」

「…………」

「そなたを宝玉と想うている男だ。……約束したからには、守らねばなるまい」

小銀は、それが何者か、すぐに合点したらしく、目蓋を閉じた。

四

狂四郎が、宵闇のこめた庭へ降り立った――一瞬、その暗い夜気を截って襲って来たのは、鳥のような飛器であった。

身を沈めた狂四郎の頭を翔けたそれは、宙を旋回して、むこうの闇の中へ戻って行った。

――闇斎の手下が、ぶうめらんを使う。闇斎もまた、異邦から密入国して来た男だったのか？

再び、鋭い唸りを発して襲って来た飛器を、脇差で撃ち落しざま、狂四郎は、疾駆した。

三度《みたび》、飛器が、宙をつらぬいて来た。

これを無想正宗で両断しておいて、狂四郎は、まっしぐらに、敵の面前へ奔り寄った。

敵が、背中から抜きはなったのは、夜目にもはっきりと、青竜刀とわかった。

「おい、こちらは、約束通り退散しようとしているのだぞ。いったい、どういうのだ？」

「おそいっ！　おのれは、もう、小銀殿を犯したのだ」

「犯しては居らぬ」

「犯したと同じことだ。生かしてはおかぬぞ！」

青竜刀を、風車のように旋回させつつ、肉薄して来た。

四肢の躍動を、首も尾もなく流動する白刃の舞いに合わせて、迫って来る敵に対して、狂四郎は、一歩一歩後退の円を描いた。

青竜刀の業は、五体をその旋回に合わせるために、体力の消耗がきわめてすくないのである。

狂四郎の方で、待ち受けていては、きりがないのであった。

しかし、こちらからは、容易に斬り込む隙が見出せなかった。

いたずらに後退しつづけ乍ら、狂四郎は、対手がまだ二十歳あまりの若者であるのをみとめた。

——なるべくは、斬らずにすませたいが……。

こちらの気持を、読みとって、それを侮辱と憤ったらしく、若者は、一瞬、猛然と斬りつけて来た。

斜横に、一間余を跳んだ狂四郎は、

「止《よ》せ！　お主を、斬る気にはなれぬ」

と、云った。

若者は、無言で遮二無二に襲撃して来る。

やむなく——。

狂四郎は、首刎ねを狙って来た横薙ぎの一撃を、身を沈めてかわしざま、胴わきを滑り抜けた。

若者は、呻きもたてず、地面へのめり込んだ。

狂四郎が、ふと気づくと、二間ばかりむこうに、黒影が佇立していた。

闇斎と視わけた狂四郎は、白刃を腰に納めると、しずかに近づいた。

「わしが最も力と恃む若い奴を、殺したのう」

闇斎は、かわいた声音で云った。

「やむを得なかった。斬らねば、斬られた」

「左様、やむを得なかった。こやつ、わしを裏切ったであろう？」

「裏切ったことになるのか」

「小銀に恋慕して居ったことは、うすうす察していたが……、お手前に小銀を抱かせぬために、わしを裏切ったであろう」

「わたしは、貴方がわたしを味方にしようとする理由を訊ねたまでだ」

「こやつは、それを教えた」

「教えても、べつに、さしつかえはなかろう」

「お手前が、小銀を抱かずに、立ち去ろうとするのは、味方になるのを拒否している証拠だ。……教えたのは、まずかった」

「どうする？」

「どうもせぬ」

「………」

「わしが、ここへお手前をともなったのが、失敗であったのじゃな。ただいまからは、敵同士でござるよ」

「うかがっておこう」

「なんじゃな？」

「太閤遺産が、どのあたりに隠匿されているか、貴方はすでにご存じか？」

「それが判っているくらいなら、お手前を味方になどせぬわ」

「成程——、つまり、互いに、まだ、同じ道を踏み出したばかり、というわけか」

狂四郎は、一揖して、歩き出した。

その背後へ向って、闇斎は、殺気をこめた睥睨《へいげい》をあびせた。

とたん、振りかえった狂四郎は、

「あの小銀という娘御のことだが……」

「む——？」

「たしかに、万人に一人といっても誇張ではないからだに仕立てられている。……この指が、たしかめた」

「それを抱かずに、立ち去るのを、惜しいと思わぬか？」

「そこが、この眠狂四郎という男のひねくれた生きかた、と受取って頂こう」

海の火柱

一

春であった。

淡い、あたたかな陽ざしに、家も人も犬も影を溶かれて、いかにものどかな景色になった街中を、やぞうをきめた金八が、楊枝《ようじ》をくわえて、足どりも軽く、ひろって往《い》く。

首を振り乍ら、口ずさんでいるのは、お俊伝兵衛「堀川の段」であった。

更けゆく鐘も哀れをさそう、頃しも師走《しわす》十五夜の、月は冴ゆれど胸の闇、過ぎし別れの云いかわし、死なば一緒と伝兵衛が……

前を歩いていた十徳に宗匠頭巾の隠居が、金八と肩がならぶと、

「春や春、巾着切のおらが春。同じ、するのでも、賭場でするのと、人のふところをするのとでは、こうも機嫌がちがうものかのう。今日は、これで（と、人差指を曲げてみせて）たんまり儲けたとみえる」

「へへ……、見当が狂ったぜ。するはすったが、上に、この字がつかあ。後朝《きぬぎぬ》だぜ。鐘

がつらいか、鴉《からす》がいやか、帰る帰るの声がいや、って、すがりつかれてよう」

「千両、千両――、三十年前を思い出すのう」

「羽織きせかけ、頬すり寄せてだ、あとは苦労にぬけるも知らぬ今朝はうれしきみだれ髪、と来た」

「そうそう、いい気分で、店を出て……つらい別れに、あと振り向けば、ひとつ眼《まなこ》で、舌を出す」

「置きゃあがれ！」

やがて、金八が、入って行ったのは、鳥越明神裏の立川談亭の家であった。

談亭は、読み台を張扇で叩き乍ら、講釈の練習をやっていた。

「……そうれ、つらつら、おもんみれば、国の滅亡、家の傾覆、すべてこれ、女禍にして……、風雲を叱咤《しった》し、天下を席巻《せっけん》する英傑も、ひとたび閨房《けいぼう》に入って、美女の柔肌を抱かんか、海鼠《なまこ》のごとく骨なしに相成り、猫のごとく媚《こ》び、犬のごとく護《まも》り、目尻を下げて、よだれをたらし、嗚呼《ああ》やんぬるかな、二十二史の語るところ、諸子九流百家の教えるところ、治乱興亡のあとにみる、背徳乱倫の色の道のおそろしさ――乱は天より降《くだ》るに匪《あら》ず、婦人より生ず、とは詩経の看破するところ……」

「おうおう、もう歳《とし》だねえ。講釈が、そんなしかつめらしい儒者の文句じみちまっちゃ、いよいよ、小屋が閑古鳥が鳴かあ」

金八が、からかうと、談亭は、かぶりを振って、

「若い女を居候させたり、大判小判をざくざくつかむ儲け話をきいたりすると、立川談亭ならずとも、釈迦でも孔子でも、だんだんおかしな気分になるものよ。好色、好金は、男の本能。これを断つには、まず、おのれの張扇を正しくせねばならん。ところで、巾着切の方は、いやに、さっぱりした、いい血色をしているが、なにかいいことでもあったかな？」

「後朝って、いいものにきまってら」

「また、どこかの後家をだましたか。おめえの悪い癖だ。この人にしてこの疾《やまい》あり、とちゃんと論語にもあるて」

「巾着切だぜ、うまいものには、つい手が出らあ」

「擂木《すりこぎ》に鞘なし、擂鉢《すりばち》に蓋なし——当分、性懲りもなく、こすりまわすがいいさ。三たび肱を折りて良医となる、というたとえもある。そのうち、ひどい目に遭ってな、落ちたあとで高処《たかみ》を恐れる」

「駄講に、色の道を戒めてもらいに来たんじゃねえや。……ところで、後朝ってえのは、いい文句だが、なんの意味あいだい？」

「きぬかつぎは里芋の子で、きぬごしは豆腐で、きぬずれは、息をつめて待っている野郎の胸をわくわくさせる音で、さて、きぬぎぬとは、男と女がその夜はすっ裸で抱き合

い、朝になって、それぞれの衣を着て、右と左へはいさようなら。……尤も、きぬぎぬには、別の意味もあるな。首と胴とが別々になるのを、きぬぎぬ、という、と武道伝来記にもみえて居る」

「首と胴が、別々になる、といえば……」

金八は、二階を指さして、

「同朋の隠し妻は、どうしたい？」

「それだ。出て行っちまったよ」

「なんだと？」

「おめえがいけねえんだよ。宗因というお坊主に、佐喜さんがここにかくれている、と教えたろう」

「きちげえじみた面つきになって、教えてくれ、としつっこくたのむから、つい……。それで、師匠は、黙って出て行かせたのか？」

「そこはそれ、張扇を四十年も叩いて居ると、六韜《りくとう》三略虎の巻、おのずから胸にあってな、わざと、ひきとめずに、出て行かせておいて、こっそり、あとを尾けてみた」

「どこへ行った？」

「今戸橋までは、首尾は上々と北叟笑《ほくそえ》んでいたんだが、お坊主め、橋下に舟をかくしていやがった。あわてて、こっちは、猪牙《ちょき》をさがしたんだが、あいにく、春でおぼろで御縁日、一艘のこらず出はらっていて、じだんだ踏んだが、間に合わず、沖のくらいのに舟漕ぎ出して、あと白浪と失《う》せにけり」

「ちぇっ、だらしがねえ。なにが、六韜三略だ」

「しかし、舳先《へさき》を向けた方角は、しかと見とどけた」

二

金八が、眠狂四郎をさがして、両国界隈《かいわい》を駆けずりまわりはじめた宵の口——。

本石町二丁目の阿蘭陀屋から、主人の嘉兵衛が、一人の浪人者と連れ立って、出て来た。

浪人者は、宗十郎頭巾で顔をかくしていたが、死神九郎太にまぎれもなかった。

二人は、これから、遊里で夜桜でも愉《たの》しむような様子で、歩き出したが、向った方角は、北ではなく、南であった。

京橋を渡って、三十間堀に入り、一丁目から下って、六丁目で、左折し、木挽橋を渡ると、木挽町五丁目へ出た。

「まさか、オランダ娘を、西本願寺にかくしている、などとは、申されぬのでしょうな？」

阿蘭陀屋嘉兵衛は、云った。

「ふふふ……」

死神九郎太は、含み笑いをもらした。

嘉兵衛は、九郎太から、オランダ娘を意外な場所にとじこめてあるゆえ、そこへ案内する、と誘い出されたのであった。

向っている方角には、西本願寺のほかには、大名旗本屋敷しかないのであった。

「高い売りものなら、こっちに足をはこばせるのは、いささか失礼な話と思われるが……」

「その場所を、いずれ、お主に利用してもらいたいゆえ、一度見ておいて欲しいのだ」

九郎太は、こたえた。

「と、申されると？」

「お主が、密貿易で、はこび入れた品を、かくすには、恰好の場所、ということさ」

「この阿蘭陀屋が、隠し倉をどれくらい持っているか、ご存じないとは、お前様らしゅうありませんな」

「まあ、ついて来てもらおう」

仙台橋を渡って、尾張家蔵屋敷の幾棟かの土蔵の高壁に添うた河岸道に出ると、九郎太は、とある地点に立ちどまった。

すると、一艘の舟が、音もなく、寄って来た。

「乗ってもらおう」

九郎太は、阿蘭陀屋をうながした。

「海へでも、出なさるので？」

「いや――、ともかく、いそぐ」

舟を漕いでいるのは、豆しぼりで顔をつつんだ、漁師ていの男であったが、二人が乗り組んでも、挨拶もせず、口もきかず、非常な速さで、堀割を抜けた。

空には、十三夜の月が、かかっていた。

その月かげを映した大川は、小波《さざなみ》をたて乍ら、汐を満たしていた。

舟は、流れにさからって、浜御殿の東側へ出た。

沿うて行く石垣の上には、丈余の巨巌《きょがん》が、いくつかの児岩をはべらせて、くろぐろとわだかまっていた。もとより、樹林も深い。

漕ぎ手が、急に、艪《ろ》を大きくまわして、舳先を向けかえた。

石垣が、一箇所だけ、凹部をなして、庭へ堀割を通じさせていた。

たしかに、堀割であった。しかし、それは、巨巌をえぐった洞窟になり、ものの十間も漕ぎ進むと、鉄扉がおろされてあった。

奥から灯かげが流れて来て、岩天井を無気味に照らしていた。

九郎太が舳先に立って、鉄扉を押した。

満ちて来る波に乗って、舟は、奥へすべり入った。

「なるほど、これは、面白い場所だ」

阿蘭陀屋は、呟いた。

浜御殿の敷地内は、江戸城内よりも、人士の目がとどかぬところであった。まして、一般庶民にとっては、どんな建物や庭が設けられているのか、見当もつかない一廓《いっかく》であった。

海からの水路がつくられているなど、御殿守備の番士らも、知らされていないに相違ない。

舟からあがると、石段が通じていた。

登りついたところで、阿蘭陀屋は、目をみはった。

乏しい灯火が、左右にならぶ鉄格子を浮きあげて、地獄のような印象を与えた。

地獄——まさしく、これは、巨巌の洞窟を利用した秘密の牢舎であった。

「これは、大奥で罪を犯した女中どもを監禁するために、設けられた。つい十年あまり前まで、囚徒がこの中で、一年中陽の目に会わずに生きていたようだ」

九郎太が、説明し乍ら、先に立った。

阿蘭陀屋は、陰惨としか云いようのない地下牢を、覗いて歩いた。

いずれも二坪あまりの室であった。土中に深く打ち込んだ鉄杭《てつくい》と、鎖が、見分けられた。どのような罪を犯して、ここにつながれたものか、大奥の女中たちが、けもののように、うごめき乍ら、死を待つだけの幾年かの歳月をすごした、そのむごたらしい光景が、およそ十数室の、がらんとした空間に、怨恨と憎悪と悲愁の息吹《いぶ》きをのこして、遠い過去のものになっている。

九郎太の足が停められた。

一番奥の牢室の鉄格子を覗いた阿蘭陀屋は、壁ぎわに正坐した囚徒の、胸で合掌して、瞑目《めいもく》している横顔の妖しいまでに彫の深い美しさに、思わず、息をのんだ。

「どうだ、阿蘭陀屋、この売りものは――?」

「まさしく、尤物ですな」

「高く買ってもらおう」

囚徒の顔が、まわされて、眸子がひらかれた。

灯火に映えた白磁さながらの肌理こまやかな面貌は、とらえられて間もないので、窶れの翳をかえって風情あるものに添えていた。碧《あお》く澄んだ瞳は業苦に堪える不屈の意志を湛えて、きらきらとかがやいている。

――どう道を迷うて、この化物浪人の虜《とりこ》になったのか?

阿蘭陀屋としては、もともと、この異邦の娘を大奥へ送り込もうとする計画に、一役買って、手筈をととのえてやったのである。

しかし、眺めるのは、いまがはじめてであった。

――これほどの美女なら、蔭から援助をしてやるまでもなく、わし自身が、身柄を引き受けて、江戸まで連れて来てやるのであった。

胸の裡で、そう呟かずにはいられなかった。

「死神さん、代価はいくらだ、と云いなさる？」

「左様――、お主がやがて手に入れようとしている百万両の半分、と云いたいところだが、まあ、二十万両が、折れ合うには、手頃のねだんであろうか」

「百万両!? なんの思いちがいをしていなさる？」

「しらばくれるな、阿蘭陀屋。お主も地獄耳なら、おれも地獄耳――いまさら、そらとぼけても、はじまるまい。どこかにかくされている太閤秀吉が遺産――慶長大判を詰めた櫃《ひつ》のことよ」

九郎太が、そう云った瞬間、美しい囚徒が、はじめて、表情を変えた。

三

「なに？ 佐喜が、宗因と一緒に、出て行った？」

両国橋の袂の舟宿の二階で、寝そべっていた眠狂四郎は、金八の報せをきいて、むっくり起き上った。

「談亭のもうろく爺いが、あとを尾けるには尾けたんですがね、今戸橋から舟で逃げられやがって、泡をくらったり、指をくわえたりして、見送っただけでさ」

「どっちの方角へ行ったか、談亭は見とどけたろう？」

「西の海へさらりだかするりだか——闇に消えちまったそうでさ」

「………」

狂四郎は、宙へ、冷たい視線を据えた。

「そういや、あの時、宗因は、陸ではなく、水の上に、身をひそめる場所をえらんでいる、と云ってましたぜ」

「うむ」

「佐喜さんを、談亭の家へ連れて行ったのは、あっしでさ。あのお坊主に、むざむざさらわれて、黙ってすっ込んでいるわけには、いかねえや。……先生、佐喜さんをとりかえすから、手だすけしておくんなさい」

「………」

狂四郎は、しばらく無言で、身じろぎもせずにいたが、ひえた酒を、茶碗についで、ひと息に飲んでから、

「手おくれかも知れぬ」

と、云った。

「おねげえします、先生！」

金八は、頭を下げた。

「先生が、すてておく、と仰言るんなら、あっしだけでも、乗り込んでやりまさ。場所だけ、見当つけておくんなさい」

「舟を用意しろ、金八」

「合点！　一緒に行って下さるんで――へへ、有難え、鬼に金八だあ」

金八は、階段を駆け降りて行った。

――ひそんでいるのは、佃島《つくだじま》あたりではなかろうか、と思っていたが、やはり、そうだったのか。

狂四郎は、床の間から無想正宗を把《と》って、腰に落し差し乍ら、暮色濃い隅田川へ、眼眸を送った。

――沼津千阿弥は、船を一艘、買い入れておいたものらしい。お坊主衆七十三人は、その中に、かくれて居る。

階段を降りつつ、狂四郎は、ふっと、不吉な予感をおぼえた。

佃島。

鉄砲洲《てっぽうず》に傍《そ》うた孤島である。そのむかしは、向島と称ばれていた。

家康が、遠州浜松城にいた頃、京都へ上る途次、摂津国の多田の御廟《ごびょう》と住吉大明神に参詣した時、佃村の漁夫が、神崎川の渡しに船を提供し、また食膳の魚を奉った。

家康は、江戸城を定めてから、佃村の漁夫三十四人を出府せしめて、江戸湾内の漁業権を与えた。

これらの漁夫の子孫たちは、寛永年間に、鉄砲洲の東の孤島向島を賜わって、故郷の佃村の名をとって、佃島と名づけた。

江戸城には毎年十一月より三月まで、白魚を取って、献上する掟《おきて》が設けられ、その間は、漁夫たちは、他の猟を禁じられた。この掟によって、四手網で白魚を取るのは、佃島の漁夫の特権となり、他の浜辺の漁夫は遠慮した。

したがって、佃島には、佃村から出府した漁夫の子孫のみが所得顔《ところえがお》に住みついて、他国者を寄せつけなかった。

ただ、弥生《やよい》の汐干狩りには、大奥から女中たちが、たくさんの舟で渡って来て、春の一日を興じた。

一般庶民は、大奥をはばかって、佃島へはやって来なかった。

いわば、佃島は、漁夫たちの天国であり、その意味では、お坊主衆が、船に身をかくすには、絶好の場所といえた。

しかし――。

狂四郎の考えでは、そういう場所だからこそ、お坊主衆の潜伏は、かえって危険なのであった。

——宗因が、佐喜を連れて行ったのは、無謀というほかはない。お目付下条主膳配下に、見つけられたおそれがある。そうだとすれば、一挙に全滅させられる運命にある。

金八が漕ぐ小舟で、隅田川を下り乍ら、狂四郎は、かれらがいまだ健在であることを、祈った。

宗因から、沼津千阿弥の遺志を継ぐ七十三人の同志に、何卒助勢して欲しい、と願われ乍ら、ついに返辞をしなかった狂四郎であったが、すでに、好むと好まざるに拘らず、異変の渦中にわが身を置いているのであった。

お坊主衆が、刺客に襲撃されることから、防いでやる気持は、強かった。

「先生、場所は、どこだと見当つけなすった？」

「佃島だ」

「へえ、あそこにね。……あそこの、どこにひそんでいるんですかねえ？」

「御用船や問屋船の風よけ場であろう」

「船にかくれている、というんですかい？」

「たぶん——」

「うめえ場所をえらんだものだ。……あっしが心配なのは、七十三人の血気者の中へ、たった一人、若い女が交って、匂いをぷんぷんさせる、ということだあ。こいつは、野郎どもにとっちゃ、居たたまれねえ毒になりますぜ」

「…………」

「宗因は、佐喜さんに、かしらになってもらう、と云ったそうですがね、かしらなんてえものは、髭《ひげ》っ面《つら》で、熊の皮でも羽織っているから、手下は服従するんで、あんな色香を、ほやほやとまきちらす別品に、かしらになられちゃ、たまったものじゃありませんぜ。冗談じゃねえや、全く――」

「…………」

「それぐれえのことが、わからなかったのかねえ、佐喜さんは――」

小舟は、やがて、深川寄りを、永代橋をくぐり抜けた。

夜の海がひらけた。波浪が、月光を砕いて、汐風はかなり強かった。

行手に、黒く、海原を割っている影が、佃島である。

金八が、漕ぐのにせわしく、沈黙を守った。

小舟は、高くひくく、もまれはじめた。

と――。

黒く浮いた孤島の一隅から、轟音とともに、火柱が、噴きあがった。

「なんだ、あれア――。花火にしちゃ、ばかでかすぎらあ」

轟音は、つづけざまに起り、火柱の下から次の火柱が噴き、火の粉が八方へ、美しく散りまかれた。

「金八――」

「へい」

「佃島へ行ってみる必要はなくなったようだ。……ひきかえすがいい」

「畜生！　あれが、やられた証拠ですかい」

「そういうことだ」

「罰だあ！　七十三人の男の中へ、女一人を連れ込むから、船霊が――住吉明神が、慍《おこ》っちまやがった」

救いの神

一

「金八、浜松町へ、舟をまわせ」

狂四郎は、佃島を白昼の明るさに照らした火柱が、消えて、再び月闇にもどった時、そう命じた。

韮山代官江川太郎左衛門が、出府して来ていて、浜松町の役宅に在る通知が、昨日とどいていたのである。

大砲鋳造のための、鉄を溶かす反射炉設備の建議が、どうやら、幕府評定所の許可するところとなった模様であった。

「先生、いいんですかい、あのどかんの跡を見とどけなくても——?」

「あとの祭りへ出かけて行っても、はじまるまい」

「だって、二人や三人、逃げ出したお坊主が、いるかも知れませんぜ」

「逃げ出した者は、待ち受けた隠密どもの刀の贄になった、と考えてよい」

「可哀《かわい》そうに、同朋の隠し妻も、木っ端みじんになっちまったのかねえ」

金八は、柄にもなく、しんみりと、声音を湿らせた。

狂四郎が、敢えて、その生地獄の跡を観とどけるのを避けたのは、沼津千阿弥とその門下に対するおのれの立場が、いつも、後手にまわって、為すすべのない無能なめぐりあわせになっていることを、思ったからである。

沼津千阿弥が、鶴岡八幡宮舞殿で割腹自決を遂げた時、こちらは、腕を拱いて傍観していただけであった。その門下二十人が、武蔵と相模の国境の境木の街道上で、師のあとを追おうとして、公儀庭番の面々に、一人残らず斬られた時、こちらは、一歩おくれて、間に合わなかった。

そして、いままた、舟で佃島へ近づこうとした矢先、坊主衆七十三人がひそむ船が、爆破されたのである。

後手にまわされたことに、狂四郎は、ひとつの宿運をおぼえている。過失を犯せば、そこに宿命めいたものを感じるのは、人の常であり、そこに、神仏の審判の権威が加わって、人々は屈服したり、絶望したりする。

易者の予言にしろ、巫女《みこ》の譫言《うわごと》にしろ、それがもし外的な固定した原因に由来しているならば、徴候の一段と進んだ認識となろう。徴候に気がつくきわめて鋭敏な感覚も働くし、あるいはまた、偶然によって、的中することも、しばしばあり得る。

人間の弱さが、そこにある。狂四郎も、例外ではなかった。

ただ——。

この時代には、予言者の権威を容易に地に墜《おと》させないために、神仏信仰が、豊饒《ほうじょう》な背景を背負っていた。さまざまの教理や諺《ことわざ》に従って、人それぞれが、おのれ自身に就いての予言者となっていた。

因果応報とか、勝つも負けるも運次第とか、槿花《きんか》一日の栄とか、縁と生命は繋がれぬとか、人を呪わば穴二つとか、憂患は粗忽《そこつ》によって生じ禍《わざわ》いは些事《さじ》から起るとか、禍いも三年おけば福の種とか、ころばぬ前《さき》の杖《つえ》とか、袖すり合うも他生の縁とか——。

しかし、狂四郎が、余人と異なるのは、狂気や卑怯《ひきょう》や恐怖の行為を避ける上手な手段を心掛けようとせず、欺瞞《ぎまん》や嫉妬や残忍から救われるのを望んだことのない男であることである。野心とか虚栄心とか、そうした目的のある姿態を示したことは、一度もなかった。

めいめいが目的とする生きる流儀から背《そびら》を向けたこの男は、利得打算の判断は必要としてはいないのである。

希望の筋道は、この男にとって無縁であった。おのれの裡《うち》に、教理はない。したがって教理の迂路を辿る人生を生きてはいない。

狂四郎の予感の的中は、生きる目的のない世界の中から生じている。

人がおのが手足の中に、おのれを前進させる神を感じる現世のせわしいたつきの埒外《らちがい》に置かれた者の、これは、まさしく虚無の直感力といえた。

小舟は、まっすぐに海へ出て、御浜御殿の石垣に沿い乍ら、浜松町をめざした。

舳先にうずくまった狂四郎は、石垣の一角が凹部をつくり、くらい穴をぽっかりとあけているのを、何気なく眺めやり乍ら、

——明日を生きる気のないおれが、明日もまた生きているのか。

と、投げ出すように、胸の裡で呟きすてた。

と——その折。

狂四郎の視線が、海面の一箇所に止められた。

汐が満ちていて、おだやかに見える海面も、映している月光をせわしく砕いていて、流れの速いのが判るのであった。

その砕けた月光の破片を、さらにかき擾《みだ》しているものが、そこに、みとめられた。

二

「おい金八、舳先を右へまわせ」

「どうなさるんで——？」

「人間らしいものが、流れている」

「え?……土左衛門なら、まっぴらでさ」

「生きているらしい。……あそこだ」

狂四郎に指さされて、すかし視た金八は、

「成程……、生きてやがる。だけど、御浜御殿の番士か何かが、水練の稽古でもしているのなら、なにも、救いあげることはありませんぜ」

「泳いでいるのは、女らしい」

「へっ! 女!? まさか、御殿の女中が、身投げしやがったわけじゃあるめえな」

狂四郎は、こちらの小舟へ向って来る者が、冷たさにもめげず、巧みな泳ぎ手であるのをみとめた。

と同時に、石垣の凹部の奥から、一艘の舟が、非常な速力で漕《こ》ぎ出されて来るのを、見分けて、

「金八、急げ!」

と、せかした。

「合点!」

金八は、必死に、艪をあやつった。

狂四郎は、棹《さお》を、泳ぎ手へさしのばして、つかまらせた。

「うえっ! 女だ! 若《わ》けえや。足はあるんでしょうね、先生——」

金八が、艫《とも》から叫んだ。

狂四郎は、その片手をつかんで、引き上げてやり乍ら、

「金八、三十六計だ。根かぎりに漕げ」

と、命じた。

「へいっ！　あの舟は、追手かあ、こん畜生、追って来やあがれ。金ぴら船ふね追風《おいて》に帆あげて、シュラ、シュッシュだあ！」

金八は、死にもの狂いに、漕ぎ出した。

狂四郎は、救いあげた女の顔を一瞥して、はっとなった。

「そなた！」

驚きの声をあげた。

「千華ではないか！」

「あっ！」

女は、べったりとまつわりついた髪毛をひとふりすると、月光に、その白いおもてを照らして、歓喜の表情になった。

次の一瞬、狂四郎にしがみついて来た。

その口からほとばしったのは、意味の不明な母国の言葉であった。

あまりにも偶然な、この邂逅《かいこう》を、神の手によってなされたものと、感謝する言葉であ

ったに相違ない。

「先生、ご存じの女ですかい？」

「これが、お前の会いたがっていた南蛮渡来の娘なのだ」

「へっ！　こいつは、面白えことになりやがった。鼻高屋（五世松本幸四郎《まつもとこうしろう》）の時代物だって、こうはうめえ筋書には、いかねえや。……あっ、野郎っ、来やがった！」

追手の舟が、みるみる距離をせばめて来たので、金八は、悲鳴をあげた。

漕ぎ手の腕の相違であった。

狂四郎は、やむなく、千華をもぎはなすと、

「まわせ、金八――」

「ま、まわして、ど、どうするんで？」

「こっちは、立役だ。幸四郎なら、さしずめ四つ花菱の紋どころを、ぱっとみせて、大見得《おおみえ》をきるところだ」

「大丈夫ですかい。舟の大きさがちがいますぜ。まともにぶっつかったら、こっちは、ひっくりけえっちまう」

「ぶっつかる前に、つらねをやる」

金八が、ぐるっと舳先をまわした時、すでに、追手は、二間の近くに迫っていた。

むこうの舟にも、舳先に、一人、武士が、すっくと立っていた。

覆面をしていたが、じっとすかし視た狂四郎は、

「ほう、これも、奇遇だな」

と、呟いた。

対手もまた、こちらが何者であるか、さとった驚愕の様子を、示した。

狂四郎は、声をあげて、

「海上の戦法には、どんな意外の手があるか、みせてもらおうか、死神九郎太」

と、云いかけた。

九郎太は、要心深く、漕ぎ手に舟を停止させると、

「無念乍ら、お主が出現しようとは、神ならぬ身の知る由もなかった。したがって、無策。と相成れば、当方には、船を沈め釜を破る猪突猛進の闘志は、持ち合せぬ」

「手中にした玉を、むざむざ、呈上するというのか」

「なんの、一時、預けるのみ。いずれ、とりもどす」

「ことわっておく、死神九郎太。……この異邦の娘は、もともと、わたしが、その仲間から預かった。のみならず、他人ではなくなって居る」

「なんと？」

「すでに抱いて居る。あるいはもう、わたしに惚れているのかも知れぬ」

「ばかなっ！」

「嗅覚は大層発達しているお主らしいが、そこまでは、かぎわけられなかったようだな」

「眠狂四郎っ！　この死神九郎太を、愚弄するか！　許せぬぞ。……拙者に狙われて、生き残った者は、これまでただの一人もいなかったぞ。文字通り死神となって、とり憑いてくれるのだ。覚悟せい！」

「喋りすぎたようだな、九郎太――」

「なにっ！」

「お主を、これまでは、我欲の旺盛な一匹狼と、考えていたが、どうやら正体がはっきりして来た。……一匹狼というやつは、飢餓のためには、人間や家畜に嚙みつくが、狙った獲物でも、それが、逃げれば深追いはせぬものだ。……お主が、死神となってまで、とり憑く、ということは、何者かの指令によって動いているからだ。一匹狼ではなく、走狗であろう、お主は――」

「黙れっ！……眠狂四郎をあの世に送るのは、拙者ときまったぞ。見ておれ！　必ず仕止めてくれる。待って居れ！」

「それほどたけり立ち乍ら、いま襲いかかろうとせぬのは、よほど訓練された走狗らしい」

狂四郎は、嘲笑した。

三

半刻後――。

狂四郎は、水野邸内表長屋の御用人宅の書院にいた。

のこのこと入って来た武部仙十郎は、座に就くなり、

「荷厄介なしろものを、はこび込んで参ったの」

と、云った。

「ご老人も、異邦の娘を見たのは、はじめてではないのか。目の保養になろう」

「この年寄りをからかうのは、置けい。生涯、無妻ですごして参ったわしだぞ。……お主が、はこび込んで来たしろものゆえ、無下にもことわれぬが、どうしろ、というのだ？」

「当分、かくまってもらうだけでよい」

「ふふふ……」

珍しく、老人は、含み笑いをした。

「……？」

「せっかくの珍品、もしかすれば、西の丸様へ、献上するかも知れぬぞ。そのおそれはあるまい、などと甘くみくびって居ったのなら、眠狂四郎もやきがまわったと申すもの

だて」

「そうさせぬために、土産《みやげ》を持参した」

「土産？」

「百万両の黄金伝説が、まぎれもない事実である、ということだ」

「ほほう……、お主までが、とうとう、山吹色に目くらんだか」

狂四郎は、懐中から、皺だらけの一枚の紙片をとり出して、老人の膝の前に置いた。

老人は、袂から眼鏡をとり出すと、身を二つに折った。

「元和元年五月八日、大坂城陥落せし際、右大臣殿（豊臣秀頼）、火中にて自害に及び候儀、――真っ赤な嘘にて、ひそかに、城を脱出し、船にて薩摩に遁れしこと、真実也。これよりさき、冬の陣の終れる慶長十九年十二月下旬、大坂城内より、太閤遺産のうち、慶長大判小判、およそ百万両ぶん、地下道より、何処かへ運び出されたり。すなわち、右大臣殿には、落城後、薩摩に身をひそめて、再挙の秋をはかられたる模様なるも、ついに、その秋を得ず、莫大なる軍資金は、地下にねむりて、今日に及び居り候。佐賀闇斎は、この軍資金を手中にせんと狙う者にて、遺策なきを期し、眠狂四郎を味方につけんと欲するもの也」

読み了《お》えた仙十郎は、すぐには、身を起さなかった。

眼鏡をはずしてからも、しばらくは、近頃の癖である、肝斑だらけの皺手で頬をはさむ姿勢をつづけた。

「………」

狂四郎は、無言で、見まもっている。

実は、狂四郎は、この一文を読ませても、老人が、決してうなずかぬもの、と予想していたのである。老人を合点させるためには、かなり時間のかかる説明を必要とするであろう、と考えていた。

ところが――。

武部仙十郎は、ふかい沈思の時間を持ったのである。

しびれがきれるほどの長いあいだ、同じ姿勢を保っていた老人は、ようやく、身を起すと、

「お主、この佐賀闇斎という人物に、会ったのじゃな？」

と、訊ねた。

「会った」

「素姓を、打ち明けたかな？」

「いや――。ご老人は、ご存じか？」

「知って居る」

「うかがおう」

「琉球人《りゅうきゅう》じゃよ、あの人物」

「琉球人！」

「左様――。しかも、ただの琉球人ではない。琉球国王の叔父――つまり、前の国王の弟じゃよ」

「………」

「もう二十年ほど前になろうかの、中山王が隠居代替りすることになり、島津斉宣《しまづなりのぶ》殿が、使者を召し連れて、出府して参ったことがある。……これは、慶長十五年に、島津家久《いえひさ》が、中山王を帯同して、駿府に参り、家康公に拝謁せしめて以来のしきたりじゃが――、その際、琉球王代理正使として、豊見城《とよみぐすく》王子《おうじ》、副使として沢岻《たくし》親方が、参った。……その一行中に、たくさんの随行者がいたが、佐賀闇斎は、その一人であった。讃儀官《さんぎかん》という役目で、普天間《ふてま》親雲上《ばいきん》と名のって居った」

「………」

「上様に拝謁、琉球音楽吹奏、献上品拝領、諸向廻礼、上野東照宮参詣など、とどこおりなく終って、さて帰国の途につこうとした時、何を考えたか、讃儀官のかれが、江戸にとどまりたい旨を、評定所へ願い出て、許されたのじゃな。つまり、これからは、五年に一度の割で、中山王使節が、出府して、将軍家ご機嫌うかがいをいたしたく、ついては、公儀と琉球国との間の連絡係として、江戸にとどまりたい、という名目をたて居ったのだ」

「………」

「で——、佐賀闇斎と日本名をつくって、江戸に屋敷をかまえ、一年に一度ぐらい、琉球と往復している模様であったが……。ふうむ！　この琉球人が、太閤遺金を狙う目的を持っていたとはのう」

老人は、宙を睨んで、首を振った。

オランダ娘千華は、女中の衣類を与えられて、武部家の別室で、牀《とこ》に臥していた。大きく眸子をひらいて、天井を仰ぎ乍ら、まばたきも忘れたように、虎口を脱した悦び、眠狂四郎に救われた喜びを、じっとあじわっていた。

あの地下の地獄牢内から、遁れ出ることができたのは、奇蹟であった、といえる。もとより、千華自身の必死の働きもあった。

死神九郎太に対して、隠し持っていた武器ぶうめらんを投げつけ、もう一人の町人に体あたりをくれておいて、地下道を奔り、水中へ身を投じたのであった。

泳ぎは、千華の得意の技のひとつであったが、春浅い海原へ、あてもなく泳ぎ出て、たすかるものとは思われなかったし、舟で追跡されては容易に捕縛されることも判っていた。

千華は、天にある神に祈りつつ、洞窟から泳ぎ出たのであった。

奇蹟は、海で待っていた。

「へい、ごめんなすって——」

廊下から声をかけて、金八が、障子を開けた。

千華は、潤んだ眸子を、向けた。

「後光がさして、目がくらむ、ってえのは、このことだ。どうして、こうも、南蛮国の娘御は、顔の造作やら肌色が、ちがうのかねえ」

金八は、かぶりを振り乍ら、膝を進ませると、

「この家の女中が、貴女《あなた》さんを、どうとり扱っていいか、とまどって、あっしに、もてなしかたをきいて欲しい、とたのむものでござんすからね、失礼かえりみず、まかり出た次第なんで——へい」

「わたくしは、日本のご婦人のくらし、知って居ります。同じように、とり扱って下さい」

「つまり、食いものも、入浴も、なにもかも、同じでかまわねえ、と仰言るんで——?」

「はい。……わたくし、一刻でも二刻でも、正坐していることができます」

「へへん、おどろいたね。いってえ、どこで、そんな修業なすったのですかい?」

「海のむこうにも、日本人だけでつくっている町があります」

「あきれたねえ。貴女さんは、そこでくらしなすったので――?」

「はい。わたくしは、三歳の時から、日本人の手で、育てられました」

そうこたえて、千華は、微笑してみせた。

故事調べ

一

「豊臣秀頼が生存したというのが、真説らしいと申すのか」

その宵、下城して来た水野越前守忠邦は、居室に於て、武部仙十郎と眠狂四郎の説明をきいて、しばらく沈黙を置いてから、独語するように、云った。

決して、一笑にふしはしなかった。

忠邦は、勉学の徒であった。ごくつまらぬ野乗《やじよう》のたぐいにまで、目を通していた。

元和元年五月八日、大坂城が焼け落ちた時、二十三歳の秀頼が、母淀君の死を見とどけておいて、ひそかに、地下道を抜けて、落ちのびた、という説が、その当時からあったことを、忠邦は、幾種類かの書物で、見ていた。

大坂落城の翌年、すでに、平戸にあった英国人リチャード・コックスは、記している。

「秀頼は、大坂城内で焼死したといわれているが、実は一部では、薩摩か琉球に遁れている、と信じられている」

また、耶蘇《やそ》会の師父らが、母国に送った報告にも、

「秀頼は、母とともに逃亡して、いまも生存しているという噂もある。その実否は不明であるが、秀頼ほどの人物が、敗戦後今日まで永い間、匿れていることは、すこぶる難かしい、と想像される」

と、ある。

宣教師《ばてれん》の書翰《しよかん》を材料にした『日本西教史』にも、秀頼の蹤跡《しようせき》はいまだ判明せず、あるいは辺隅の小名の許に寄寓《きぐう》している、という風聞はしきりである、と述べている。

秀頼生存説は、後世にいたって作ったものではなく、当時から行われていた。

明《みん》の朱国禎もまた、

「説あり、秀頼は、城を焼いて後、遁れて薩摩に入る、と」

と、記録している。

『慶長見聞書』は、次のように述べている。

秀頼と淀君は、大坂城天守閣に火をかけたのち、大野治長《おおのはるなが》を介して井伊直孝へ、

「徒歩にて城を出るのは、いかにも面目を失うことゆえ、駕籠二つをたまわりたい」

と、申し入れた。

直孝は、

「陣中には、駕籠はひとつしかござらぬ。淀君に差上げますゆえ、秀頼公には、騎馬に

て退城されよ」

と、返辞をしておいて、二人がひそむ糒倉《ほしいぐら》へ大砲を撃ちかけた、という。

『筱舎漫筆《しょうしゃ》』は、この話を伝えて、「実は、その時、秀頼は、遁れ去っていて、いまだ糒倉にひそむと思わせるために、わざと、そう申し入れたということである」とつけ加えている。

『耶蘇天誅記《てんちゆうき》』には、キリシタン信徒であった大野治長が、京橋口に碇泊《ていはく》していた南蛮船に、秀頼を乗せて、巧みに、日本を遁れ去った、と書いてある。

「爺《じ》い、お前は、どう思う？」

忠邦は、仙十郎に、訊ねた。

「さて――悲劇に終った若者を、生かしておきたい世間の人情は、源九郎義経以来のことでござるが……、身共が、生存説を読んだのは、厭蝕《えんしよく》太平記とか、玉露証話とか、備前老人物語とか、あまり信用できぬ俗書ばかりでござれば……」

仙十郎がこたえると、忠邦は、微笑して、

「信ずべき史書にも、生存説は記されて居らぬわけでもない」

と、こたえた。

「と、仰せられますと？」

「唐津に在った頃、薩摩の当主から、面白いものをみせよう、と読まされたことがある」

忠邦が、島津重豪《しげひで》からみせられたのは、寛永六年五月十一日付の島津家久の老臣伊勢貞昌の書状であった。

御屋形の内へ不思議なる者、忍び入り、搦《から》め取り候ところ、彼《か》の者申す分には、秀頼様、御国へ御座成られ、真田《さなだ》（幸村《ゆきむら》）も生命ながらえ、紀伊国に罷り置き候など と申す儀是非なく候（中略）ここ許にて討ち果し候ては如何《いかが》かと存じ候間、大炊頭《おおいのかみ》殿（老中・土井利勝のこと）へお渡しなされる可《べ》き由、ご尤もと存じ奉り候

しかし、土井利勝に、伺いをたてると、

「それは、気違い者であろう、用に立つ事ではないゆえ、成敗無用」

との返辞であった、という。

「島津家のみならず、毛利家にも、秀頼生存を裏づける実録がのこされている」

忠邦は、云った。

毛利家の重臣智庵《ちあん》貫通の日誌に、次のような箇処がある。

父方の祖父馬田九郎兵衛こと、内藤修理《しゆり》一同御密事にて、大坂城に罷りのぼり、元和元年五月七日、御落城につき、すぐさま薩州鹿児島まで参り候て、同年萩へ帰り候、宋瑞《そうずい》様（毛利輝元）にお目見《めみえ》仕《つかまつ》り候て、同年十月朔日《ついたち》、御判物を頂戴仕り候、今以て所持仕り候こと、右かれこれ相考え候ところ、秀頼様薩州に御座成られ候儀

まぎれもなき事にて、種島蔵人とは秀頼様の別名也、しかれども、格別御詮議もこれなきものと相見え申し候

されている。

秀頼が、どうやって、大坂城を脱出したか——そのことをくわしく述べた記録ものこされている。

二

平田平蔵という士がいた。もとは、豊前《ぶぜん》小笠原修理亮長胤の家臣で、平田権左衛門と名のっていた。長胤が滅亡したのち、牢人となって、やがて長崎奉行大岡家に与力として仕えた。平田平蔵の先祖は、摂州茨木《いばらき》の城主茨木弾正で、秀頼の近臣であった。

大坂夏の陣が敗北濃くなった時、大野治長らが相謀って、秀頼を落ちのびさせることに一決した。織田有楽にたのんで、ひとまずその陣にかくまうことにして、秀頼を素裸にし、薦《こも》でぐるぐる巻きにして塵芥《じんかい》のようにみせかけると、織田有楽の陣のうしろめがけて、濠《ほり》へ突き流した。秀頼は、九寸五分の吉光を胸に抱いて、もし敵兵に発見された時は、自決する覚悟であった。

さいわいに、発見されずに、川口の辺まで流れ着いた。かねて申しあわせていた事とみえて、そこに加藤肥後守忠広《かとうひごのかみただひろ》が、水船で待ち受けていた。船底を二重にして、秀頼を、その下にかくした。

ここまでは、秀頼と同じく薦で身をくるんだ近侍が六人、供奉していたが、途中で二人が討たれたか、遁走《とんそう》したか、加藤家の船に入ったのは、茨木弾正、直森与兵衛《なおもりよへえ》、前出彦八郎、そしてもう一人（姓名不詳）であった。

無事に海上に出てから、秀頼と四人の従者は、福島正則の使者船に乗りかえて、肥後に落ちのびた。その時、秀頼は、菊丸自斎と名のっていた。有徳の商人のはからいで、山里にかくれ住むことができた。

その後、従者の一人直森与兵衛が、京へ上って、そこにのこしていた妹をともなって、戻って来ると、秀頼の妾《めかけ》とした。女子一人、男子一人をもうけた。姉はたつ、弟は菊丸といった。

加藤忠広は、家が断絶した際、軍用金の一部一万両を、秀頼こと自斎に贈った。肥後が、細川家のものとなるや、自斎は、薩摩国へ移った。

その頃、茨木弾正は、平田と改名していた。その妹の息子に、権左衛門という者がいて、はるばる、薩摩まで伯父をたずねて行き、そこで妻をめとって、一男を得た。のちに、小笠原信濃守に仕えて、島原の乱に、功名があった。その息子が平田平蔵で、小笠原家をはなれて、大岡家に仕え、子孫代々与力をつとめた。平田家には、秀頼がまさしく、生存して、薩摩で六十八歳までの寿命を保った記録が、秘蔵されている。

「わしは、その平田家の記録も、読んで居る」

忠邦は、云った。

「では、殿には、秀頼公生存はまぎれもない、と信じておいでか？」

仙十郎は、主君を瞶めた。

「遠いむかしのことだ。大坂城で焼け死んだか、落ちのびて薩摩で老いたか――もはや、いまとなっては、どうでもよいことだ、と思っていたが……」

そうこたえてから、忠邦は、沈黙を守っている狂四郎を見やった。

「狂四郎、その方は、どうやら、豊臣秀頼の生存を信じはじめたようだな？」

狂四郎は、薄い微笑を含めた眼眸をかえして、

「黄金伝説に、とり憑《つ》かれた者の一人としては、生存説を信じた方が、動きやすく存じます」

と、こたえた。

「きこう」

忠邦は、狂四郎の言葉をうながした。

「琉球人佐賀闇斎の手の者が、それがしに呉れた一文によって、およその推測がついたことは、太閤遺産の秘事を、知っている者が、あちらにも、こちらにも、いる、ということであります」

「ふむ」

「知っている者は、公儀内にも居ります。おそらく、若年寄小笠原相模守も知って居りましょう。ただいまのお話をきけば、豊臣秀頼がたしかに生存した、という記録を持つ平田平蔵が仕えた主人は、すなわち、小笠原相模守の先祖。とすれば、相模守が、秀頼生存説を信じた、としても、べつにふしぎではありますまい。……また、沼津千阿弥も、どうやら、太閤遺産のことを、知っていた、と想像されます。佐賀闇斎の話によれば、千阿弥は、宿痾によって、ここ一両年の生命であった由。そこで、おのれは、天下を聳動せしめる諫死の道をえらんでおいて、その門下百人に、太閤遺産をさがしあてて、それを軍資金とし、幕府を覆滅せしめて、新しい世をつくれ、と遺命を与えたものと、思われます。……ところで、海の彼方に在る日本人町から、密入国して来た者どもの目的でありますが、かれらもまた、太閤遺産を狙って居るのではなかろうか、と推測されます」

「ほう、ただのあて推量ではなく、か?」

「この老人から、佐賀闇斎が琉球人、ときかされた時、急に脳中にひらめきました。……豊臣秀頼は、薩摩に於て、薨《こう》じたかも知れませぬが、その子菊丸が琉球へ渡ったかも知れぬ。秀頼は、死に臨んで、その菊丸に、太閤遺産百万両が、何処かにかくしてある、と遺言した。……菊丸は、豊臣再興の志を抱いて、琉球へ渡り、さらに、海の彼方の各処にちらばる日本人町をたずねて行った――」

「これは、大層面白い推測だな——」

「呂宋や暹羅や咬𠺕吧に在る日本人町の面々は、いずれも、朱印船で押し渡った勇猛の士の子孫どもであれば、戦国の余風を承《う》けて、勇武を最も誇るべきものとしているに相違ないことは、容易に想像されます。げんに、それがしが預かった日本人町育ちのオランダ娘は、武芸を修め、馬術までも身に備えて居ります。……豊臣菊丸としては、それら、異邦各地に在る日本人町の面々を糾合して、一大軍船を組んで、祖国へ攻めかえって来ようという壮図を胸に抱いたのではありますまいか」

「考えられぬことではない」

忠邦は、大きくうなずいた。

「しかし、その壮図は、あるいは菊丸の夭折《ようせつ》かなにか、是非ない理由によって、挫折した。……そうして、二百年を経た今日、いずれかの日本人町の末裔が、菊丸の書き遺《のこ》したであろう太閤遺産のことを発見して、これを手に入れるべく、決死の者を幾人かえらんで、母国へ潜入させて来た。……如何でありましょうか、この筋書は？」

「ふむ！」

忠邦は、大きく吐息した。

三

「殿――、狂四郎の申し述べたこと、これを裏づける資料が、当家の文庫蔵にありましたわい」

武部仙十郎が、不意にそう云って、古稀ともみえぬせかせかした身ごなしで、出て行った。

忠邦は、狂四郎に向って、

「沼津千阿弥が、太閤遺産のことを、どうしてかぎつけたか――？　その方が、推測は？」

と、訊ねた。

「佐賀闇斎が、沼津千阿弥とその父親と懇意であったことは、ただ、家が近所であっただけではありますまい。意図するところあって、沼津家に近づいたに相違ない、と存じます。あるいは、千阿弥は、闇斎から、太閤遺産のことを、きかされたかも知れませぬ。……ついでに申し上げれば、闇斎が同朋である沼津父子に近づいたこと、また、いま、密入国して来た異邦の日本人町の者が、オランダ娘をえらんで、小笠原相模守の許に送って、大奥へ人身御供に上げようとしたこと――この二事から推し測って、あるいは、太閤遺産が何処にかくされているか、江戸城内に、その謎を解く鍵が、かくされているのではあるまいか、と考えてもよかろうか、と存じます」

ほとんど断定にひとしい狂四郎の明快な推理であった。

「ご城内にのう……。富士見櫓の文庫の内には、ないことは、明白だぞ」

「柳営内で、ご老中といえども、一歩も入れぬのは、大奥のみ」

そう云って、狂四郎は、にやりとしてみせた。

「大奥か。……さて――、太閤が遺した巨額の軍用金が、何処かに隠匿されている、という事実の有無が、大奥内をさがせば、判る、と申すか。……とすれば、その方が連れて参ったオランダ娘は、大奥のどのあたりに、その鍵がかくされているか、見当をつけて居るのかも知れぬの」

「御意――」

「ひとつ、その方の口から、吐かせてみるか」

「さあ、それは、いかがかと存じます」

「容易に吐かぬか？」

「生命を守るために操はすてても、おいそれとは口はひらきますまい」

「その方ならば、吐かせることができるのではないか」

「なかなかもって――」

狂四郎は、かぶりを振った。

仙十郎が、一綴《つづ》りの書類を持って、戻って来た。

「ございましたぞ。殿が、先年、オランダ商館から召し上げられたしろものでござる」

忠邦が手渡されたのは、元和年間に、平戸に在った英国東印度商会の平戸館長リチャード・コックスの日誌の訳書であった。

「ここ……、これに記してあるくだりでござる」

仙十郎が指し示すくだりへ、忠邦は、目を落した。

『十月三十日（元和元年九月十八日に当る）……支那頭人の予に語りしところによれば、昨夜、かれの弟は、陸路飛脚を遣《つかわ》して、権六殿（長崎奉行長谷川権六）が、小なるジャンクを、長崎に抑留せし由を、報ぜり。該船は、われらの用件につき、支那に派遣する考えなりしが、今は支那に近き高砂《たかさご》（台湾）に、兵士を送る手筈なり、という。しかれども、予は、むしろ、琉球におもむくものならんと考う。皇帝（家康のこと）は、該地に、豊臣秀頼殿の潜伏せるものと認めしなるべし』

忠邦が、黙読するのを待って、仙十郎は、

「次は、翌年の五月五日の日づけの項でござる」

と、云った。

忠邦は、その頁《ページ》をめくった。

『五月五日（元和二年三月三十日のこと）長崎の村山東庵《むらやまとうあん》殿、兵士を乗せたる船十三隻《せき》を率いて、高砂島占領のため出帆せり。この島を、かれは右のごとく呼べども、われらはイスラ・フエルモサと称す。また、かれは、五島に留《とどま》りて、京都より来《きた》るべき援兵を待つ由なるが、一般に、豊臣秀頼捜索のため、琉球におもむくならん、と思わる』

『六月十三日。当地に行わるる風聞によれば、秀頼殿はなお生存して、薩摩の王の保護下にあり、皇帝死去（家康は元和二年四月十七日薨去）により、この事、世に公にせられ、秀頼殿は皇帝となり、再び大坂に還《かえ》るべき由なり』

『七月七日。薩摩の王は、生存せる由なる秀頼殿の権利を復すべく、新皇帝（秀忠）に対して、開戦せんと肚をきめ、まず長崎を攻めんとす、と伝えらる』

忠邦が、つぎつぎと頁をめくってみると、日記には、随処に、秀頼生存とその捜索のことが記されてあった。

四

狂四郎は、忠邦の前に武部仙十郎をのこしておいて、老人の役宅へひきかえして来た。

書院に、千華を呼ぶと、

「当家の主人から、そなたの口を割らせるように、たのまれた」

と、云った。

「………」

千華は、狂四郎の冷たい面貌を、じっと瞶めかえした。

「そなたが、若年寄の許におもむく目的は、江戸城へ上って、大奥に入り、将軍家の褥の伽をつとめることであった」

「…………」

「将軍家の寵愛を得、中﨟の地位を与えられておいて、そなたが、命じられた仕事を為《な》そうとする、その仕事だが……」

「…………」

「大奥のどこかに、太閤秀吉が遺した百万両の隠匿場所が記されている秘文が、かくされているのを、さがす——それが、そなたの任務」

「…………」

千華は、唇をかたく閉じたまま、身じろぎもせぬ。

「どうだ、当らずといえども遠からずか?」

「…………」

「気の毒だが、そなたに命じた者は、江戸城大奥が、どういう場所か、知らぬようだ。そなたの育った異邦の日本人町の者たちは、戦国の城や館《やかた》の知識しか持ち合せては居るまい。徳川家も十一代に及んだ江戸城の、女ばかりが何百人も住む大奥というところが、いかに奇妙な牢獄か、存じては居るまい。そなたが、たとえ、そこいらの武家娘であっても、この牢獄に入れば、一挙手一投足も、おのが身の自由にはならぬ。まして、異邦の娘ともなれば、まわりの目は、一瞬たりとも、そなたから、はなれまい。……あきらめたがよい」

「いいえ！」

千華は、つよくかぶりを振った。

「わたくしは、大奥へ上ります」

「そなたが上らずとも、欲するものを、手に入れればよかろう。……さいわい、当家のあるじは、老中だ。老中にたのんで、大奥の中から、信頼するに足りる女中を一人、えらべばよいのだ」

「いいえ！　わたくしは、大奥へ上ります、わたくしのこの手で、さがし出します」

千華は、細い長い美しい十指を、さし出してみせた。

女子《おなご》の意地

一

怨恨と憎悪をあふらせた蒼白《そうはく》な面貌が、無数に、重なりあいつつ、次第に、こちらに迫り寄って来た。

一人のこらず坊主頭であり、そのうちの半数は、朱絹の鉢巻をしていた。

一人が、こちらを指さして怒号すると、一斉に、全員が、罵詈の叫びをほとばしらせた。

凄まじい形相に包囲され乍ら、こちらは、黙然として堪えるよりほかにすべはなかった。

そのうち――。

面前で、白刃が閃《ひらめ》いた。

閃かせた者は、

「見たかっ！」

と、叫びあげるとともに、むき出した腹のまん中へ突き立てた。血汐が、視界いっぱいに撒かれて、総身にふりかかり、その冷たさが、眠狂四郎を目ざめさせた。

「どうなすったのですか、旦那？」

不安をこめた眼眸と問いが、顔へ落ちた。

いつの間に、たずねて来たのか、素通りと二つ名を持つ掏摸のお妻が、枕もとに坐っていた。

「………」

狂四郎は、起き上って、酔いの残った視線を、庭へ向けた。

陽ざしはまだそこにあって、樹木の影を長いものにしていた。

その彼方に、日暮里《にっぽり》の野がひろがっていた。

道灌山《どうかん》を背負うた宗福寺という古刹の庫裡《くり》を、狂四郎は、当座のねぐらにしていた。

お妻が、そばに倒されている朱塗りの七号樽を把りあげて、

「まあ、空になっちまってる。全部お飲みになったのですか、旦那？」

と、あきれ顔になった。

「住職が、うわばみで、非時《ひじ》には、おれにも、毎日、それをとどけてくれる」

手枕で、うたた寝して、みた悪夢が、沼津千阿弥門下の坊主たちの怨恨と憎悪をこめ

た罵詈であった。

若年寄小笠原相模守邸から、お妻を救い出して、神田鍋町の小さな旅籠で、抱いて、別れてから、もう一月あまり経っていた。

「明日、別れたなら、お前は、おれのことを忘れるように努めるがいい」

そう云っておいたのだが、どうやってさがしあてたか、お妻は、再び、姿を現わしたのである。

「なんの用だ？」

狂四郎は、顔をそ向けたなりで、冷たく訊ねた。

「…………」

お妻は、顔を伏せて、おのが膝をそっと撫でた。

狂四郎は、その女心を汲みとり乍ら、

「お前にまで、かぎつけられるようでは、仮住居を、また移さねばなるまい」

と、云った。

「旦那！」

「おれは、敵が多い。……真っ昼間から、酔いつぶれていて、お前がたずねて来たのも気づかぬような油断をみせられぬ身だが……」

そこまで云って、突如、狂四郎は、お妻を突きとばすとともに、畳の上を一回転した。

矢が三本、同時に飛来して、壁に突き刺さった。

狂四郎は、お妻を視やってにやりとすると、

「お前が、連れて来た連中だ」

「旦那！　あたしが、旦那を、裏切るなんて、そ、そんな——」

「お前が裏切ったのではない。尾けられていることに、気がつかなかっただけのことだ」

狂四郎は、無想正宗を腰に落し差すと、床の間に、立った。

「そこを、動かずにいろ」

お妻に命じておいて、壁を切った丸窓から、すっと、縁側へ出て、戸袋の蔭《かげ》に立った。

庭に忍んだ刺客たちは、いずれも、松や楠《くすのき》や欅《けやき》の幹に、身をかくしている。次の矢をつがえているに相違なかった。

——暮れるまで、待つことになるか。

こちらも動かず、敵がたも動かぬ四半刻が、過ぎた。

と——。

部屋の片隅にうずくまっていたお妻が、すっと起《た》った。

「お妻、動くな！」

狂四郎が、鋭くとがめたが、お妻は肯かずに、なんのおそれ気もなく、縁側へ出た。

二

「あたしを尾けておいでなすった御仁たちに、申し上げます」

お妻は、樹木の蔭にひそむ面々に向って、凛《りん》とした態度で、呼びかけた。

「あたしも、素通りお妻と呼ばれている莫連でござんす。お前様がたを手びきするしまつになったまま、黙ってすっこんでいたのでは、あたしの恥になります。取引させて下さいまし」

刺客がたは、沈黙を守っている。

お妻は、つづけた。

「あたしが、ここで、女子としていちばんはずかしい姿をごらんに入れますから、飛道具をお使いになるのを、止《や》めて頂きとうござんす。……弓矢をすてて、眠狂四郎の旦那と、尋常の勝負をして頂きとうござんす。このお願いを、ききとどけちゃ下さいますまいか」

返答は、なかった。

「お妻、無駄なことだ。そのような取引に応ずる対手がたではない」

狂四郎が云ったが、お妻は、かぶりを振った。

「いいえ、これは、素通りお妻の意地でござんす。意地を通させて下さいまし。このまま、貴方様がたたかって、お勝ちになっても、あたしの気持は、それで、すむというものじゃございません。……あたしの気持のすむように、見すてておいて下さいまし」

お妻は、そう云いつつ、するすると、帯を解いた。

お妻は、恥毛の周辺に、無数の赤い小蟹をいれずみされている女であった。

それを、刺客たちに、見せよう、と思いたったのである。

お召縮緬を肩からすべりおとして、燃え立つような長襦袢姿になったお妻は、

「お前様がた、飛道具をすてて、こちらへ、寄って下さいまし。……女子が、死ぬよりもはずかしい見世物をごらんに入れるのでござんす。この取引、ききとどけて頂きましょう」

と、云った。

ほんのしばしの間を置いて、松・楠・欅の蔭から、刺客三人が、出現した。

お妻は、渠らが縁側へ五歩ばかりの地点に近づくと、長襦袢を脱ぎすてた。

そして、肌襦袢と湯文字を、なんのためらうところもなく、身から剝ぎとってみせた。

流石に、目蓋だけは、ひしと閉じて、胸の隆起を、両掌《りょうて》で掩うた。

刺客たちの視線は、蟬の翼のように薄い翠の茂みへ、いまにも銜《は》い込もうとするか、と思わせる無数の小蟹へ、集中された。

戸袋脇に立つ狂四郎は、羞恥に堪える全裸の立像に、奈良か京都のどこかの寺院で観

た勢至《せいし》菩薩の静けさをたたえているような、一種の感動をおぼえた。

狂四郎が、歩み寄って、長襦袢をひろって、お妻にきせかけてやろうとした——その瞬間、庭の一隅から一矢が飛来して、お妻の裸身が、崩れた。

「卑怯なっ！」

お妻の胸にふかぶかと立つ矢を一瞥した狂四郎は、この男としては曽てないほどの憤《ふん》怒《ぬ》で、庭へ躍った。

一本の老松から出現した男が、第二矢をつがえるのに向って、まっしぐらに疾駆した。

宙を截って来る矢を、ま二つにして地面へ落しておいて、狂四郎は、七八歩の距離で立ちどまると、

「仲間としめし合せてのしわざか、それとも、貴様一人の残忍か？」

と、訊ねた。

対手は、白刃を抜いて大上段にふりかぶり乍ら、

「使命を帯びた士たる者が、下賤の女づれと、取引などいたすものか！」

と、いずれとも受けとれる返辞をした。

それ以上の問答は、無用であった。

狂四郎は、無想正宗を、青眼につけた。

「眠狂四郎、うぬが円月殺法を破るのは、この雨垣三十郎《うがきさんじゅうろう》だぞ！」

「あいにくだが、貴様には、円月殺法はみせぬ」

「なに？」

「貴様の残忍に対しては、こちらも、残忍をもってむくいる」

「ほざいたな！」

雨垣三十郎は、頭上で、手くびを軸にして刀身を大きくゆっくりと旋回させるふしぎな構えをみせつつ、じりじりと進んで来た。

一刀流は、青眼につけた切先を、鶺鴒《せきれい》の尾のごとく、絶えず小きざみに動かすのを、定法としている。刀身を宙に固着させると、切先が居着いてしまって、起りがしらが鈍くなる、という理であった。

しかし、頭上にふりかぶった刀を、旋回させる、という定法は、いかなる流儀にもなかった。

こちらの心気をみだすための工夫に相違あるまいが、意外の業をひそめているとも考えられる。

狂四郎は、青眼につけて、微動だにせず、待つ。

お妻の秘部を視た三人の刺客が、背後にいるはずであったが、渠らが迫って来る気配はなかった。

「参るぞ！」

間合がきまるや、雨垣三十郎は、おのが勝利の不動を確信するがごとく、叫んだ。

「………」

狂四郎の片頬に、冷やかな薄ら笑いが刷かれた。敵の意外の業を、看破したのである。

「やあっ！」

懸声もろとも、雨垣三十郎が発揮した攻撃法は、おのが五体を地面へたたきつけるようにして、凄まじい突きを放つ——それであった。

同時に——。

狂四郎は、地を蹴って、三十郎の五体の上を跳び過ぎた。

跳び過ぎつつ、無想正宗が斬ったのは、三十郎の帯だけであった証拠には、はね起きた三十郎の前が、ばらりとはだけた。

三十郎は、必殺の突きをかわされた激怒と、帯だけを切断された屈辱で、着物の裾を宙へ一杯に拡げて、猛然と斬りつけて来た。

狂四郎は、斜横に滑走した。

三十郎の口から、異様な悲鳴がほとばしった。次いで、のけぞりざま、むなしく、宙を一閃しておいて、地ひびきたてた。

仰向けに倒れた三十郎の、はだけた股間は、血まみれになり、男根は睾丸《こうがん》とともに、刎ねられて、すこしはなれた地面で、土にまみれていた。

狂四郎が、頭をまわしてみると、三人の刺客の姿はすでに消え失せ、縁側に仆れたお妻の遺体の上には、長襦袢がかけてあった。

三

老中水野越前守邸に於ては——。

奥の一室で、忠邦と武部仙十郎が対坐して、一刻以上も密議をこらしていた。

「かりに、豊臣秀頼が生存したのを、事実といたそう。薩摩へ落ちのびて、菊丸という一子を得たことも、信じるといたそう。狂四郎が推測した通り、菊丸は、海を渡って、異邦各地に散在する日本人町の者どもを糾合して、祖国へ攻めかえって来る壮図を抱いたことも、まこととみとめよう。……さて、問題は、太閤遺産百万両の埋蔵場所を記してある秘文が、豊臣家にとっては敵である徳川家の本城内に、かくされてある、ということだ。面妖しいではないか。爺い、そうは思わぬか？」

「思いまするな。常識では考えられぬ儀にございまするて」

「爺いの智慧で、推理してみせい」

「さて——」

仙十郎は、主人の前もかまわず、皺手で頰をはさんで、身を二つに折る例の癖の姿勢をとった。

忠邦は、脇息《きょうそく》に凭りかかって、側用人の推理の働きを待った。

やおら身を起した老人は、

「これは、あくまであて推量でござるが……」

と、きり出した。

「申してみよ」

「当家文庫蔵に在った英国東印度商会の平戸館長コックスの日記の訳書中に、長崎奉行村山東庵の名が、出て参りましたな」

「うむ。元和二年三月に、高砂島へ、軍船十三隻《せき》を率いて、おもむいた人物であろう」

「元和二年と申せば、大坂城が落ち、豊臣家が滅びた翌年でござる。コックスは、村山東庵が、豊臣秀頼殿捜索のために、高砂ではなく琉球へおもむいたらしい、と記して居りまするわい。あるいは、事実であったか、と思われまするな」

「ふむ！」

「さて、その村山東庵なる人物について、身共は、ちょっと、調べてみたところ、これは全く謎の人物でござる」

「村山東庵は、たしか、切支丹宗徒として、その行跡を糺問《きゅうもん》され、火炙《ひあぶ》りの刑を受けたのであったな」

「左様でござる。元和五年の春に、品川湊をのぞむ丘の上で、処刑されて居りまするわい。これが、まず、なんとも解きがたい謎と申さねばなりませぬな。……たしかに、伴天連門徒厳禁の法度が下されたのは、慶長十七年八月で、十九年には、大久保忠隣《おおくぼただちか》をして、京畿の門徒を検挙し、耶蘇寺を焼きはらわしめて居りまするが、門徒をころばせるために、俵に入れて河原で鉄杖《てつじよう》で打ったりなどいたして居りますが、死刑になど一人もいたしては居りませぬ。耶蘇教を禁じたとはいえ、元和四年には、公儀は、長崎奉行に命じて、長崎、平戸の両港を、英国との交易港と為して居りまするし、元和七年には、二代様（秀忠）が、暹羅使節を引見あそばされて居りまするし、すくなくとも、二代様ご存命のうちは、斬首火刑などは行われて居りませぬ。三代様（家光）の世になるや、たちまち、切支丹教徒原主水《はらもんど》ら二十数名を火炙りにして居りまするわい」

「そう申せば、切支丹を根絶せんには、諸外国との交通を断たざるべからずと、とりきめられたのは、寛永十年になってからであったな。……切支丹宗を、日本から払うために、伴天連の長崎宿泊を厳禁したのは、寛永五年であったが、まだ外国交易のことはみとめられていた。寛永六年には、山田長政が、暹羅から方物を献じて、通商の朱印を請うて居り、公儀もこれを許して居る」

「といたせば、元和五年に、村山東庵が、火炙りの刑に処せられたことは、これは、よくよくの仕儀でござった。東庵は、いやしくも、さきの長崎奉行であり、声望は、長崎はおろか北九州一円を圧し、一門は富貴と権勢を誇り、三年前には、高砂遠征という、一大名などとうてい及ばぬ壮挙をやってのけた偉材が、なにゆえに、火刑という無上の恥辱の極刑を受けなければならなかったか——全くの謎に包まれて居りまする」

「町奉行所の記録を調べてみたか？」

「調べてみましたが、東庵は、獄舎では終始口を緘じたきり、切支丹ではないと強く抗弁もして居らず、また、殉教の徒たることをみとめても居りませぬな。ということは、公儀では、他に何らかの理由があって、東庵を火刑に処した、と考えられまするて」

豊臣家が滅びて、まだわずか三年しか経ていない時世であった。

幕府では、士を遇するにひたすら意を致して、その体面を保たしめることに、つとめていたのである。

その刑法にしても、鋸刑《きょけい》とか磔刑《たっけい》とか、獄門、火刑、流刑、追放などの正刑は、士族以上には加えなかった。自刃、改易、閉門、逼塞《ひっそく》、遠慮などの閏刑《じゅんけい》をもって、これに代えていた。

そうした時世に、さきの長崎奉行たる身分の士が、火炙りの刑に処せられたのは、よくよくの理由がなければならなかった。

しかし、それは、町奉行の記録には、一語も、書きのこされてはいないのであった。

「で——身共が、考えますところ、豊臣秀頼生存説と、東庵の火刑は、ひとつのつながりがあるのではあるまいか。東庵は、琉球かあるいは高砂島へ押し渡って、秀頼公と会った。しかし、捕縛して、連れ戻すことをせなんだ。そのことが、露見して、東庵は、火刑に処せられたのではあるまいか。そう考えてみると、なんとなく、合点がゆくようでござる」

「それで――？」

「つまり、東庵が、秀頼公を連れ戻るかわりに、一枚の秘文を持ちかえったのでござる。公儀は、そのことをきいて、東庵を捕えて、責めたが、東庵は、頑として白状いたさず、公儀は、火刑をもってのぞめば白状いたすやも知れず、と一計を案じ申したが、東庵は、薪《まき》に火をつけられても、ついに口をひらかなかった、というのが、この爺いめのあて推量でござる」

「成程の――。その秘文を、東庵は、何かのてだてによって、江戸城大奥のどこかにかくした、と想像いたすわけだな」

「御意――」

「東庵という人物については、もうすこし、くわしく調べてみるがよかろう」

忠邦は、ようやく、密談をきりあげた。

老人が下って行くと、忠邦は、机に向って、書類をひろげた。

しかし、すぐに、目を通そうとせず、しばらく、宙へ、双眸を据えていた。

やがて、ふっと、ひくくもらしたのは、

「百万両あれば、明日にも、首座は、わしのものになる」

その独語であった。

去年、本丸老中となった忠邦は、恰度四十歳の働き盛りであった。

西丸老中になったのが、三十五歳の時であった。

——四十歳になったならば、必ず、老中首座に就いている。

忠邦は、加判の列に加わった時、おのれに、そう云いきかせたのであった。

しかし、まだ、その野心は、成就するのぞみは薄かった。忠邦の当面の敵であった水野出羽守忠成《でわのかみただなり》は、昨年逝っていたが、なお、忠邦の上には、賢相の名の高い大久保忠真《ただざね》がいたし、十一代家斉は、いまだ、その子家慶《いえよし》に将軍職をゆずって隠居しようとしてはいなかった。

忠邦の脳裡には、三十歳にして老中首座に就いた松平定信《まつだいらさだのぶ》のことが、あった。松平定信は、老中首座に就くや、ただちに弊政革新に乗り出している。いわゆる寛政の改革である。

忠邦も、定信にならって、大いなる改革をやってのけたい熱情を、胸中に燃やしているのであった。

村山東庵

一

武部仙十郎が、村山東庵に就いてさらにくわしく調べて、主人水野忠邦に、報告したのは、それから数日後であった。

東庵は、東菴《とうあん》、または東安とも、称ばれていた。若い頃、切支丹宗徒となり、伴天連から、あんとにおという霊名をもらい、それを安東ともじり、のちに、禁令にふれるのをおそれて、逆にして、東庵と改めた、といわれる。

村山東庵は、本邦で、はじめて、カステラを作り、売り出した一介の商人《あきんど》であった。

東庵が、何者からカステラの製法をまなんだのか、記録にはのこっていない。おそらく、霊名をくれた布教師からであったろう。

天正十六年、長崎金屋町に、ごく小さな南蛮菓子舗をひらいた。その店で売り出した菓子は、はるご、じやあど、こんぺいとう、あるへる、かるめる、ぱん、おべりやす、ぱあすり、ひくよりす、おぶだうす、ぴすかあと、かすてらぼうる、など――すべて、欧羅巴で売られている菓子を、日本名にせず、そのままの称び名にしたところに、新しさがあった。

　これらの菓子のうちでも、カステラの美味は、たちまち長崎はもとより、久留米《くるめ》、熊本あたりまで、その名がひろまった。

　店は、三年も経たぬうちに、数倍の規模になり、職人も十数人に増していた。

　店が、人気を得た理由が、もうひとつあった。東庵が、ずば抜けた美男であったことである。

　長崎の人々は、いつとなく、東庵を、和奴唐《わぬとう》と、かげであだ名をつけていた。それは、長崎へ入港する紅毛船の舳《へさき》の首像に、魔除《まよ》けとして美しい美神の首の装飾がほどこされていたが、その首像に、東庵の顔が、よく似ていたからであった。おそらく、東庵は、混血児であったろう。

　東庵は、太閤秀吉に、カステラを献上した際、秀吉から、

「その方、南蛮人の伜《せがれ》であろう？」

と、下問を受けたが、つよく否定し、

「ただ、物心つかぬ頃、浜辺に捨てられて居りましたのを、豊後臼杵《ぶんごうすき》に在った修道士《いるまん》ルイス・ダルメイダ殿に、ひろわれ、育てられました身にございますれば、南蛮の食物に

よって、かように紅毛面になったかと存じられます」

と、こたえた、という。

修道士ルイス・ダルメイダは、スペイン人であった。カステラというのは、スペインの古い天国の名の由であり、ポルトガル人などは、スペイン人のことをカステラ人と呼びならわしていた。

あるいは、東庵は、そのスペインの修道士の息子であったかも知れない。

東庵が、一躍長崎代官に出世したのは、カステラのおかげであった。

文禄《ぶんろく》元年、秀吉は、鶏林《けいりん》八道へ日本軍を進めて、自らも、肥前名護屋《なごや》の垣添《かきぞえ》城へ、出向いて来た。

それを機会に、それまで切支丹の治外法権の町であった長崎が、秀吉の命令によって、天領にされた。そのお礼言上に、長崎内町の頭人《とうにん》の一人後藤宗印《そういん》が、代表となって、垣添城へ伺候した。しかし、これが、なにかの手ちがいで、さんざんな不首尾におわった。太閤に拝謁はおろか、本丸の閾《しきい》の外に、平身低頭することさえも許されず、三の丸の潜門で、そっと、お傍衆《そばしゅう》へ、献上品をさし出したきりで、すごすごと戻って来た。

このことをきいた東庵が、ひと思案して、長崎を出発すると、名護屋湾の西南岸打《うち》椿《つばき》に陣屋を設けていた長崎奉行寺沢《てらさわ》志摩守を、たずねた。

東庵は、志摩守に目をかけられていたのである。志摩守の内室が、東庵の美男ぶりに心ひかれて、お忍びで、カステラを買いに店へ立ち寄った機会をのがさず、東庵は、志摩守に面識を得たのであった。

志摩守は、ただの長崎奉行ではなく、太閤の気に入りで、名護屋陣では、本丸表御門番衆の一人、また後備衆《あとぞなえしゅう》の筆頭であった。明国使節を迎えた時は、使者の一人となったくらいであった。

「てまえを、何卒長崎代表として、ご城内へ遣わされて下さいまするわけには参りませぬか」

東庵に乞われた志摩守は、すぐに承知して、蒲生氏郷《がもううじさと》へ、添状をつけて、おもむかせた。

東庵は、泊崎陣営へ、氏郷をたずねて行くに先立って、連れていた手代に、四方から、優れた雌鶏《めんどり》を集めるように命じておいた。

手代が、呼子《よぶこ》、値賀《ちか》、鷹島《たかしま》、福島《ふくしま》、仮屋《かりや》などの村々を駆けめぐって、良い卵をうむ雌鶏を百羽ばかり選んで来た時には、すでに、東庵は、太閤に目通り叶うとりなし役を、氏郷にひき受けさせていた。氏郷が、れおという霊名まで持った切支丹大名だったのが、東庵には、さいわいした。

二

七日の後、南蛮菓子を献上したい、という東庵の願いは、秀吉にききとどけられた。

その三日前、東庵は、ひそかに、垣添城の厨膳《ちゆうぜん》奉行に賄賂をつかって、当日秀吉が摂《と》る昼食の料理について、注文をつけた。

当日は、なるべく、鴨とか鶴とか猪とか、うなぎ、鯰《なまず》、すっぽんなどの脂っこいたぐいを避けて頂きたい、とたのんだ。奉行は、それでは鯛《たい》の生きづくりに、豆腐とか筍とか白瓜とか楊梅とか、水っぽい料理にいたそう、ときめてくれた。

その日午後――。

東庵が一世一代のカステラ作りは、垣添城三の丸の奥にある、男子禁制の山里丸の内苑で行われた。

東庵と手代の二人は、朝はやく内苑に入って、用意をととのえた。

銅板製の八斤釜を組立てて、炭竈《すみがま》に据えつけ、精選した鶏卵五十個を割って、黄身ばかりを、大型のとく鉢に入れて、攪拌《かくはん》し、その他、オランダ製のうどん粉一升、高砂島から輸入した白砂糖三斤などの材料をそろえた。

秀吉は、昼食を摂ってからものの半刻も経たぬうちに、淀君ら御中居を左右にしたがえて、大広縁へ、姿を現わした。

東庵は、この時、伊藤小七郎安東、と名のっていた。

秀吉は、カステラとは、どんな材料でつくるのだ、と下問した。

東庵は、ならべた品をひとつひとつ説明してから、

「……このほかに、てまえに伝授いたしてくれました修道士の製法では、片栗粉を混ぜるのでございまするが、てまえは、その代りに、天竺《てんじく》産の蜜を用いまする。片栗粉より蜜の方が、潤いが出まする。総じて、カステラの味は、のどざわりが肝要にて、唾を吸いとってパサパサになるものは下品、とろりとろりと、のど裏を撫でまするのが醍醐味にございまする」

と、述べた。

「よし、やってみせろ」

東庵が、カステラ釜に、材料をつぎつぎと混ぜ、手代が、釜の両側を挟む仕掛けになった炭竈の火の按配《あんばい》に手ぬかりのないように、けんめいになった時、秀吉は、気軽に、大広縁から降りて、庭下駄をつっかけると、つかつかと近づいて来たし、淀君や藤壺《ふじつぼ》も呼んだ。

首尾は、上々吉であった。

半刻も過ぎた頃、釜からたちのぼるなんともいわれぬ芳香が、秀吉ののどを鳴らしたし、東庵の美男ぶりが、淀君はじめ女性《にょしょう》たちをうっとりと見惚《みと》れさせた。

秀吉は、一片喰《た》べて、

「うまいぞ！」

と、正直に大声をあげたことであった。

秀吉から、この菓子を城内に絶えぬように献上せよ、と命じられ、その代り望みがあればかなえてとらす、と云われた東庵は、いまぞ、とばかり、

「てまえに、長崎二十三町の内町を除く、外町支配をお許し下さいますれば、幸いこの上はございませぬ」

と、言上した。

外町は、長崎奉行の支配外であるため、この新開地には、諸国から無頼の出稼ぎ人が入り込んで、日夜血なまぐさい争いが絶えぬ現状であるが、外町こそ、長崎にとって、諸外国との交易に最も重要であるゆえ、自分は力をつくして、治めてみたい、と考えている。

そういう意味のことを、東庵は述べた。

秀吉は、天晴《あっぱ》れの心掛けだ、とほめて、朱印を下した。

一片のカステラが、一介の商人をして一躍代官にのし上らせたのであった。

この噂で、長崎の町は、鼎のように沸いた。

名護屋城へ、お礼言上におもむいて、三の丸の潜門から追いかえされた内町頭人の後藤宗印など、幾夜も睡《ねむ》れぬほどくやしがった。

代官となった東庵が、まず為したことは、まことに巧妙な人心収攬《しゅうらん》であった。

長崎奉行寺沢志摩守に願って、内町の頭人四人を町年寄というはっきりとした地位に

据えてやり、後藤宗印には、猩々緋《しょうじょうひ》の陣羽織を拝領してやった。

かれら内町の頭人どもの口を封じたのみか、おのが配下につけたのである。

東庵が、日々に人と家の増している新開地《しんかいち》外町を、手中にしたのは、みごとな卓見というべきであった。

櫛比《しっぴ》してゆく町家に対して地子銀を徴し、村々からは年貢を上進せしめ、おのれ自身は、運上銀としてわずかに定額二十五貫目を上納すれば足りたのである。

十年を経ずして、東庵は、長崎随一の富豪となった。

秀吉にカステラを喰べさせてから二十余年、村山家は大盤石となり、世は、豊臣家から徳川家のものとなったが、なんらの影響を蒙ることなく、東庵は、長崎町民の信望を、一身に集めて来たのであった。

三

「さて――、元和二年夏、東庵が、十三隻の軍船を率いて、高砂（台湾）を伐《う》った義でござるが……」

武部仙十郎は、老眼鏡をかけて、膝の前にひろげた絵図面を眺め乍ら、説明した。

「調べてみればみるほど、これは、大変な壮挙でありましたわい」

東庵は、その頃、寺沢志摩守が奉行をしりぞいた後を引き受けて、長崎全市を統治していた。

したがって、東庵が、大御所家康の下命によって、高砂へ遠征する、と布告しても、誰一人反対する者はなかった。

東庵は、幕府から一兵一文の援助も仰がず、独力で、船団を組んだのであった。

長さ五十間横十九間に達する南蛮船ガレマンの構造を模した唐船十三隻を、第一、第二、第三船隊にわかち、それぞれの船将をさだめ、総大将には、東庵の次男長庵《ちようあん》を据えた。乗り込ませる三千八百の兵には、一月間昼夜をわかたぬ訓練をほどこし、オランダより購入した八門の青銅加農《かのう》砲をそなえ、夥長《ほいちや》(航海長)には三十年間も世界の海を押し渡ったポルトガル人をやとった。

この軍船団は、端午の節句——五月五日をえらび、舳艫《じくろ》相銜《ふく》んで、翔ける鶴の形の長崎の湊から、出帆して行った。

東庵自身は、持舟に乗って、港口女神《めがみ》岬《みさき》から伊王島《いおうじま》をぬけて、沖合まで、見送った。

いわば——。

村山東庵が、その生涯で得意絶頂の日であった。

「……この日を境にして、村山東庵の運は、急転直下、落ちて居りまするな」

老人は、忠邦に、云った。

「壮挙は、失敗であった、とはなにかの書物で、読んで居るが……」

「失敗も失敗、大失敗でござった。……軍船団は、五島沖の男島女島《おしまめしま》を過ぎ、琉球沖にさしかかった時、凄まじい大時化《しけ》をくらい、高砂島に流れついたのは、やっと一隻のみ。ところが、その一隻も、蛮人の奇襲をくらって、全員が討死、自決をして相果てて居りまする。明石道友《あかしみちとも》の率いた二隻は、福建《ふっけん》沿岸に流され、七隻は浙江《せっこう》へ漂着し、東庵次男の総大将長庵が率いた直属三隻は、遠く安南《あんなん》国へまでたどりつく、という惨たるていたらくでござった」

「ふうむ」

「さあて、ここで、身共が、ピンと来たことがござるのは、ほかでもない、福建沿岸や浙江へ流れ着いた船は、とうとう戻らなんだが、長庵が乗った船一隻のみは、安南から、長崎へ戻って来て居りますると、この事実でござる」

「長庵は、安南で――あるいは、別の国かで――、そこに落ちのびていた豊臣秀頼に出会うた。爺いは、そう推測するのだな？」

「御意――。あるいは、長庵は、秀頼公と面識があった、と考えられるのでござる」

これは唐突な推測ではない。

東庵の三男寿庵は、霊名ふらんしすこ、といい、生涯娶《めと》らず、俗間司祭《プレートル・セキユリエ》として、神父の聖職を与えられていた青年であった。

しかし、その布教ぶりがあまりにはげしかったので、京都に於て捕縛され、オランダ船で高砂へ流刑されることになった。

ところが、その船が、長崎を出て、外海の沖合に至った時、寿庵は、巧みに脱船して、日本へ遁げ戻っている。長崎奉行たる父東庵のひそかな手筈があったからに相違ない。

その翌年、寿庵は、大坂城に入っている。東西手切れとなるや、切支丹武将や信徒ら――明石掃部《かもん》や高山右近の息子やその旧臣らは、ぞくぞくと、大坂城へ馳せ参じたが、寿庵もその一人であった。

かれらは、秀頼によって約束された信仰の自由を冀《ねが》ったのである。大坂城内には、聖なる十字架、救世主の像、聖じゃこぼの像を描いた六旒《りゆう》の大旗がひるがえった。

また――。

村山東庵は、大野修理大夫に請われて、ひそかに兵糧、弾薬、大砲を、大坂城へ送った。

この指揮をとったのが、どうやら、次男の長庵であった模様である。

とすれば、長庵が、秀頼と面識があったとしても、なんのふしぎはない。

三男のふらんしすこ寿庵は、夏の陣で、大坂城が焼けるや、討死したが、次男長庵は、長崎へ還っていた。

「その長庵は、父東庵と一緒に捕えられて、江戸まで押送されて居りますが、江戸に到着してほどなく、獄舎内で、死亡いたして居りまする、……ところで、その長庵の妻の妹が、大奥へ奉公に上った、ということが、明らかでござる」

「そうか。長崎奉行の伜の義妹ならば、中﨟ぐらいにはなったであろうな」

「まさしく、その通りでござる。中﨟となって、三代様の御世まで、大奥でくらして居りまするわい」

「だんだん、謎が解けて参るの。爺いのあて推量ではなさそうだ」

忠邦は、笑った。

「黄金伝説を、さぐってみるのも、面白い仕事でござる」

老人も、珍しく、にやにやしてみせた。

四

夜明けに間近い時刻であったろう。

佐賀闇斎は、目覚めると同時に、枕の下へ、片手をさし入れようとした。

そこに、短銃がひそめてあった。

「あいにくだが、短銃は、こちらの手に移って居る」

闇に姿をひそめた者は、すかさず、云った。

「ふむ！　忍び入って来たのは、お手前だったか」

「この眠狂四郎が、再訪すると予期されたのではないか」

「いや、一向に——」

闇斎は、牀から出て、有明《ありあけ》に、灯を入れた。

明りが闇を隅へ押しやった時、狂四郎は、ゆっくりと牀へ近寄って、枕の下から短銃を、抜き把った。

「一杯食わされたか」

闇斎は、苦笑した。

狂四郎は、短銃から、弾丸《たま》を抜きすてて、闇斎の膝の前へ投げておいて、

「貴方が、琉球人普天間親雲上と知って、再訪した」

と云った。

「浜松（水野忠邦）の側用人あたりから、きいたかな」

「貴方は、しかし、琉球からやって来た御仁ではない、とみた。暹羅か呂宋か安南か——いずれにしても、琉球よりははるかむこうの国から、母国を訪れた御仁とみたが、いかがだ？」

「こたえねばいかぬかな」

「こたえて頂こう」

闇斎は、薄ら笑った。

「べつに、こたえなければならぬ義務もないが……」

「貴方の手下が、ぶうめらんという飛道具を使った。琉球には、この飛道具はない。琉球人は、刀を帯びることさえも許されて居らぬ。しかるに、貴方は、短銃を所持して居るし、おそらく、修練も成って居ろう。琉球人ではない証拠だ。……どこかの日本人町の住民と思われる」

「では……、安南あたり、とでもしておいてもらおう」

闇斎は、こたえた。

「安南か。よかろう。……ついでに、もうひとつ、うかがっておこう」

「なんであろう？」

「小銀という、万人に一人と申してもよいからだに仕立てられているあの娘のことだが、貴方が、あの娘をわたしに抱かせようとしたのは、一石二鳥を狙ったことらしい」

「………」

「貴方は、小銀のからだを、男をして羽化登仙の恍惚境に誘い込むように仕立てた自信があったが、まだ、ためしてはいなかった。……そこで、多くの未通女を犯して居る無頼の徒のこの眠狂四郎を誘って、ためさせることにした。とともに、それを好餌にして、わたしを味方にひき込む心算《つもり》であった」

「たしかに、左様――」

「さて、貴方の次に考えている計画だが……、もしかすれば、小銀を、大奥へ上げて、将軍家の伽《とぎ》をさせる——それではないのか？」

「…………」

「当ったようだ」

狂四郎は、立ち上った。

「お手前は、それだけ訊ねに、この深夜、忍び入って来たのか？」

「それだけ判《わか》れば、充分であろう。……小銀を、大奥に上げるのを、べつに、阻止しに来たわけではない。自由に、計画をすすめられるがいい」

狂四郎は、意味ありげな微笑をのこして、音もなく消え去った。

将軍不興

一

オランダ娘千華を、江戸城大奥へ女中奉公させることが、老中水野忠邦と側用人武部仙十郎によって、きめられた。

その夜更けて——。

眠狂四郎が、老人の役宅の一室へ——千華に与えられた部屋へ、音もなく、姿を現わした。

「そのままに——」

狂四郎は、牀から起き上ろうとする千華を、制しておいて、枕辺に坐った。

「明日、大奥へ上るそうだな」

「はい」

「老人は、そなたに、大奥の規模構造、掟、慣習について、教えたか？」

「いいえ、なにも……。ただ、満寿《ます》という御伽坊主の指図にしたがえば、万事都合よくはこぶであろう、とだけ申されました」

「ふむ」

狂四郎は、腕を組んで、冷たく薄ら笑った。

おそらく仙十郎は、大奥に就いての知識を、千華に教えまい、と予測した狂四郎であった。

大奥のどこかにかくされているであろう太閤遺産に関する秘文を、千華にさがさせはするが、千華の手にはにぎらせぬ。それが、狡猾な老人の思案であった。

千華に指図する満寿という御伽坊主は、大奥に於ける仙十郎の腹心に相違ない。

坊主とはいえ、これは、れっきとした女であった。頭髪を剃り落して、尼ていになって居り、年齢は五十前後、全く色気のない存在であった。

そのおかげで、女で、お鈴廊下から出て、中奥（将軍家の官邸）まで行けるのは、この御伽坊主だけであった。たとえば、将軍家が大奥へ入って来た際、中奥の方に何か忘れものをした場合、この御伽坊主が、出て行って、取って来る。

大奥内で、将軍家の寝所にも、御台所《みだいどころ》の居間にも、それから一番身分のひくい御使番の部屋にも、自由に出入りできるのは、御伽坊主だけであった。

武部仙十郎は、主人が、五年前に西丸老中になった時、西丸大奥の御伽坊主の中から一人、えらんで、腹心とし、去年、主人が本丸老中となるや、満寿というその坊主を、本丸大奥へ移したのである。

——老人は、満寿の手に、秘文をつかませるこんたんだ。

そう看て取った狂四郎は、懐中から、一枚の絵図面をとり出して、千華の顔の上に、ひろげてみせた。

「そなたの脳裡に、大奥に就いての知識を入れさせておく」

狂四郎は、云った。

「はい」

「まず、江戸城の規模だが、本丸・四万七千三百坪、二丸・一万千百坪、三丸・六千四百八十坪、西丸・二万五千坪、紅葉山・二万坪、吹上御苑《ふきあげぎよえん》・十万八千八百坪——。これだけの厖大《ぼうだい》な地域内に、世間の目のとどかぬ女だけの世界が、つくりあげられて居る。本丸大奥に二百五十余人、西丸大奥に百二、三十人の女中が、くらして居るのだ」

「…………」

「江戸城の殿舎は、表と大奥に大別されていて、その表は、さらに、表向御殿と中奥に分けられて居る。表向御殿とは、幕府の政庁。中奥は、将軍家が一年の大半をすごす官邸。ここには、女人は一人も住んで居らぬ。……政務から解放された将軍家は、夜はいつも大奥ですごして居るように、一般庶民は、思っているが、わたしがきいたところでは、大奥に入るのは、せいぜい月に数夜のようだ」

次いで、狂四郎は、大奥女中の職名序列を、説明した。

上﨟、御年寄、中年寄、御客応待《あしらい》、御中﨟――ここらあたりまでが、上位の女中であった。

上﨟は、御台所の側近にいて、何小路などと、生家の苗字を名のる。御台所が、京の御所から降嫁《こうか》された時、多くの公卿の息女が、つき添うて来て、この職に就いたためである。上﨟は、身分は最高だが、なんの権力も持たぬ。いわば、床の間の置物である。

大奥の実力者は、御年寄であった。老女と称し、御局《おつぼね》とも呼ばれている。表向御殿の閣老に比すべき権力を与えられて、大奥万端をとりしきっている。その人数は、六人。

中年寄は、老女の下にいて、いうならば、老中を扶ける若年寄の役をつとめる。

御客応待は、将軍家が、大奥に入って来た場合、一切の用務をはたす。

御中﨟――これは、若く、美しい。将軍家附きと、御台所附きがいて、将軍家附きの中から、将軍家のお手つきが出る。将軍家の手がつかぬままにすごす中﨟を、お清《きよ》と呼ぶ。

二

「中﨟の中から、えらんで、将軍家の寝所へ送り込んでお手つきにするのは、老女のうちの御用がかり――老女の中の首座――が、きめる。ということになって居るが、これは形式で、当代では、将軍家自身が、中﨟を庭にならべて、えらんでいたようだ。……

お手つきになる中﨟の身分は、親許が旗本衆にかぎられて居る。しかし、これも、裏があり、八百屋や菓子屋の娘でも、大層な美女ならば、これを、旗本の家へひき取って、実の娘のようにみせかけて、さらに、別の旗本の養女にする手続きをふめばよいのだ。おそらく、そなたも、どこかの旗本の娘にされ、養女にされて居ろう」

「御中﨟になれば、必ずお手つきになる機会がめぐって来ますか？」

そう訊ねる千華の表情は、必死であった。

「どうやら、将軍家は、六十を越えたいま、不能者になっているらしい。……男は、不能に陥れば、あきらめる者ともう一度たちもどりたいとあせる者と、ふた側へわかれるようだ。将軍家は、後者と思われる。したがって、おのが不能をなおしてくれる女子を、もとめて居るに相違ない」

「…………」

「さて——、上位女中の下には、御錠口、表使い、同格御祐筆《ゆうひつ》頭、御祐筆、御錠口助《すけ》、御次頭、御祐筆助、御次、御切手、呉服之間頭、御広座敷頭、御三之間頭、それらそれぞれの御次、それから、御伽坊主がいる。その下に、呉服之間、御広座敷、御三之間、御末頭、御火之番頭、御使番頭、仲居、仲居助、御火之番、御茶之間、御使番、とつづく。末席が、御半下《はした》、ということになる。御三之間までが、お目見の資格だ。つまり、将軍家に対して、挨拶することができ、じかに、口をきくことが許されて居る」

「わたくしは、すぐに、御中﨟になれるのでしょうか？」

「老中がとりはからうことだ。十日も経たぬうちに、将軍家へ目通りできるはずだ。……但し、将軍家が、そなたを、えらぶかえらばぬか——そこまでは、わたしも、予測できぬ。南蛮娘を抱く好奇心が、不能者にあるかどうかだ」

「…………」

「そなたは、是非とも、将軍家の寝所に入って、お手つきにならねばならぬ、という命令を受けているようだ。尤も、将軍家の側妾になるのが目的ではなく、お手つき中﨟にならねば、秘文を手に入れることができぬ、と教えられて居るらしい。……こちらも、大奥の長局ぐらしがどれほど窮屈なものか、覗いたわけではないが、お手つきになればなったで、かえって、一挙手一投足の自由まで、奪われて、身動きできなくなることが、容易に想像できる」

「…………」

千華は、どんなに忠告されても決意をみじんもかえぬ気色を示して、沈黙を守っている。

やむなく——。

狂四郎は、大奥の説明をつづけた。

大奥女中は、すべて、長局に住む。

長局は、一の側、二の側、三の側、四の側、下の側と区別され、一の側に老女（御年寄）、二の側に御客応待、御錠口、三の側、四の側に表使いなどが住み、御火之番とか仲居とかお末とか身分のひくい者が、下の側に住んでいる。

老女ともなると、十室以上も持ち、湯殿も上下ふたつ、台所も完備し、部屋方（使用人）も、局一人、側六人、下女四人、他にゴサイ二人がいた。ゴサイというのは、男であるから部屋には入って来られず、毎日、御広敷の裏にある七つ口という番所の勾欄《てすり》に詰めていて、お下《した》（老女の実家）への使い、町への買物などの外用を働いている。

大奥女中のうちで、最も身分のひくい御使番でさえ、使用人を一人乃至二人つかっている世界であった。

すなわち、十五人以上使っている上臈から、御使番まで、女を主人とする世帯が、寄り集まって、一大団地をつくっているのが、大奥であった。

「そなたが、中臈となれば、たちまち、七八人の使用人がつけられる。それらの者の目からのがれるのは、瞬時も不可能、と覚悟するがいい。……身動きできぬ状態となったそなたが、秘文のかくされた場所へ、どうして辿りつけるか。そなたは、武部仙十郎の腹心の御伽坊主——満寿とやらに、たのむよりほかにすべはないだろう。満寿が、首尾よく、秘文を手に入れた、としよう。そなたに渡すであろうか。渡しはすまい。この家の狡猾な老人に渡すことになる。そう考えて、まず、まちがいはなさそうだ」

「いいえ！」

千華は、掛具をはねて、起き上った。

「わたくしは、あやつり人形になど、なりはしませぬ！」

叫ぶように云ってから、不意に、千華は、狂四郎に、抱きついた。

ほとんど、口へ唇がふれるばかりに顔を迫らせて、

「貴方が……貴方様さえ、味方になって下されば、きっと、やりとげます！……お願いです！　味方になって下さりませ！」

「………」

「今夜は、わたくしから、すすんで、このからだを、貴方様に、さしあげます。……どのように、もてあそんで下されても、かまいませぬ。どうぞ、思うさま、もてあそんで下さいませ。……そのかわり、味方に――」

狂四郎は、しかし、冷たく、千華を押しのけた。

廊下に、人の立っている気配をさとったからである。

それは、この家の主人に相違なかった。


同じ夜――。

狂四郎と全く同じことをしている男がいた。

佐賀闇斎であった。

小銀の前に、江戸城の絵図面をひろげて、大奥に関するすべてのことを教えて、

「よいな、肝心なことは、お前が、将軍家の目にとまって、伽を命じられねばならぬ――それじゃよ。お手つき中﨟えらびは、たぶん、吹上御苑で、なされるだろう。あちらこちらの四阿《あずまや》に、えらび出した女中を、接待に置いて、将軍家が、散策し乍ら、これらの娘の中から、気に入ったのがいれば、黙って、扇子を渡す、というやりかただ。……お前は、必ず、将軍家から、扇子を渡されるように、仕向けねばならぬ」

「どうすれば……?」

「これじゃよ」

闇斎は、かたわらに置いた小函《こばこ》を把って、蓋をあけた。

つぎつぎとつまみ出されたのは、さまざまの宝石でつくられた耳飾り、首飾り、そして指輪であった。

「このような品は、まだ、この国には、もたらされては居らぬ。大奥の女中どもといえども、身を飾るものといえば、簪《かんざし》だけに限られて居る。耳を飾り、胸を飾り、指を飾る品があることさえも、知っては居るまい。この翡翠《ひすい》の耳環《みみわ》をつけ、この千顆《せんつぶ》の真珠でつくった披肩《ひけん》をかけ、この紅玉の指輪をはめて、将軍家の面前に立てば、必ず、目を奪う。……将軍家が、ふらふらと近づいたならば、お前は、この香水瓶の口をひらいて、頸《くび》のあたりに撒《ま》くがよかろう。この香気もまた、将軍家が生れてはじめてかぐ匂いじゃ。

あまりのかぐわしさに、将軍家は、小鼻をひらくであろうて。はっはっ……」

三

その日――。

十一代将軍家斉は、大奥に入っていた。

家斉が、しげしげと大奥に入っていたのは、十年ばかり前までのことで、ここ数年は、お鈴廊下をへだてた中奥で、ずうっとくらして居り、大奥へ入るのは、月のうちせいぜい二三日であった。

将軍家が、中奥から大奥へ入るのは、四つ（午前十時）であった。

入る時は、あらかじめ報される。

すると、御台所はじめ、御年寄、中年寄、御中﨟など、ずらりとお小座敷に居竝んで、出迎える。

将軍家と御台所は、まず、お清の間（歴代将軍の位牌《いはい》をまつった部屋）に入って、そこで、挨拶を交わす。

御台所が、

「ご機嫌よう……」

と、頭を下げると、将軍家は、

「うむ」

と、うなずくだけの挨拶であったが、六十歳を越えた家斉は、そんなしきたりさえ、面倒くさく感ずるようになっていた。

中奥よりも、大奥のくらしの方が、しきたりがきびしく守られて居り、それが、家斉には、わずらわしかった。

たとえば——。

入浴にしても、中奥では、入りたくなければ入らなくてもよかったが、大奥では、そうはいかなかった。

毎日、七つ（午後四時）になると、入浴しなければならなかった。

のみならず、ただ、ざぶっと入って、さっさと上る、というわけにいかなかった。

女中二人がかりで、じっと動かぬ将軍家の全身すみずみまで、糠袋《ぬかぶくろ》でこすった。

濡れたからだは、手拭いで拭かず、白木綿の浴衣《ゆかた》をきせて、水気を吸いとったが、当然一枚だけでは間に合わず、五枚も六枚も、着せかえさせた。

そういうしきたりが、家斉には、やりきれなくなっていたのである。

お清の間を出て、お縁座敷に入り、着流しになって、くつろいだ家斉は、煙草《たばこ》をくれ、と命じたが、それははこばれず、中年寄がしずしずとささげて来たのは、梨子地《なしじ》へ御紋散らしで、内側へ銀を延べたのが嵌《は》めてある蓋物のおもく茶碗であった。

それは、薬用の茶碗であった。

家斉は、露骨に不愉快な面持になった。

煙草を、と命じたのに、煎じ薬を三方にのせて来たのである。

これも、しきたりであった。

しきたりだから、家斉は、呶鳴ったりはしなかったが、薬を嚥《の》むことは拒否した。

中年寄は、将軍家がおもく茶碗を把りあげるまで、いつまでも、そこに坐りつづける様子を示した。

「下れ」

家斉は、吐き出すように命じた。

昼食ののちには、いったん、中奥へもどって政務をとらねばならなかったが、その日は、家斉は、お縁座敷を動かなかった。

動かぬことが、しきたりに対する唯一のレジスタンスであった。

日が暮れて来たが、家斉は、黙然として、脇息に凭りかかったなりであった。

あたりがくらくなれば、当然、女中が、燭台へ四十匁蠟燭《もんめろうそく》をつけて、持って来ることになるが、将軍家が、

「あかりを――」

と、命じない限り、それをはこぶことは許されなかった。

これも、しきたりであった。

したがって、家斉は、自分が口をひらかぬ限り、宵闇の中に坐っていることができた。

家斉の姿は、すっかり、宵闇に溶けた。

部屋のあちらこちらに据えられた火鉢の切炭の火が、ぼうっと赤く、闇に滲んでいた。

いつまで経っても、家斉が、「あかりを――」と命じないので、女中たちは、不安をおぼえた。

このことが、御年寄に報された。

さぐり足で、入って来たのは、菊岡という老女であった。

「上様――」

「……………」

「上様！」

「なんだ？」

家斉は、小うるさげに、返辞した。

「いかがあそばしましたか？」

「なにが、だ？」

「あおかりを、お命じあそばしませぬのは、いかがあそばしたことでございますか？」

「べつに、理由はない」

家斉は、こたえた。

「おあかりをさし上げても、よろしゅうございましょうか？」

「うむ」

部屋が、あかるくされた。

菊岡は、家斉の顔を、まじまじと見まもって、

「御匙《おさじ》（大奥医師）を、呼んで参りましても、よろしゅうございますか？」

と、問うた。

「わしは、どこもわるうはない」

「でも……、大奥へ入らせられますおん足が、近頃は、さらに遠のかれて居ります る」

「菊岡――」

「はい」

「わしに、もう一人ぐらい、子供をつくってみせよ、と申すのか？」

「それは、もう……、それぐらいのお元気がありますれば――」

「ばかめ！」

家斉は、いまいましげに叫んだ。

「わしは、もはや、余命いくばくもない年寄りだぞ。一日一日を、おのが好みにまかせて、くらしとうなって居るのだ。どうじゃ、そうさせるか？」

「は……？　と、仰せられますと？」

「たとえばじゃ。わしに、自由に、市中へ出て行かせて、茶店の女や、大根を洗って居る百姓娘を、えらばせるか、どうかじゃな」

「そのような儀は……」

「ふふ……許されぬ、と申すのであろう。わかって居る。城から出て行きたい、とは云わぬ。……かまってくれるな、と云って居るのだ。わしのことを、すてておけ」

「は、はい」

「本卦還《ほんけがえ》りしてみて、はじめて、わしは、将軍職というのは、つまらぬものよ、とつくづく思うように相成った。……六十年のあいだ、わしが、おのれの自由な意志を働かせた日が、一日でもあったか。一日もなかったではないか。まことに、つまらぬ生涯であった。……成程、わしは、みよはじめ、数多くの妾と寝て、五十五人の子を産ませた。しかし、一度として、わしは、女子に惚れて、溺れたことはなかったぞ。添寝の中﨟が、そばに寝て居り、次の間には、お前ら年寄が控えて居ったし、どうして、快楽をむさぼることができようか。……ばかげたしきたりにしばられて、わしは、男子としての愉しみも、あじわうことはできなかったぞ。……そうではないか、菊岡！」

　将軍家の苛立《いらだ》たしい声音をあび乍ら、老女は、こたえる言葉もなく、俯向《うつむ》いていた。

大奥

一

江戸の桜が咲き競うのは、三月三日の上巳佳辰《じょうしかしん》——雛《ひな》祭の前後であった。

そして、雛祭が終ったところで、江戸の往還は、大層あわただしくなった。

まず——。

諸大名の参府・帰国がなされた。江戸へ入る行列、江戸を去る行列で、品川口、千住口、四谷口など、大賑《にぎ》わいであった。

大奥また大名旗本屋敷の奥向から、御殿女中が、宿下りをするのも、この頃であった。

女子の行儀作法が、殊更にきびしい時代であったので、相応のくらしを営む町家では、ほとんどといっていいくらい、娘を、武家奉公に出した。当時の風潮としては、裕福な町家で、娘を御殿勤めさせないのは、世間に対して恥となった。知能が足らぬとか、不具者とか——そんな疑いの目で見られるおそれがあったのである。

したがって、娘たちは、窮屈でおそろしい御殿へ奉公するのを、女として一度は通らなければならぬ道、と覚悟していた。

奉公前に、芸能にはげむのも、御殿に上った際、その試みを受けて、堪能《たんのう》を賞せられるのを、栄誉としたからである。これを、「お首尾をした」といった。

旗本直参の娘が、大奥に上るのは、終身奉公が多かったが、町家の娘は、たいてい三年奉公であった。

雛祭が終った頃、宿下りをして来るのが、彼女たちの唯一の愉しみであった。宿下りを待ち受けていた両親のよろこびは、たとえようもなく、御殿髷《まげ》の姿を世間に見せるのが大自慢であった。

宿下りの期間は、五日間乃至十日間であったが、その間、親戚知己を集めて馳走饗応《ちそう》につとめて、わが娘が奉公のおかげで、どんなに品位を修め、行儀作法を正しくわきまえたか、披露した。また、娘自身は、御殿髷を町方風に結い直して、芝居見物するのも、愉しみのひとつであった。

ちなみに――。

大店《おおだな》では、奉公人が出替りするのも、ちょうどこの頃であった。故参が、のれん分けをしてもらって去り、新参の小僧が迎えられた。

宿下りした御殿女中たちが、短くあわただしい実家ぐらしを了えて、つぎつぎに、大奥や大名旗本の奥向へ戻って来ている――そうしたある日。

南鍋町の菓子舗「風月堂」の娘さんが、五日間の宿下りを了えて、大奥長局に、帰参した。

「風月堂」の長女きんは、水野忠邦にその美貌をみとめられて、西丸へ上り、将軍家世子家慶の側妾の一人となっていた。

さんは、姉ほど美貌ではなかったが、利発さでは姉をしのぎ、姉の出世も手つだって、奉公して三年目で、表使いになっていた。

表使いとは、御年寄の指図を受けて、さまざまの買物をし、また、御広座敷詰の役人と行事の打合せをしたりする、いわば大奥の外交をつかさどる役目で、才智のある者が選ばれた。

さんは、二棹の長持を持って、帰参して来た。表使いであるから、大荷物を携えて戻って来ても、べつにふしぎはなかった。

大奥長局の唯一の出入口は、七つ口であった。七つ（午後四時）になると、そこが閉鎖するので、そう称ばれていた。

七つ口番所には、締戸番という小役人がいて、出入の品物の検査をした。

長持などは、秤《はかり》ではかる掟になっていた。曽て、女中が長持に入って忍び出て、男と逢曳《あいびき》するとか、また、役者がその中にかくれて大奥へ忍び入ったりなど、しばしば行われたからであった。

しかし、いまでは、長持を秤ではかったり、蓋を開けて調べることは、ほとんどなかった。まして、表使いの持ちかえった荷など、締戸番は、手もふれなかった。さんは、自分が使っている御半下を呼んで、二棹の長持を、長局の奥へ、しずしずとはこばせた。

おのが居間に、長持を据えさせたさんは、人払いをしておいて、その錠前をはずした。

蓋を開けると、中から現われたのは、二人の人間であった。

ひとつの長持からは眠狂四郎が、もうひとつからは四十年配の職人姿の男が、出て来た。

狂四郎がひき連れた男は、吉五郎という、数年前までは、鼠小僧と異名をとった次郎吉と、夜働きの腕前を競った男であった。

いまでは、縁日の夜店をひらく植木屋になっていた。吉五郎は、もともと、十代の頃は、大名屋敷出入りの庭師の弟子だったのである。

二

さんは、狂四郎と吉五郎が長持から出ると、大奥の絵図面をひろげて、まず、おのが居間の位置を指してから、

「宇治の間は、ここにあります。御仏間の隣りにあたります」

と、教えた。

江戸城も、二百余年を経ると、彼処此処《かしこここ》に、怪談が生れている。

幽霊という存在が信じられた時代であった。

大奥も、二百余年を経れば、自殺した女中の数もかぞえきれぬほど、多い。

咽喉《のど》を突いて果てた部屋、身を投げた井戸から、うかばれぬ亡魂が、怨恨をこめた凄まじい姿で、夜な夜な、さまよい出る怪談が、つぎつぎと生れたのも、大奥という特殊な世界が、縦のつながり、横のつながりが乱麻となって、複雑奇怪な人間関係をつくりあげ、そこに、女性特有の陰惨な欲情・嫉妬・憎悪をあふって、肌の粟立《あわだ》つような淫虐な行為をまねいた結果であろう。

宇治の間も、幽霊の出現する場所のひとつであった。

五代綱吉の頃、宇治の間は、御台所の御座所であった。

その御台所鷹司《たかつかさ》氏が、宝永六年正月に、良人綱吉を、宇治の間で、毒殺したという風説が立って以来、不用の部屋になった。

いわゆる「開かずの間」にされたのである。

勿論《もちろん》、宝永以後、大奥はたびたび改築されたが、当然不用の部屋となった不吉の宇治の間は、とりはらわれるべきであったろうに、先例旧格を重くみる大奥では、そのまま、宇治の間を建てかえて、のこしたのであった。

そうでなくてさえ、殿中の夜は、人気《ひとけ》がなく、静寂をきわめている。

まして、御仏間のまわりとなれば、深更は無気味な闇の底に沈んでいる。

幽霊のさまよう宇治の間などへ、近づく者は、一人としていなかった。

大奥へ忍び込んだ狂四郎たちが、身をひそめるには、おあつらえ向きの部屋であった。

「ここよりは、天井裏を辿れば、まっすぐに、宇治の間まで、参ることができます」

「忝ない」

狂四郎は、礼を述べてから、

「ついでに、雛祭の日に、あらたにお手つき中臈を命じられた二人の女中の部屋も、教えて頂こう」

と、たのんだ。

三月三日、将軍家斉は、吹上御苑に於て、彼方此方《こなた》の四阿に控えた二十七人のお目見女中の中から、二人の娘へ、お手つきにするというしるしの扇子を、渡したのであった。

家斉の目にとまったのは、オランダ娘千華と、宝石で身を飾った佐賀閑斎養女小銀であった。

その首尾までは、狂四郎は、武部仙十郎から、きかされていた。

しかし——。

千華または小銀の柔肌を抱くことによって、はたして、老いた将軍家が、不能をなおしたかどうか——そこまでは、狂四郎も、知るすべはなかった。

御伽坊主・満寿から、武部仙十郎に、

「上様は、千華ならびに小銀を、つぎつぎに、御寝所に召されました」

という報告がなされていたが、結果については、音沙汰がなかったのである。

というのも——。

家斉が、寝所の規則を破ったからであった。

将軍家が、お手つき中臈と寝る場合、必ず御添寝の中臈と御伽坊主が、寝室にはべる規則であった。

御添寝の中臈は、将軍家とお手つきの男女の営みを、しかと見とどけておいて、翌朝、御年寄に向い、

「しかじかのお話をなさり、おん睦《むつ》びは斯様《かよう》に為されました」

と、ことこまかに報告したのである。

御伽坊主もまた、御年寄に問われれば、見とどけた一部始終を述べた。

家斉は、この規則を破って、御添寝の中臈と御伽坊主を、寝室から、遠ざけたのであった。

家斉は、老女筆頭菊岡に、

「そうしなければ、わしの不能はなおせぬ」

と云い、わがままをみとめさせたのであった。

したがって、閨房に於ける家斉と千華、家斉と小銀の営みのさまを目撃した者はいなかった。

流石の仙十郎腹心の満寿も、千華と小銀の口から、どのような仕儀であったか、きき出すことは、叶わなかった模様である。

「吉五郎――」

狂四郎は、さんから、千華と小銀の部屋を教えられると、連れを呼んだ。

「へい」

「お前は、ひと足さきに、宇治の間に行ってくれ。わたしは、千華を問うことにする」

「承知しました」

吉五郎は、長持を台にして、身軽く、天井裏へ消えた。

狂四郎は、あらためて、さんへ、冷たく冴えた眼眸を当てると、

「この大奥には、はじめて成った頃から、そのままに、残されている建物があるかどうか、そなた存じて居ろうか？」

と、訊ねた。

「わたくしのきき及ぶところでは、そのような古い建物は、ひとつも、のこされては居りませぬ」

「では、建物でなく、寛永の頃から、そのまま、改築されずに残っているものがあれば、心がけておいて頂こう」

「かしこまりました」

三

——ここだな。

狂四郎は、長局の天井裏を、音もなく進み乍ら、幾つかの部屋を覗きおろした挙句、ようやく、張りじまいの天井板をそっとずらして、親しい者の寝顔を、発見することができた。

狂四郎が、畳へとび降りると、千華は、敏感にその気配をさとって、ぱちりと双眸をひらいた。

亥刻《いのこく》（午後十時）——すでに、長局内は、しんと更けて、小さな物音ひとつたてても、遠方までひびきそうな静寂が占めていた。

狂四郎は、千華へ一瞥をくれておいて、次の間との仕切襖を開いた。

そこに、千華附きの部屋方二人が、枕をならべて、睡っていた。

狂四郎は、腰から、印籠の代りに携げていた小さな瓢《ひさご》をはずした。吉五郎が呉れたものであった。

瓢の栓を抜いた狂四郎は、容れた酒を、二三滴ずつ、部屋方の唇の隙間へ、したたらせた。

酒には、強い睡眠薬がまぜてあったのである。

狂四郎は、中﨟部屋へひきかえして来ると、褥から出ようとする千華をとどめておいて、枕元へ座を占めた。

「ききにくいことを、訊かねばならぬ」

「………」

千華は、大きく双眸をみひらいて、狂四郎を仰いでいる。

「将軍家は、そなたを、寝所へ呼んだそうだが……、不能者ではなかったか？」

「………」

千華は、なにかこたえようと、口をひらいたが、急に、目蓋を閉じ、唇もかたく合わせてしまった。

「こたえてもらおう」

「………」

「将軍家は、添寝の中﨟と御伽坊主を遠ざけた由。……好色の老人のことだ。そなたの肌身を、せっせと弄《もてあそ》んだに相違ない」

「………」

「その結果はどうであったかだ。……不能はなおったか？」

「………」

「そなたは、小銀という娘と二人、お手つきとしてえらばれた。どちらが、将軍家の不能をなおしたか、そのことは、こちらにとっても、重大なのだ。……それとも、二人とも、将軍家の不能をなおすことが、できなかったか？」

狂四郎の訊問に対して、千華は、なおしばらく、沈黙を守っていたが、やがて、小さな声音で、自分を抱いて欲しい、ともとめた。

狂四郎が大小をすてて、褥に横になると、千華は、不意に、物狂おしく、すがりついて来た。

狂四郎が、口をその唇からはなすには、かなりの時間を費やした。

顔ははなしたが、女の秘処をまさぐる指は、かえって、濡れた柔襞《やわひだ》の奥へ、吸い込まれるように内《い》れていた。

「さ——こたえてもらおう。将軍家の陰《いん》は、萎《な》えて、ついに起《た》たなかったか？」

「いえ——」

千華は、小さくかぶりを振った。

「起ったか？」

「最初は、駄目でしたけど、二度目には……」

「二度目？　日をへだててか？」

「三日置いて……」

「三日か。そなたと小銀と、いずれがさきであった？」

「わたくしが――」

「そなたをさきに呼び、その夜は、不能で、三日を置いて、不能ではなかった、というのか？」

「はい」

――次に呼んだ小銀が、不能をなおらせた。そこで、自信を得て、この千華を三日後に呼んで、この千華とも営むことができた。

「で――その後、幾度、呼ばれた？」

「二度だけで、その後は、沙汰がありませぬ」

「呼び出されないとは――？」

「…………」

千華は、にわかに喘いで、身もだえはじめた。

狂四郎の方は、逆に、冷静になり、

――小銀の許にも忍んで、吐かせなければなるまい。

と、思った。

もしかすれば、小銀の方は、三度が四度も、呼ばれているのかも知れなかった。

四

宇治の間では――。

夜働きの吉五郎は、屛風の蔭で、往生していた。

「開かずの間」であって、実は、そこは、大奥長局の淫虐を、まざまざと見せつける秘密の場所にされていたのである。

吉五郎が、忍び込んでほどなく、ひそやかに、二人の女が、入って来た。三十年配の中年寄と四十を越えた御伽坊主であった。

中年寄は、御台所の座である上段の縁に腰かけて、脇息に凭りかかった。

御伽坊主は、その前へ、するすると進むと、中年寄が立てた膝から、まとうた衣裳を、左右へ剝ぎ拡げて、最後の白羽二重の腰巻もはだけさせた。下肢をくまなくあらわにされた中年寄は、御伽坊主にそうされる前に、立膝を思いきりひろびろと開いた。

御伽坊主は、その股間へ、顔を埋めた。

屛風の蔭に身をかわしていた吉五郎は、

――途方もねえ景色を眺めさせやがる。

と、首を振った。

目蓋をひしと閉ざした中年寄が、しきりに身を弓なりに反らし乍ら、怺《こら》えきれずにもらす呻きと、御伽坊主が秘処をむさぼる淫靡《いんび》な舌音は、およそ半刻近くもつづいて、吉五郎を、うんざりさせた。

この二人が、出て行って、

——やれやれ。

と、吐息したのも、束《つか》の間であった。

また二人——こんどは、いずれも二十歳を越えたばかりの若い女中が、忍び入って来ると、いきなり、畳の上へ、逆抱きに寝ころび、対手の衣裳の前をひきむしるようにひらかせると、息づかいもせわしく、互いの丹穴《いんぶ》へ唇を吸いつけ、あふれる津液《しんえき》を啜みはじめた。

しかし、この烈しい嬉戯《きぎ》は、ほんの短い時間裡に、同時に、二人とも、ひと叫びとともに、相果てた。

彼女たちが出て行くと、ほとんど入れちがいに、吉五郎は、三組目を迎えなければならなかった。

一人は、疾くに五十を過ぎたとみとめられる老女であり、もう一人は、まだ二十歳に満たぬういういしい娘であった。

老女は、部屋子を仰臥させると、

「よいかえ、なにも、おそれることはありませぬぞ」

と、ささやきかけておいて、その下肢を押し拡げさせた。

脛や腿は、いたいたしいばかりに、稚い細さであった。

老女がおのれもまた、下半身をあらわにして、仰臥した部屋子の膝の間へ入るのを、吉五郎は、目撃して、

——おっ！

と、思わず、胸中で、唸った。

老女の股間には、黒光りする逞しい男根が在ったのである。

——鼈甲《べっこう》製だぜ、あれは！

十数年の長い期間、大名旗本屋敷へ忍び込んで、盗みを働いた吉五郎も、御殿女中が、偽物をこのように使用する光景を、見せつけられたのは、はじめてであった。

——むごいことをしやがる！

疼痛《とうつう》に呻きつつ、ずるずると、背を摺りあげる部屋子のあわれな、いたましい姿を、吉五郎は、眺めつづけてはいられなかった。

とび出して行って、老女を蹴とばしてやりたい衝動にかられ、それを抑えるのに、吉五郎は、あぶら汗をかいた。

偽物が完全に、体内に嵌まった時、部屋子の閉じた目蓋の蔭から、泪が噴きあがって

いた。

吉五郎は、三組目が去ると、豆しぼりで、顔やら頸やら胸やらの汗を拭き乍ら、

「なにが、開かずの間だ。とんだ幽霊だぜ」

と、いまいましく、呟きすてたことだった。

狂四郎が、天井裏から姿をみせたのは、それから、半刻も経った丑刻《うしのこく》（午前二時）であった。

万年忍び

一

「旦那――、この大奥ってえ女護ガ島は、想像以上に、乱れて居りますねえ」

吉五郎は、この「開かずの間」で目撃した淫靡な光景を、眠狂四郎に、告げた。

「女の本性に反する世界が、二百年以上もつづけば、乱れるのは、当然だろう」

「旦那の方の首尾は、如何でございました?」

「二人の女は、ともに、お手つきになっていた。小銀という娘の方は、今宵《こよい》も、将軍の褥に入っているらしい」

狂四郎は、千華の部屋を抜け出したその足で、小銀の部屋へ忍び入ってみたのであった。小銀の姿は、そこになかった。牀がのべられていなかったので、将軍家の伽におもむいたと判断されたのである。

「で――どうなさいます?」

「うむ」

狂四郎は、腕を組んだ。

千華も小銀も、将軍家斉のお手つきとなって、褥の中で、なにかをねだろうとしているのであった。

そのなにかが、こちらには、予測がつかぬのである。目的は明白なのであるが、それを手に入れようとする方法《てだて》を、千華・小銀の口からきき出すことが、叶わぬ以上、こちらは、こちらで動かざるを得なかった。

狂四郎は、思慮の時間を置いてから、さんのくれた大奥の絵図面をひろげた。

なお、しばらく、沈黙をつづけていた狂四郎は、

「吉五郎、お前にやってもらうのは、ここ（と指さして）へ忍び込んで、大奥の旧事録の中から、元和帖《ちょう》を盗んで来る——このことだ」

と、云った。

狂四郎の指さした処《ところ》は、大奥に関するさまざまの書類が所蔵されている倉庫であった。

儀式典礼、年中行事、日常のしきたり、女中法度と分限、そして、大奥が成って以来の歴史を記しとめた旧事録などの書類が、そこに、ならべられているはずであった。

大奥の女中は、奉公出仕に際して、誓詞をさし出すが、その条項のひとつに、大奥内に起った如何《いか》なる出来事も、たとえ親に対しても絶対に口外せぬ、というのがあった。

この誓詞は、かたく守られつづけ、柳営上下の女中は、大奥の見聞を、人に語ったり、自記したりしてはいなかった。

大奥の旧事が、記し残されているのは、その倉庫だけであった。

旧事録は、慶長帖、元和帖、寛永帖、正保《しょうほう》帖、慶安帖、と年代を区切って、綴られている、ということであった。

狂四郎は、吉五郎に、その旧事録の中から、元和帖を盗んで来るように命じた。

吉五郎が、天井裏へ消えると、狂四郎は、床柱へ凭りかかって、目蓋をとじた。

この大奥には、幾度か忍び込んだ経験を持つ狂四郎であった。しかし、それは、なにかの異変が起り、それを解決するためであった。

このたびは、なんの異変も起ってはいなかった。

その有無もたしかではない一通の秘文を、手に入れようと、犬のように嗅ぎまわる役割であった。この男にとっては、最も苦手な仕事であった。

どこかに正体の知れぬ敵がひそみ、その敵が姿を現わすのを待つ——といった忍耐力は、異常なまでにきたえられていたが、八丁堀の役人方のまねをする行為には、嫌悪がともなった。

その嫌悪を抑えて、敢えて嗅ぎ犬になったのは、鎌倉の鶴岡八幡宮の神楽殿で、割腹自殺を遂げた同朋沼津千阿弥のことが、いまもなお、脳裡の片隅にこびりついているからであった。

邪曲の時世を責めたてる檄文をかかげ、古式に則って十文字腹を切り、その門下生に、首を撃ち落させる凄絶な儀式を演じてみせた沼津千阿弥は、市井の無頼者の認識の外にあった。

諫死などという行為に、嘘のにおいをかぐ者が、目前で、その無駄な死を見せつけられて、受けた衝撃は、小さなものではなかった。

狂四郎の脳裡には、いまもなお、赤橋上で千阿弥と交わした問答が、時と処をえらばずに、よみがえって来る。

「剣は、おのれを守るためにあって、おのれを斬るためにつくられては居らぬと思うが……」

「ははは……、おのれを守る、か。この卑しさ！」

千阿弥の表情は、軽侮をこめたものであった。

――人を一人も斬ったことのない男が、おのれの腹を切ることができた。無数の人命を断ったおれには、自身の腹を切る勇気はない。

あの時以来、おのれにくりかえしている独語が、狂四郎をして、敢えて嫌悪をともなう八丁堀の役人方のまねをさせている、ともいえる。

わした。

二

しかし、

檜戸がしのびやかに開けられるのを視て、狂四郎は、すばやく、屏風の蔭へ、身をかわした。

しかし、

「眠狂四郎殿は、そこにおいでか」

と呼びかけられて、苦笑がわいた。

五十年配の御伽坊主を、そこに見出して、

「千華に指図する満寿というのは、そなたか?」

「はい、左様でありまする」

「わたしが、今夜、ここに忍び込んだことを、たちまち、気がつくとは、流石だな」

狂四郎は、武部仙十郎には無断で、宿下りして来た「風月堂」の娘さんをくどき落して、大奥へ潜入したのであった。

御伽坊主は、表情の動かぬ冷たい態度で、

「無謀なことをなされます」

と、とがめた。

「わたしは、べつに、武部老人の走狗となっているわけではない。時と場合では、敵の側にもまわる」

「この大奥内で、わたくしに向って、大層はっきりとした言葉をお口にされますな」

「目下のところは、そなたとは、味方ではないとしても、敵ではなかろう」

「お手前様は、わたくしにとって、邪魔な妨碍者《ぼうがい》と申せまする」

「競う対手《あいて》がいることは、はげみになろう」

「申されましたな」

満寿は、薄気味わるい微笑を、口許に刷いた。

「こちらの動くのを、見て見ぬふりをしていてくれることだ」

狂四郎は、云った。

「しかたがありませぬ。そういたしましょう。お手並のほど、拝見つかまつります」

満寿は、意外にあっさりと、一揖しておいて、去った。

吉五郎が、戻って来たのは、そろそろ夜明けが近い時刻であった。

床柱に凭りかかって、うとうととしていた狂四郎は、天井裏からとび降りて来る気配に、目蓋をひらいた。

「これでございますか？」

さし出された部厚い書類を一瞥して、

「うむ」

と、うなずいて、受けとった。

『元和帖』

そう記された表紙がつけられていた。

狂四郎は、目を通しはじめた。

まず――。

元和五年正月元旦、今年よりは、御本丸に於《おい》ては、きびしく奥と表がへだてられる掟がきめられ、女中は年寄役といえども表へ出ることは叶わず、また、たとえ老中・若年寄であっても勝手に奥に入ることは禁じられた旨が、記されてあった。

「……諸大名衆も、大奥の掟にならう由にて、昨年までは、御三家がたはじめ、仙台中納言殿、薩摩中納言殿も、年寄りたる女中は表向へも自由に立出《たちい》で、徘徊《はいかい》いたし候。小松中納言殿などは、表の書院に御出の節には、女中が御刀を持ちて附き添い出で候《そうらい》しが、今年よりは、すべて、奥と表はきびしく、へだてられることに相成り候」

次いで――。

奥と表をへだてるのを機会に、大奥内の行事、女中法度・分限が、はっきりと定められたことが、ことこまかに記されてあった。

女中どもは、いかなる理由があるにもせよ、一人で吹上へ出ることは、厳しく禁じられる、など――。

当時、吹上には、尾張・紀伊・水戸の三家をはじめ、親藩、譜代の大名の邸宅が建ちならび、江戸城を西側から守備する役割をはたしていた。それらの大名屋敷が廃されて、十三万坪に及ぶ広大な庭苑がつくられたのは、明暦の大火以後であった。

大奥の女中たちが、口実をもうけてそれらの大名屋敷へおもむき、ひそかに、藩士と逢曳していた事実があったに相違ない。

狂四郎は、つぎつぎと頁をめくってゆき、やがて、その年、将軍秀忠が江戸城を発して、上洛《じょうらく》の途に就いた五月上旬のくだりを、読みはじめた。

秀忠が江戸城を留守にした——その翌日のことであった。

一人のお手つき中臈が、行方不明となったことが記されてあった。

秀忠の御台所は、嫉妬心の強い女性で、かねてより、梅路といったそのお手つき中臈を憎んでいた。

梅路が、行方不明になったのも、原因はそこらあたりにあるのではなかろうか、と記述者も、ほのめかしていた。

「……あるいは、梅路殿は、万年に身を投げたるや、と思わる。なお、梅路殿は、今年春、品川の丘にて処刑されたる先の長崎奉行村山東庵の次男長庵の妻が妹にあたれり」

そこまで読んで、狂四郎は、ふっと、微笑した。

——梅路は、二代将軍の御台所によって、殺された。

狂四郎は、吉五郎を視やると、

「わたしは、二人の女が、将軍家のお手つきとなって、閨の中で、なにかをねだるものと、考えていたが、これは、考えちがいだったらしい」

と、云った。

「へえ——？」

「べつに、ねだらずとも、秘文の隠匿場所をつきとめることができる」

「………」

「吉五郎、お手つきが、閨へ呼ばれて、将軍家にも添寝の中﨟にも、また次の間に控える老女や御伽坊主に、咎められずに、自由に行ける場所が、どこか判るか？　その場所は、たったひとつしかない」

「どこでございます？」

「万年さ」

「万年、と申しますと？」

「厠だ」

「厠を万年というんで？」

「将軍家、御台所、そしてお手つき中﨟の入る厠は、非常に深く掘ってあって、永久に汲み取ることがない。表御殿や長局の糞尿《ふんにょう》は、葛西《かさい》船が汲み取りに来るが、この三つの厠は、万年と称ばれて、一生に一箇所なのだ」

「成程――」

「将軍家の寝所に附属しているお手つき中﨟の厠の位置、といえば、このあたりの見当だな」

狂四郎は、絵図面の一点を指さして、

「どうだ、吉五郎、お前は、庭から、この厠の底へもぐり込むことができるか？」

と、訊ねた。

「やってみましょう」

「たのむ」

三

四半刻《しはんとき》ののち、狂四郎は、再び、千華の寝室へ、降りていた。

千華は、ねむっていなかったらしく、狂四郎が畳に立つのと同時に、起き上った。

次の間では、狂四郎に睡眠薬を嚥まされた部屋方二人が、なお、正体なく昏睡《こんすい》状態をつづけていた。

狂四郎は、端坐すると、千華を冷たく凝視して、口をひらいた。

「元和のむかし、長崎奉行村山東庵の次男長庵を総大将とする、高砂遠征隊が、琉球沖で大時化をくらって、軍船団はばらばらになり、長庵の率いた三隻のみ、安南に流れ着いた事実がある」

「…………」

「その安南に、日本を脱出した豊臣秀頼とその子菊丸が、住んでいた。村山長庵は、秀頼に再会し、再挙の相談を受けた。秀頼は、長庵に、大坂城からひそかにはこび出した軍用金を隠匿してあることを告げ、自分あるいはその菊丸が、日本へ還ったあかつきには、その軍用金をもって、再挙する旨を、語った。そして、秀頼は、軍用金隠匿の場所を記した一枚の秘文を、長庵に手渡し、再挙の秋にそなえるように、命じた。……長庵は、その秘文を持って、帰国した。たまたま、このことが、公儀にかぎつけられ、長庵は、父東庵とともに、伴天連狩りの名目で、捕縛された。長庵は、捕縛寸前に、その秘文を、この江戸城大奥でお手つき中臈となっている義妹に、あずけた。最も、安全なかくし場所と考えたのだ。そして、その由を、安南の秀頼にも、通報しておいた」

「…………」

「ところが、長庵の義妹梅路も、二代の御台所の憎しみを受けて、殺害された。かくて、秘文は、梅路の死とともに消えて、太閤遺産は、いまだ、何処かの土の中にねむりつづけている」

「…………」

「あれから二百余年を経て、安南にある日本人町の面々は、太閤遺産を手に入れるべく、幾人かの決死の者を、母国へ潜入させた。そなたも、その一人」

「………」

「そなたは、梅路がどこに秘文をかくしたか、およその目当をつけて、大奥へ上って来た。お手つきとなって、人目にふれずに、自由に入ることのできる場所に、それはある、と推測が成っている」

「………」

「その場所とは、万年と称ばれる厠だ」

千華は、大きく双眸をみひらいて、狂四郎を瞶めかえしている。

「そなたは、将軍家寝所へ、二回呼ばれている。そのたびに、万年に入ったであろう。しかし、秘文を手に入れることは、できなかった」

「………」

「秘文は、たぶん、夜が明けぬうちに、わたしが、手に入れる」

「え!?」

千華は、白い頬をふるわせた。

「しかし、そなたには、渡さぬ」

「………」

「そなたを監視している御伽坊主満寿が、いるからだ。そなたは、満寿をだまさねばならぬ。……わたしは、秘文を手に入れたならば、至急に、贋《にせ》の秘文をつくる。それを、そなたに渡す。そなたは、それを、満寿に、取り上げられるがよかろう」

「…………」

「そなたが、大奥からひまを取って、下って来たならば、わたしは、秘文をゆずることにしよう」

「はい！」

千華は、頭を下げた。

四

吉五郎は、その万年厠の中へ、もぐり込むことに成功していた。

そこは、ひとつの深い谷間から、およそ二丈余の石垣が積まれ、その上に黒塗りの建物がそびえていた。

土蔵ともみえず、さりとて望楼のつくりでもないのを一瞥して、吉五郎は、

——ここだ！

と、さとったのである。

石垣をよじのぼって行くと、建物の床下にあたるところに、鉄格子をはめた窓が切っ

であった。吉五郎は、その鉄格子を、苦もなくはずした。

上も下もがらんどうで、仰げば、はるかな高処に、四角に切った孔《あな》が、小さくみとめられた。

——ちげえねえ、厠だ！

しかし、臭気が、ここまであがって来ないところをみると、底は石垣よりもさらに何丈も下方のようであった。

壁に数尺間隔で、楔《くさび》が打ち込んであるのをみとめた吉五郎は、それにすがって、するすると登って行った。

四角な落し口が、一間ばかりの頭上に近づいた時、吉五郎は、眸子をこらした。

落し口からもれる仄明《ほのあか》りをたよりに、闇に目の利く吉五郎は、視線をまわしてみて、

「お！　あれかな？」

と、すかし視た。

落し口から三尺ばかりはなれた床板に、なにか黒いものが、くっつけてあるのが、みとめられた。

「よし！」

吉五郎は、登りつくと、楔を左手で摑みしめて、右手をさしのばした。

指さきが、それにふれた。鉄の函が、床板に鎹《かすがい》で、打ちつけてあった。

「これをはずすのは、ひと苦労だぜ」

並の人間なら、双の腕をいっぱいにのばしての作業に、これは不可能とあきらめるところだが、そこは、大名旗本屋敷専門に夜働きを十数年間もやってのけた吉五郎のことであった。

鎹を、素手でひき抜く技術も身につけていた。

「うむっ！」

渾身《こんしん》の力をこめて、函を、床板からはずした——その時。

灯火がゆれて、人の気配が、落し口からつたわって来た。

はっと、五体をこわばらせた吉五郎は、蝙蝠のように壁に吸いついて、息をころした。

落し口から、ひとつの顔が、のぞいた。

——小銀という娘だな。

吉五郎は、闇に身を溶け込ませて、落し口の顔を、睨みあげた。

しばらく、のぞいていた顔が、やがて、ふっと消えた。

——見やがったかな？

吉五郎は、ほっとし乍ら、見られたかどうか、不安をのこした。

壁をつたって降り、鉄格子をはずして、窓から匍い出た時、夜はしらじらと明けそめていた。

「やれやれ――」

吉五郎は、懐中から、函をとり出して、かざしてみた。

「この中に、百万両の秘文が、かくされてあるとすると、こいつは、ごうぎ、だぜ」

安南日本人町

一

日暮里・道灌山の宗福寺に、武部仙十郎が、駕籠を乗りつけて来たのは、それから十日あまり後のことであった。

月がかわっていて、灌仏会《かんぶつえ》が近づき、宗福寺も、納所や小坊主が、灌仏堂の屋根を葺く牡丹《ぼたん》や芍薬《しやくやく》や百合《ゆり》の花を集めたり、唯我独尊の御像を洗ったり、その用意にいそがしく立ち働いていた。

山門をくぐって、駕籠から降り立った仙十郎は、雨もよいの朝空にそびえる本堂を仰いで、

「狂四郎め、こんなところにねぐらをきめて、なんのこんたんを練って居るのやら……」

と、呟いた。

この老人が、狂四郎の寓居を訪れたのは、曽てないことであった。

狂四郎は、まだ庫裡で、寝ていた。

仙十郎は、珍しく焦燥の気色をかくさずに、狂四郎が書院に出て来るや、いきなり、

「この年寄りに、一杯食わせるとは、許せぬ！」

と、大声で云うと、袂からつかみ出した一枚の古紙を、狂四郎の膝へ投げつけた。

「こんな贋ものをつくって、わしにつかませるとは、何事じゃ！」

「………」

狂四郎は、ただ、薄ら笑いを返したばかりであった。

吉五郎が、お手つき中﨟の「万年厠」から盗んで来た函の中には、たしかに、元和のむかしつくられた秘文が、かくしてあった。

狂四郎は、宇治の間で、それを受けとると、あらかじめ用意して来た古紙に、それを巧妙に写しとった。勿論、秘文が明記した地名を変えておいた。

「本ものの方を、わしに渡してもらおう」

「百万両あれば、主人が老中首座に就ける——そう考えている、と正直に打ち明ける素直さは、貴方には、ないのか」

「わしは、腹を立てて居るのだぞ、狂四郎！　お主ほどの男も、百万両ともなると、我欲がわくとは、見そこなったわい」

「ご老人——。貴方は、海外に於て、祖先がつくりあげた日本人町を、必死に守ってい

る者どものことを、考えてやったことがおありか？」

「……む」

「わたしは、数年前から、蘭書によって、海外に在る日本人町に関して、いささかの知識を持った。……高砂にも、呂宋にも、東京《トンキン》にも、安南にも、柬埔寨にも、老檛《ラオス》にも、暹羅にも、その他、南洋諸島には、いまなお、日本人町が在る」

狂四郎は、鋭い眼眸を、老人に当てて、語った。

曽て――。

呂宋の副総督モルガは、日本人町のわが同胞について、次のように記している。

『日本人は、気概ある人民にして、性質佳良、勇敢なり。……頭に優美なる髷をむすび、腰に大小の刀を佩《お》び、鬚髯《しゆせん》すくなく、風采挙措は高尚なり。かれらは、困苦欠乏に堪え、事に臨んで勇敢』

英国人ジョン・ダビスも、その航海記に、

『けだし、日本人は、そのおもむくところ、何処なりとも、恐怖を起させる剛直果敢なる人民として知られるため、東印度のいずれの湊に於ても、武器を携えて上陸することを許さず……』

と、書きのこしている。

蘭印総督クーンの施政報告の中にも、日本人はモール人と異なって、非常に気前がよく、豪放である旨が、書き添えてある。

ビルマに於ては、宣教師アンリケをして、

『日本人は、その性、東洋諸民族中、最も傑出し、栄誉を重んじ、生命を賭しても、これを維持する面目、欧州の騎士に比していささかの遜色もなし』

と、賞揚せしめている。

ジャワ島に於ては、原住民は、オランダ人よりも、日本人の方を畏敬した。

日本人がいかに勇猛果敢であったか、次のような事実が、英国海運史に、記録されている。

西暦千六百二十五年（寛永二年）――徳川家光が、三代将軍となって、いよいよ、厳しい鎖国政策に乗り出した頃である。

英吉利《イギリス》に、ジョン・ダビスという高名な航海家がいた。北海航路を発見し、海図製造にすこぶる功績のあった人物であった。

その年、ジョン・ダビスは、数隻の艦隊を率いて、印度洋を渡り、呂宋におもむくべく、航海していた。

たまたま、ボルネオ附近を帆走している折、一艘の見馴れぬ船を発見した。

船首に「八幡大菩薩」の旗をひるがえしているのを、望見したダビスは、これが、南洋諸国を侵して、猛威をふるっている倭寇《わこう》と知った。

当時は、他国の船と見れば、これを敵とみなして、撃沈するならわしがあった。

ダビスは、日本船に対して、近くの港へ寄るように、命令した。

日本船は、意外に柔順に、命令に服した。それは、せいぜい七十噸《トン》ぐらいの船で、七八十人の日本人が乗り込んでいた。

ダビスは、かれらが海賊であることをみとめたが、大砲も小銃も持たず、ただ、身に大小の剣を佩びているだけを、たしかめた。船には、暹羅や東埔寨や安南から仕入れたらしい、絹もの、象牙、黒砂糖、更紗《さらさ》、鮫《さめ》皮、珊瑚《さんご》珠などを積んでいた。

ダビスは、

――どうやら、海賊ではなく、交易船らしい。

と、思った。

二

その夕刻――。

日本人は、べつに怖《おそ》れる気色もなく、抵抗する様子もなく、船を取調べに来たダビスに、英国艦隊を見物したい、と申し入れた。

かねて倭寇の勇武を怖れていた水夫《かこ》の中のある者は、日本人は必ず禍心をひそめているに相違ないゆえ、充分に警戒しなければならぬ、と忠告した。

ダビスは、笑って、その忠告をしりぞけて、日本人の艦隊見物を許可した。

軍艦へやって来たのは、二十数人であった。

甲板に立つやいなや、渠らは一斉に、背負うた刀を抜きはなって、数百に及ぶ英国水夫へ斬りかかり、阿修羅《あしゆら》の凄まじさを発揮した。そして、あっという間に、ダビスを殺して、一時、その軍艦を占拠した。

英国側は、他の三隻の軍艦から、銃撃を雨とあびせて、ようやく、二十余人をのこらず、撃ち殺した。

次いで、英国艦隊は、日本船に向って、砲撃を加えたが、一人として降伏する者はなく、また海中へ遁走する者もなく、ことごとく壮烈な討死をとげた。

大砲も銃も所持せぬ日本人が、わずか七八十人で、数十門の大砲を備え、千数百人がすべて銃を持った英国艦隊に、なぐり込みをかける無謀を、あえてやってのけたのも、当時、いかに日本人が、南洋の海原をわがものと思いなしていたか、明白である。

その時代、暹羅のアユチヤの日本人町には、三千数百人が住んで居り、日本人切支丹信徒のために、教会堂が建てられたくらいであった。その長《おさ》が山田長政であり、メナム河にイスパニヤ船が来襲するや、長政は日本兵数百人を引具して、奇略をもって、これを撃沈せしめ、一躍その名をあげた。

寛永五年十一月、長政を信頼したソンタム王が三十八歳の若さで逝去すると、王位継承の争乱が勃発した。長政は、暹羅軍二万、日本兵八百を率いて叛乱軍《はんらんぐん》を鎮圧した。尤も、このために、かえって王位を狙った摂政にきらわれて、六昆《リゴール》の太守として、遠隔の地へ赴任させられた。その際、率いて行ったのは、手勢日本人三百余であった、という。

長政は、それから二年の後、毒殺されたが、日本人の勇猛果敢はいよいよ高く評価された。

暹羅が、隣国と戦う時、必ず、日本人に日本の具足をつけさせ、刀をふりかざさせて、先陣をつとめさせた。ある時は、わずか六人の日本兵が、まっさき駆けて斬り込み、千に及ぶ敵勢を敗走せしめたこともあった。

そして、その祖先の勇武は、いまもなお、各地に残っている日本人町の面々に、承け継がれている。

「ご老人――。方今の旗本や藩士が、泰平に馴れたために、見失った武辺の心意気というものを、日本人町の者たちが、性根の中にとどめていることに、貴方は、思いを馳せたことはないか。……わたしは、べつだん、正義漢面をして、さかしらに云いたてるつもりはないが、もし百万両を手に入れるとすれば、貴方の主人が老中首座を襲う資金として呈上するかわりに、日本人町へ贈ってやりたい、と考える」

狂四郎の言葉をきいて、仙十郎は、身を二つに折る例の姿勢をとって、しばらく沈黙した。

やがて、上目づかいに狂四郎を視やり、

「あの千華と申す娘、どこの日本人町から参ったかな？」

「たぶん……安南、と存ずる」

安南――現代のヴェトナムであった。

「安南には、二つの大きな日本人町があったし、いまも人数は減っても、立派に存在すると考えられる」

「ほう……」

「ツーランとフェフォ。千華は、そのうちのいずれかの町から、やって来たに相違ない」

「フェフォ、というのは、どこかで、読んだ地名だな。……おお、そうじゃ、三浦按針《あんじん》が朱印船を操って安南におもむいた日誌を、読んだが、それに書いてあった地名だわい。その町には、日本橋という橋が架けられ、長崎奉行の手代も駐在していた、とか……」

老人は、ようやく、機嫌をなおして、いつもの表情にもどった。

「で――、手に入れた秘文は、如何したかな？　お主のそのふところにあるのかな？」

「秘文は、焼きすてた」

「なに？　焼いた？」

「左様――」

「お主が、脳中におさめた、と申すのか」

「そういうことだ」

「お主に、百万両は、くれてやれぬぞ」

「ご老人、わたしを斬ることのできる手練者をさがすのだな」

狂四郎は、微笑した。

次の瞬間、背後の床柱にたてかけた無想正宗を把りざま、小柄を、庭の一隅めがけて、投げた。

小柄は、木立の中へ吸い込まれたが、そこになんの反応も起らなかった。

「逃げたの」

「まだ、あそこに蹲《うずくま》って居るかも知れぬが……」

狂四郎の脳裡には、捨てかまりの弥之助の姿が、うかんでいた。

弥之助が、数日前から、この庫裡をひそかにうかがっているのを、狂四郎は、気がついていたのである。

三

同じ日、夜も更けてから、本石町二丁目の阿蘭陀屋を訪れた意外な客があった。

佐賀闇斎であった。

あるじの居間に入って、椅子に就くやいなや、闇斎は、挨拶ぬきで、

「先手を打たれたぞ、嘉兵衛」

と、云った。

この二人は、往来で出逢えば、そ知らぬふりですれちがう、あかの他人をよそおった仲間であった。

「誰に、先手を――？」

「まだしかと証拠をつきとめたわけではないが、およその見当はつく。……眠狂四郎、という浪人者を知って居ろう」

「小笠原邸で、仕止めそこねた――あの男のことだな」

「あいつのしわざであろう、と思う」

「大奥の宝さがしの一件か？」

「うむ。お主の周旋で、小銀を、お手つきにするところまでは、うまくこぎつけたが……」

「わしが死神九郎太から買いそこなったオランダ娘も、同じ日に、お手つき中臈にえらばれた。あれは、老中越州の側用人の工作であったな」

「そのオランダ娘と小銀と、いずれがさきに、宝を手に入れるか……興味津々であった

が、……まんまと、むこう方に、してやられたらしい」

「どうして、してやられた、と判った？」

「わしは、小銀に、宝は、元和の頃から残っている万年厠の中にかくされてあるに相違ないゆえ、きっとさがし出せ、と命じておいたが……、その万年厠の落し口から、下をのぞいた時、曲者が一人、そこにひそんでいるのを発見したそうだ」

「ふむ！」

「それから、八日後――つまり、一昨日、オランダ娘は、老中越州の願いによって、大奥からひまを頂いた」

「小銀の方は――？」

「手紙だけが、とどいた。……上様のおんなさけ、あまりに厚く、当分は、手ばなしてもらえそうもない。……ふふふ、将軍家の不能をおなおし申し上げたが、どうやら、おん生命《いのち》まで縮め奉るかも知れぬのう」

「宝を横取りしたのが、眠狂四郎であろうとどうして判断する？」

「あいつ、わしがお主と相談して小銀を大奥へ上げるときめたのを見通したように、深夜、それをたしかめに来た」

「だからというて……」

「いや。大奥へ忍び込んで、宝を取って行くはなれ業をやってのけられるのは、眠狂四郎を措いて他には居るまい。……あいつが、吉五郎という大名旗本屋敷をあらしていた夜働きと、深川八幡門前の小料理屋で会っているのを、わしの手の者が、見かけて居る。万年厠へもぐり込んだのは、狂四郎の指令を受けたその夜働きであろう」

「眠狂四郎は、その宝を、越州の側用人に渡したかな？」

「おそらく——」

「おそらく？」

「渡しては居るまい」

闇斎は、宙に視線を据えて、云った。

「あの男も、わしらと同様、欲の皮がつッぱった、と思うのか？」

「いや、そうではあるまい。そうではあるまいが……、わしには、どうも、そんな気がするのだ」

四

その時刻——。

千華は、再び還って来た水野忠邦邸内にある側用人役宅の一室で、闇に眸子をひらいていた。

——どうなるのだろう？

千華は、明日のわが身を思いやっていた。

今朝がた、武部仙十郎が、この居間に顔を見せると、にがにがしげに、

「そなたが、御伽坊主満寿に渡した秘文は、まっ赤なにせものであったのう」

と、云ったのである。

千華が、黙っていると、仙十郎は、

「狂四郎めに、まんまと一杯食わされたわい」

云いすてておいて、さっさと去ってしまったのであった。

老人の、肚の中には、にえくりかえる憤怒がある。

こちらの身の処置を、どうつけるか、すでに、胸裡では、きめたに相違なかった。

千華は、狂四郎の救いを待つばかりであった。

……と。

人が忍び入った気配もないのに、有明に、灯が入れられた。

はっとなって、起き上った千華は、行燈わきに、黒い影がうずくまっているのをみとめた。

「吉五郎と、申します」

ひくく、おのが名を告げた男は、

「これを――」

と、小函をさし出した。

千華が、いそいで、蓋をひらいてみると、奇妙な品が入っていた。

蟬であった。鉄製であったが、掌《てのひら》へのせると、いまにも、飛び立ちそうなほど、精巧につくられていた。

蟬のほかに、一枚の詩箋が入っていた。

それには、

『輪廻《りんね》生死、空蟬《うつせみ》に魂を入れたくば、志摩国賢島《かしこじま》なる磯館《いそやかた》の女神像に祈るべし』

と、記してあった。

「万年厠にかくしてあった品でございます。……眠狂四郎の旦那から、貴女様にお渡しするように、申しつけられました」

「わたくしが、これを持って、この志摩国へ参るのですか？」

「てまえに、お供をするように、旦那から命じられました」

「忝のう存じます。……眠殿は、どうなさるのですか？」

「旦那は、別に、お一人で、東海道をお上りになる由でございます。なにしろ、つけ狙う敵が幾組もいるので、そいつらの目を自分一身にひきつけておかねばならぬ、と仰言って居りました。……その磯館で、貴女様は、旦那と落ちあうことになります」

「はい」

「お仕度を――」

吉五郎は、千華に背を向けた。

千華は、いそいで、着換えし乍ら、ふっと、胸の痛みをおぼえた。

狂四郎を恋うている自分を、はっきりと意識したのは、いまが、はじめてであった。

吉五郎は、千華の身仕度が成るのを待って、手ばやく、いかにも千華が寝ているように、牀をつくりあげた。

「お屋敷を抜け出るしかけは、しておきましたので、造作はございません。ただ、どうも、気になるのは、この役宅の警備が、さっぱり、されてないことでございます。貴女様を、四六時中見張っていなければならぬはずなのに……、どうも、これは、くさい。貴女側用人さんは、貴女様が抜け出るのを、わざと、待っているのじゃございますまいか」

「そうかも知れませぬ」

「なにしろ、この一件では、眠の旦那は、側用人さんまで敵にまわしておしまいになったので、よほど腹を据えてかからないと、首尾よく大願成就にこぎつけるのは、むつかしゅうございますよ」

「はい。覚悟はできて居りますほどに、なにぶんよろしゅうたのみまする」

「てまえも、お引き受けしたからには、五体が木っ端になるのは、一向にいといはしませんが……、なにしろ、味方は、旦那お一人だけなので、心細うございますよ」

その言葉と反対に、吉五郎は、不敵な微笑をうかべてから、有明の灯を、消した。
千華は、暗黒の中で、そっと、胸で十字を切った。

（下巻に続く）

本作品には、一部不適切と思われる表現や用語が含まれておりますが、故人である作家独自の世界観や作品が発表された時代性を重視し、原文のままといたしました。これらの表現にみられるような差別や偏見が過去にあったことを真摯に受け止め、今日そして未来における人権問題を考える一助としたいと存じます。

（集英社　文庫編集部）

本書は、一九七二年六月に新潮社より単行本として刊行され、一九八一年二月に新潮文庫として文庫化、二〇〇六年十月に新潮文庫より上下二巻として刊行されました。

初出　「週刊新潮」一九七一年一月二日号〜一九七一年十二月二十五日号

集英社文庫

眠狂四郎無情控《ねむりきょうしろうむじょうひかえ》 上《じょう》

2021年6月25日 第1刷　　定価はカバーに表示してあります。

著　者　柴田錬三郎《しばたれんざぶろう》

発行者　徳永　真

発行所　株式会社 集英社

東京都千代田区一ツ橋2-5-10　〒101-8050

電話　【編集部】03-3230-6095

【読者係】03-3230-6080

【販売部】03-3230-6393（書店専用）

印　刷　株式会社 廣済堂

製　本　株式会社 廣済堂

フォーマットデザイン　アリヤマデザインストア　　マークデザイン　居山浩二

ISBN978-4-08-744266-3 C0193